UM DUQUE
À PAISANA

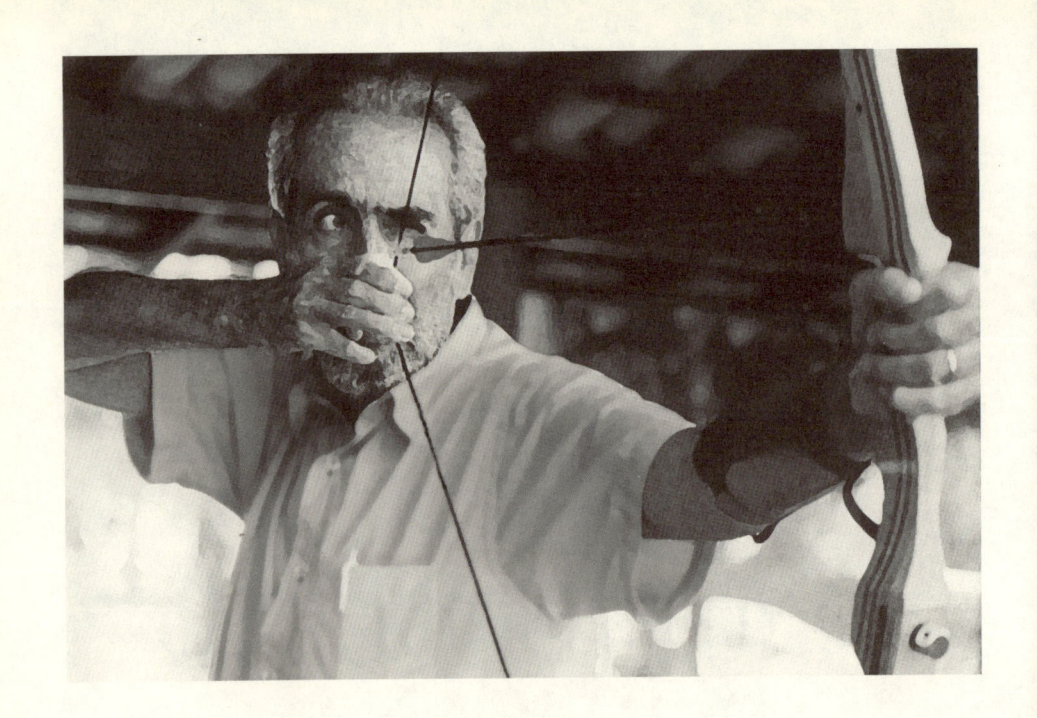

O Arqueiro

GERALDO JORDÃO PEREIRA (1938-2008) começou sua carreira aos 17 anos, quando foi trabalhar com seu pai, o célebre editor José Olympio, publicando obras marcantes como *O menino do dedo verde*, de Maurice Druon, e *Minha vida*, de Charles Chaplin.

Em 1976, fundou a Editora Salamandra com o propósito de formar uma nova geração de leitores e acabou criando um dos catálogos infantis mais premiados do Brasil. Em 1992, fugindo de sua linha editorial, lançou *Muitas vidas, muitos mestres*, de Brian Weiss, livro que deu origem à Editora Sextante.

Fã de histórias de suspense, Geraldo descobriu *O Código Da Vinci* antes mesmo de ele ser lançado nos Estados Unidos. A aposta em ficção, que não era o foco da Sextante, foi certeira: o título se transformou em um dos maiores fenômenos editoriais de todos os tempos.

Mas não foi só aos livros que se dedicou. Com seu desejo de ajudar o próximo, Geraldo desenvolveu diversos projetos sociais que se tornaram sua grande paixão.

Com a missão de publicar histórias empolgantes, tornar os livros cada vez mais acessíveis e despertar o amor pela leitura, a Editora Arqueiro é uma homenagem a esta figura extraordinária, capaz de enxergar mais além, mirar nas coisas verdadeiramente importantes e não perder o idealismo e a esperança diante dos desafios e contratempos da vida.

SABRINA JEFFRIES

DINASTIA DOS DUQUES
4

UM DUQUE À PAISANA

ARQUEIRO

Título original: *Undercover Duke*

Copyright © 2021 por Sabrina Jeffries, LLC
Copyright da tradução © 2022 por Editora Arqueiro Ltda.
Publicado em acordo com a Bookcase Literary Agency e Kensington Publishing.

Todos os direitos reservados. Nenhuma parte deste livro pode ser utilizada ou reproduzida sob quaisquer meios existentes sem autorização por escrito dos editores. Os direitos morais da autora estão assegurados.

tradução: Michele Gerhardt MacCulloch

preparo de originais: Marina Góes

revisão: Ana Grillo e Tereza da Rocha

diagramação: Abreu's System

capa: Miriam Lerner | Equatorium Design

imagem de capa: © Lee Avison / Trevillion Images

impressão e acabamento: Cromosete Gráfica e Editora Ltda.

CIP-BRASIL. CATALOGAÇÃO NA PUBLICAÇÃO
SINDICATO NACIONAL DOS EDITORES DE LIVROS, RJ

J49d

Jeffries, Sabrina
 Um duque à paisana / Sabrina Jeffries ; tradução Michele Gerhardt MacCulloch. - 1. ed. – São Paulo : Arqueiro, 2022.
 272 p. ; 23 cm.   (Dinastia dos duques ; 4)

 Tradução de: Undercover duke
 Sequência de: Quem quer casar com um duque?
 ISBN 978-65-5565-358-8

 1. Romance americano. I. Macculloch, Michele Gerhardt. II. Título. III. Série.

22-78056   CDD: 813
                                                                         CDU: 82-31(73)

Gabriela Faray Ferreira Lopes – Bibliotecária – CRB-7/6643

Todos os direitos reservados, no Brasil, por
Editora Arqueiro Ltda.
Rua Funchal, 538 – conjuntos 52 e 54 – Vila Olímpia
04551-060 – São Paulo – SP
Tel.: (11) 3868-4492 – Fax: (11) 3862-5818
E-mail: atendimento@editoraarqueiro.com.br
www.editoraarqueiro.com.br

Para minha falecida mãe. Quanta saudade de você... Uma pena ter ido embora tão cedo.

Obrigada por todos os anos em que cuidou de nós e do papai.

Maridos e filhos de Lydia

Lydia Fletcher

Casamentos:
- George Pryde, terceiro duque de Greycourt
- John Drake, segundo duque de Thornstock
- Charles Wolfe, segundo duque de Armitage
- Maurice Wolfe, quarto duque de Armitage
- Tio Armie, terceiro duque de Armitage
- Lambert Wolfe

Filhos de George Pryde e Lydia:
- William Pryde, quarto duque de Greycourt
  - Fletcher Pryde, quinto duque de Greycourt[1]
  - Vanessa Pryde[5]
- Eustace & Cora Pryde

Filhos de John Drake e Lydia:
- Marlowe Drake, terceiro duque de Thornstock[4]
- Gwyn Drake[3]

Filhos de Maurice Wolfe e Lydia:
- Sheridan Wolfe, quinto duque de Armitage[5]
- Heywood Wolfe[2]

Filhos de Lambert Wolfe:
- Joshua Wolfe[3]
- Beatrice Wolfe[1]

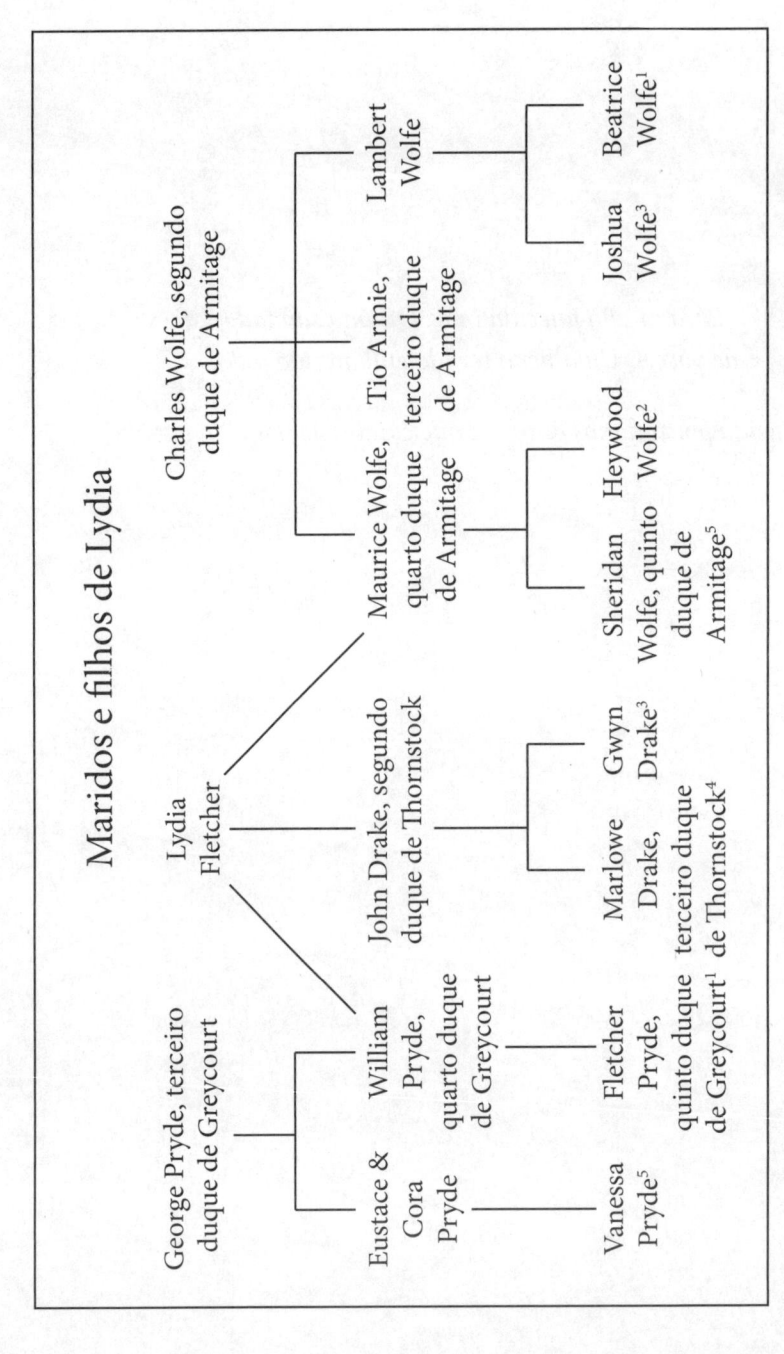

1 - Projeto duquesa
2 - Um par perfeito
3 - O duque solteiro
4 - Quem quer casar com um duque?
5 - Um duque à paisana

Diário da Sociedade Londrina
O ÚLTIMO DUQUE SOLTEIRO

Queridos leitores,

A estimada correspondente que vos fala não consegue acreditar. O duque de Thornstock, aquele demônio despudorado, não apenas se casou como escolheu a Srta. Olivia Norley como sua esposa! E isso depois de ela ter recusado o pedido dele anos atrás. Ele realmente deve ter se corrigido, pois sabe muito bem que a Srta. Norley nunca aceitaria se casar com ele de outra forma.

Isso significa que seu meio-irmão, Sheridan Wolfe, o duque de Armitage, é o único filho da duquesa viúva que ainda não se casou. Que sortuda será a jovem que conseguir fisgá-lo! Embora as linguarudas de plantão digam que ele precisa se casar com uma dama rica para salvar a propriedade dele, o que não incomodará ninguém que tenha uma filha elegível. Afinal, trata-se de um duque jovem e bonito, o que é particularmente raro. Ouso dizer que não ficará solteiro por muito tempo.

Que delícia será observá-lo caçando sua noiva. Armitage é discreto, o oposto de Thornstock, e é ainda mais recluso do que seu outro meio-irmão, o duque de Greycourt. Por isso será necessária a mais intrigante das damas para penetrar em sua armadura e conquistar o coração raro que certamente bate ali. Com a respiração em suspenso, aguardamos o resultado.

CAPÍTULO UM

Armitage House, Londres, novembro de 1809

— O duque de Greycourt está aqui para vê-lo, Vossa Graça.

Sheridan Wolfe, o duque de Armitage, levantou o olhar da lista dos cavalos nos estábulos da propriedade de sua família, Armitage Hall, e viu o mordomo na porta.

– Deixe-o entrar.

Grey, seu meio-irmão, deveria estar em Suffolk, mas, graças a Deus, esse não era o caso. Grey seria uma forma bem-vinda de adiar a decisão sobre qual cavalo deveria ser leiloado. Sheridan não queria se livrar de nenhuma das montarias de primeira linha. Mas o ducado de Armitage estava soterrado em uma montanha de dívidas graças aos gastos exagerados de seu falecido tio e ao fato de o pai de Sheridan...

Um nó se formou em sua garganta. Ao fato de seu pai, padrasto de Grey, ter morrido tão cedo.

Sheridan deixou a lista de lado. Já fazia um ano. Maldição... Por que a morte do pai ainda o assombrava? Até mesmo sua mãe parecia estar lidando com aquilo melhor do que ele. Se não fosse pela chegada de Grey, Sheridan teria levado Juno para uma corrida pelo Hyde Park para distrair a mente.

Talvez mais tarde. A égua puro-sangue tinha talento para...

Com um gemido, ele lembrou que Juno não era mais sua. Tinha sido a primeira que precisara vender para pagar as dívidas da propriedade. Odiara fazer isso. Juno era a melhor égua de montaria do estábulo de seu falecido tio, mas precisara escolher entre ela e um dos puros-sangues de corrida, que ainda podiam lhe render algum dinheiro conquistando prêmios, mesmo não sendo bons para montaria.

Que pensamento deprimente. Ele se levantou e foi até o *decanter* de conhaque. Considerava o meio da tarde cedo para um drinque, mas, se não podia cavalgar, então precisaria de um conhaque e uma conversa agradável com Grey. Serviu-se de uma taça e estava prestes a servir outra para o meio-irmão quando o mordomo abriu a porta para Grey entrar e a perspectiva de um papo animado evaporou.

Seu irmão parecia já ter bebido muitos conhaques e estar prestes a colocar tudo para fora. Pálido e agitado, Grey esquadrinhou o escritório de Sheridan na mansão de Londres como se esperasse que um ladrão fosse pular de trás de uma estante a qualquer momento.

– Quer alguma coisa? – ofereceu Sheridan, indicando ao mordomo que esperasse um instante. – Chá? Café? – Ele levantou a taça. – Conhaque?

– Não tenho tempo para isso, infelizmente.

Sheridan acenou para dispensar o mordomo. Assim que a porta se fechou, ele perguntou:

– O que houve? É Beatrice? Você certamente não está na cidade para assistir à peça, não nessas circunstâncias.

Dali a poucas horas, o restante da família assistiria à apresentação filantrópica da peça *As aventuras de um estrangeiro em Londres*, de Konrad Juncker, no Parthenon Theater. Embora Sheridan mal conhecesse o dramaturgo, seu outro meio-irmão, Thorn, pedira sua presença, pois a obra de caridade contemplada era muito importante para sua esposa: Half Moon House, que ajudava mulheres de todas as condições e classes a se reerguerem. Grey balançou a cabeça.

– Não, eu vim buscar um médico obstetra para atender Beatrice. A parteira de nossa região disse que ela deve dar à luz antes do previsto, e ela está preocupada com as complicações. Por isso vim correndo a Londres, para o caso de a parteira estar certa. O médico está me esperando na carruagem neste exato momento, aliás.

Levantando uma sobrancelha, Sheridan disse:

– Eu poderia suspeitar de você ter levado Beatrice para a cama antes do que deveria, mas vocês já estão casados há dez meses, então dificilmente seria um bebê prematuro.

– Realmente, não. E a parteira pode estar errada, mas é melhor não contarmos com isso. Portanto parei aqui. Preciso de um favor.

Sheridan virou a cabeça.

– Infelizmente, não tenho conhecimento na área de trazer bebês ao mundo, então...

– Você se lembra de quando decidimos que eu é que deveria perguntar à tia Cora sobre as duas festas em que suspeitamos que o assassino do meu pai teria estado presente?

– Lembro, sim.

Os cinco filhos de Lydia Fletcher tinham finalmente chegado à conclusão de que o fato de a mãe ter ficado viúva três vezes não fora apenas uma confluência de eventos trágicos. Alguém matara seus maridos, inclusive Maurice Wolfe, o pai de Sheridan e de Heywood, e o duque de Armitage anterior. Eles desconfiavam de que a pessoa por trás dos assassinatos era uma dentre três mulheres que haviam estado presentes nas festas que antecederam a morte dos dois primeiros maridos. Então Sheridan e seus irmãos atualmente estavam envolvidos em uma investigação secreta, e cada um tinha tarefas específicas. A de Grey era interrogar a tia dele, Cora, conhecida como lady Eustace, que não tinha relação com os outros irmãos.

Sheridan de repente percebeu qual deveria ser o "favor".

– Não. Por Deus, não. Não vou fazer isso.

Droga.

– Você não sabe o que eu vou pedir – disse Grey.

– Mas posso imaginar. Você quer que eu vá falar com lady Eustace.

Grey suspirou.

– Sim, dadas as circunstâncias.

– Você logo vai estar de volta. Não podemos esperar até lá?

– Não sei. Sinceramente, não faço ideia de quanto tempo precisarei ficar no campo.

Sheridan inspirou com força.

– Entendo, mas por que eu, Grey? Eu mal a conheço.

– Os outros *nem sequer* a conhecem – destacou Grey. – E você, pelo menos, conhece Vanessa, o que lhe dá uma desculpa.

Esse era precisamente o motivo pelo qual Sheridan não queria fazer isso. Interrogar lady Eustace significava ter que ficar perto da filha dela, a Srta. Vanessa Pryde, que, com seus cachos rebeldes, o corpo exuberante e o sorriso largo, era atraente demais para que ele se mantivesse são.

– Falei com Vanessa algumas poucas vezes – corrigiu Sheridan. – Isso não me torna a pessoa ideal para a tarefa.

– Mas eu e minha tia nos odiamos, Sheridan. O que também me deixa longe do ideal, já que é provável que ela não me conte a verdade.

Não era segredo nenhum na família que Eustace, tio de Grey, o tratara muito mal quando ele era garoto, na esperança de que o jovem sobrinho assinasse documentos passando várias propriedades para seu nome. E que a tia fizera vista grossa.

Sheridan bebeu um gole de conhaque.

– E por que a sua tia *me* contaria a verdade?

– Porque você é um duque solteiro. E a filha dela é uma jovem dama solteira. Não que eu esteja sugerindo que você finja cortejar Vanessa, mas a mãe dela certamente verá a oportunidade e ficará mais propensa a baixar a guarda.

– Não tenho tanta certeza. Sua tia sempre foi fria comigo, provavelmente porque sou um duque *pobre*. Ela está em busca de um homem rico para Vanessa, que, cá entre nós, vai mesmo precisar de um. Ela é uma menina mimada e insolente, uma combinação perigosa para um homem que não pode pagar por vestidos caros, peles e joias. Eu, que já estou quase afundando, com uma esposa como Vanessa certamente me afogaria de vez.

Grey estreitou o olhar.

– Vanessa não é tão mimada, só determinada a conseguir as coisas do jeito dela.

– Qual é a diferença?

– Uma garota mimada recebe tudo de mão beijada, então espera que a vida continue assim quando se casar. Acredite em mim, apesar de Vanessa ter tido alguns privilégios, ela cresceu em uma família turbulenta, por isso é tão obstinada em não se sujeitar a ninguém.

– Bem, ainda assim, casar com uma mulher como ela significa conflito constante no casamento.

– Gwyn e Beatrice também são assim e até agora Joshua e eu estamos muito satisfeitos. Na verdade, prefiro estar casado com uma mulher determinada e que sabe o que quer.

– Bom para você – retrucou Sheridan. – Mas você tem muito dinheiro para mimá-la se quiser, eu não. E a *sua* esposa não tem uma fixação absurda por aquele maldito poeta Juncker.

– Ah, sim, Juncker – disse Grey, coçando o queixo. – Eu duvido que isso seja mais do que uma paixonite.

– Acredite em mim, já escutei todos os elogios dela às peças "brilhantes" do sujeito. Uma vez ela foi ridícula a ponto de falar que ele escrevia com a ferocidade de um "anjo sombrio", o que quer que isso signifique. Ela é uma menina frívola que não faz ideia do tipo de homem com quem deveria se casar.

– Mas você faz, então aproveite – aconselhou Grey, com um brilho diferente no olhar.

– De fato, mas Vanessa precisa de um camarada que refreie seus excessos, que a ajude a canalizar esse entusiasmo juvenil para atividades mais práticas. Infelizmente, ela tem ideias românticas que só irão prejudicá-la, ideias que a levarão a querer um homem que ela ache que pode manipular e, assim, gastar o próprio dote da forma que bem entender.

– Ou seja, Juncker – disse Grey.

– Quem mais? Você sabe perfeitamente que ela anda sonhando com ele há uns dois anos pelo menos.

– E isso o incomoda?

A pergunta pegou Sheridan desprevenido.

– É claro que não.

Como Grey riu com sarcasmo, Sheridan acrescentou, de má vontade:

– Juncker está bom para ela. Claro que poderia conseguir algo melhor, mas também poderia conseguir algo bem pior.

– Você me convenceu – disse Grey maliciosamente. – A menos que...

– A menos que o quê?

– Você está esquecendo que ela acha que duques são arrogantes, insensíveis e podres. Por isso ela nunca concordaria em se casar com você.

– Sim, você já me disse isso.

Mais de uma vez, ponderou Sheridan. O suficiente para irritá-lo.

– E eu não quero que ela se case comigo – acrescentou ele.

– Acho que você poderia fazer com que ela *goste* de você, porém mais do que isso...

Como Grey não terminou o raciocínio, Sheridan rangeu os dentes.

– Você já foi bem claro.

Não que Sheridan tivesse a menor intenção de fazer com que Vanessa "gostasse" dele. Não era a mulher certa para ele, conforme já concluíra havia muito tempo.

– Você não concordou em pagar o dote de Vanessa? – perguntou Sheridan, tomando mais um gole de conhaque. – Você poderia ameaçar bloquear o dote até lady Eustace revelar o que sabe.

– Primeiro, isso só prejudicaria Vanessa. Segundo, se minha tia se sentir encurralada, vai simplesmente mentir. Além disso, nossa investigação exige discrição, para que a assassina continue pensando que vai escapar impune. Foi por isso que não contei para tia Cora nem para Vanessa que já descobrimos que meu pai foi morto por arsênico. O que é outra razão pela qual você deveria falar com a minha tia. Ela não vai suspeitar de você.

– E Sanforth? – perguntou Sheridan. – Tínhamos decidido que eu faria perguntas pela cidade. O que aconteceu com *essa* parte do plano para encontrar a responsável, ou os responsáveis, pela morte dos nossos pais?

– Heywood é capaz de conduzir a investigação em Sanforth sozinho.

Isso era verdade. O irmão mais novo de Sheridan, um coronel reformado, já tinha feito melhorias significativas em sua modesta propriedade. Comparado a isso, interrogar moradores da minúscula Sanforth soava como diversão para uma tarde preguiçosa.

– Pense comigo, Sheridan – continuou Grey –, não há razão alguma para você voltar a Sanforth. Como já está aqui em Londres para assistir à peça mais tarde, pode muito bem aparecer no camarote do irmão da minha tia e ver o que consegue descobrir. Pode fingir que foi lá para conversar com Vanessa.

– Supondo que elas compareçam – disse Sheridan. – Produções filantrópicas não me parecem o tipo de evento do qual lady Eustace gosta.

– Ah, elas estarão lá – garantiu Grey. – Vanessa vai garantir isso. A peça é de Juncker, lembra?

Sheridan fitou a bebida que reluzia na taça e se esforçou para não praguejar.

– Certo. Muito bem. Vou aturar as desconfianças de lady Eustace e ver o que consigo descobrir.

O que significava também ter de aturar Vanessa elogiando Juncker feito uma tola. Sheridan sentiu um nó na garganta. Ele não se importava. Não tinha *motivo* para se importar.

– Obrigado – falou Grey. – Agora, se me dá licença, eu...

– Eu sei. Beatrice está esperando em casa e você tem uma longa viagem pela frente.

Ele encontrou o olhar ansioso do irmão e suavizou o tom de voz.

– Vai ficar tudo bem. Os Wolfes são fortes. Isso sem falar da nossa mãe. Se ela conseguiu ter cinco filhos de três maridos diferentes antes de completar 25 anos, tenho certeza que a minha prima não terá problemas em lhe dar um herdeiro.

– Pode até ser uma menina. Eu não me importo. Contanto que Beatrice sobreviva e o bebê venha com saúde...

– Vá.

Sheridan podia perceber pela expressão distraída de Grey que a cabeça do irmão já estava em seu reencontro com a esposa.

– Vá ficar com ela. Pode contar comigo.

Sheridan conhecia muito bem a angústia que o amor podia causar, como atingia fundo, como era doloroso o nó que se formava na garganta. Helene não tivera a intenção, mas o deixara desacreditado desse sentimento.

E era exatamente por isso que não tinha a menor intenção de se colocar naquela situação de novo. Ver a agitação de Grey bastava como lembrete: o amor é capaz de mastigar um homem e cuspi-lo mais rápido que a velocidade de seus puros-sangues. Sheridan já tinha muito com que se preocupar. Não pretendia acrescentar uma esposa à lista.

CAPÍTULO DOIS

– Espere, garota – disse a mãe de Vanessa, impedindo que a filha entrasse no camarote da família Pryde antes de enfiar um belo grampo em seu turbante. – Seu enfeite de cabeça está torto.

– Ai, mamãe! Isso machuca!

– Não é culpa *minha* se você não fica parada. Bridget não deve ter feito a bainha direito. Que lhe sirva de lição por não ter comprado um turbante novo.

A mãe sempre queria que ela comprasse coisas novas em vez de remodelar as antigas. Infelizmente, a propriedade do falecido pai de Vanessa não gerava renda suficiente e a mãe nunca conseguia esticar muito a parte que lhe cabia como viúva para que Vanessa gastasse dinheiro com coisas supérfluas. Então Vanessa e sua criada, Bridget, viviam fazendo pequenas economias para garantir que ela e a mãe vivessem dentro de suas posses.

Lady Eustace não via razão para tal. Primeiro porque tentava constantemente mostrar aos outros como elas eram nobres. Segundo porque estava apostando suas fichas em um bom casamento para Vanessa.

– Não é a bainha, mãe – resmungou Vanessa. – Está tudo torto porque a senhora não para de mexer.

– Só estou tentando endireitar. Você precisa estar bonita para os cavalheiros.

Vanessa só queria estar bonita para um único cavalheiro, mas ele provavelmente a ignoraria, como de costume. Até aquele momento, nenhuma de suas tentativas de atrair a atenção dele havia funcionado. Se não desse certo de novo, ela teria que abandonar suas esperanças de uma vez por todas. Noah Rayner, seu tio e parente favorito ao lado do primo Grey, deu um tapinha tranquilizador em seu braço.

– Você sabe como é sua mãe, sempre pensando em pretendentes.

– E por uma boa razão – atalhou lady Eustace. – A garota não tem o menor juízo quando se trata de homens. Ela deveria estar casada com Greycourt, mas insistiu em recusar o pedido dele e agora ele está casado com aquela pirralha sem categoria, a Srta. Wolfe.

– Aquela pirralha "sem categoria" é neta de um duque, assim como eu. Então, se ela é sem categoria, eu também sou. Além disso, eu gosto dela.

Beatrice provara ser o par perfeito para Grey bem quando Vanessa estava quase desesperada com a possibilidade de ele nunca se casar.

– É claro que gosta – disse a mãe, ainda remexendo no turbante da filha. – Você sempre prefere o tipo errado de gente.

– Em geral essas pessoas são mais interessantes do que as do tipo certo – justificou Vanessa.

– Como o dramaturgo pelo qual você está apaixonada? – perguntou Cora, balançando a cabeça. – Às vezes eu acho que quer se casar com o primeiro pobretão que encontrar só para me envergonhar.

– O Sr. Juncker é muito talentoso – salientou Vanessa, exatamente pelo motivo que a mãe citara: para envergonhá-la.

Apesar do nome deveras germânico, Konrad Juncker fora criado em Londres e era filho de imigrantes alemães. Também era bonito, tinha um sorriso sedutor, olhos provocativos e belos dentes, mas Vanessa não ligava para nada disso.

Seu tio bufou.

– Entraremos no camarote em algum momento antes do final do século, minha irmã?

– Ora, calma, Noah. A orquestra ainda está afinando os instrumentos.

– Para mim, parece a abertura – disse ele. – É por isso que o corredor já está vazio, exceto por nós.

– Estamos quase lá.

Cora enfim parou de endireitar o turbante de Vanessa, então puxou o corpete dela para baixo. Vanessa gemeu.

– Eu vou puxar para cima de novo. Sinceramente, mamãe, a senhora quer que eu pareça uma desclassificada?

– Se isso lhe conseguir um bom marido? Com certeza. Você não está ficando mais nova, será que não entende isso?

A mãe beliscou as bochechas de Vanessa. Com força. E ela fez uma careta.

– Não consigo ver como beliscar as minhas bochechas vai fazer com que os anos voltem atrás.

– Confie em mim – disse a mãe. – Tomara que um dia você tenha uma filha tão teimosa quanto você. Seria uma boa lição.

Quando tio Noah pigarreou, Cora fez uma careta para ele e abriu a porta.

– Muito bem, *agora* podemos entrar.

Graças a Deus. Navegar nas maquinações e tentativas da mãe para casá-la com o "tipo certo" era tão perigoso quanto singrar o oceano mais profundo. Em um momento, a brisa suave balançava as velas de seda e, no seguinte, tempestades ameaçavam engolir a embarcação. Vanessa nunca sabia o que esperar da mãe: mau humor, desdém ou falsidade em forma de gentileza. A mãe a deixara desconfiada a sua vida toda.

– Está esperando alguém em particular esta noite? – perguntou Vanessa enquanto entravam no camarote.

A mãe tinha o costume de arrumá-la, mas hoje passara dos limites. Cora baixou o tom de voz enquanto vasculhava os camarotes.

– Ouvi falar que o marquês de Lisbourne talvez esteja presente.

Um tremor involuntário tomou conta de Vanessa.

– Dizem que ele tem mais propriedades até que seu primo. E se ele vier...

– Ele decidirá, em um passe de mágica, se casar comigo porque as minhas bochechas estão rosadas e meu colo está quase todo à mostra?

– Homens são bem assim mesmo – comentou a mãe. – Qualquer coisa é válida para fazer com que ele note você.

Que Deus a ajudasse caso isso acontecesse. Ela teria que entrar para um convento.

– Lisbourne tem 60 anos, Cora! – exclamou Noah.

– Um homem robusto de 60 anos – atalhou a mãe.

E um notório devasso.

Noah balançou a cabeça.

– Pessoalmente, acho que Vanessa deveria tentar conquistar Armitage. Ele tem uma idade mais próxima, é solteiro, e é parente do seu sobrinho.

– Mas correm boatos de que Armitage está endividado – comentou Cora.

– Ele é um duque, Cora. Contanto que não seja com apostas, ele tem como conseguir dinheiro.

A voz da mãe ficou gelada.

– Pois ele que consiga esse dinheiro com Greycourt, não com o dote da minha filha.

– O meu dote vai ser dado por Grey, mamãe. Então Armitage estaria pegando dinheiro de Grey de qualquer forma,

– Sim, mas se Armitage usar o seu dote para pagar as dívidas, então Greycourt teria mantido o dinheiro na família *dele* e não precisaria fazer as duas coisas: pagar o dote *e* ajudar financeiramente o irmão. Eu não preciso engordar ainda mais os cofres da família dele, preciso?

Noah piscou.

– Isso não faz o menor sentido. E o que você tem contra Greycourt, afinal?

– Ele é o nêmesis da mamãe – explicou Vanessa, suspirando. – Não sei o que ela acha pior: Grey ter resistido às tentativas dela de casá-lo comigo ou o fato de eu vê-lo como o irmão mais velho que nunca tive.

A mãe bufou.

– Se você tivesse um irmão mais velho, não haveria problema. Ele teria herdado a propriedade do seu pai e nós não precisaríamos depender da pífia quantia que eu recebo como viúva para sobreviver. Mas como você não tem um irmão mais velho de verdade, deveria ter se casado com Greycourt.

– Mamãe! Eu não queria me casar com ele, nem ele queria se casar comigo. Além disso, ele tem sido mais do que generoso conosco.

Principalmente levando-se em consideração como os pais dela o tratavam quando Vanessa era criança.

– Além do meu dote considerável, ele paga o aluguel da nossa casa em Londres para que possamos ficar na cidade. É bastante benevolente da parte dele.

E Grey tinha feito aquilo para que Vanessa pudesse encontrar um marido. Realmente, muito gentil.

– Não importa – retrucou a mãe, desconversando. – Farei de tudo para garantir que você não se case com Armitage. Se você se casar com Lisbourne, que é rico, terá muito dinheiro para esbanjar.

Dinheiro esse no qual Cora, sem a menor sombra de dúvida, esperava colocar as mãos por meio de Vanessa.

– Mas se você se casar com Armitage – prosseguiu Cora – e o seu dote for usado para pagar as dívidas dele, o que será, não vai lhe restar nem um centavo. Na verdade, aposto que Grey dobrou o seu dote porque sabia que poderia recuperá-lo para a família arranjando o casamento do pobre coitado do meio-irmão com você.

– Isso é ridículo – disse Vanessa. – Sheridan, quero dizer, Armitage não é um pobre coitado. Além disso, ele não tem o menor interesse em se casar comigo.

O que era uma pena.

O tio a cutucou.

– Eu achei que vocês fossem amigos.

– Não exatamente. Nós nos conhecemos, e já dançamos algumas vezes, mas...

Alguém por perto pediu silêncio, e todos tomaram seus assentos.

Desde o momento da sua primeira dança com Sheridan, o Santo – nunca se acostumaria a chamá-lo de Armitage –, o maldito a relegara ao papel de irmãzinha chata, embora ele tivesse apenas 29 anos, e ela, 25. Na terceira dança deles, Vanessa tinha percebido que não queria ser a irmãzinha chata. Queria ser a *esposa*. Aquilo era muito irritante.

Por que ele? Ele não fazia o tipo dela. A maior exigência de Vanessa era que o homem não tivesse segredos e jamais se valesse de subterfúgios; em outras palavras, que fosse o mais oposto possível do pai dela. Então em quem Vanessa pensou? Sheridan, dentre todos, um poço de quietude que não sugeria nada além de segredos. Pior ainda, tudo que ela mais queria era descobrir esses segredos. Maldito fosse.

Porque Sheridan era o único homem que fazia com que seu sangue fervesse e seu pulso acelerasse. Seu corpo era tão estúpido assim? Porque, de alguma forma, apesar do jeito indiferente e da reticência típica de um duque, que ela se esforçava para ignorar, ele fazia seu estômago dar cambalhotas cada vez que aparecia. E mais cambalhotas, mais e mais cambalhotas.

Chegara a pensar que ele estava fazendo algum tipo de joguinho para atraí-la, mas ele não parecia fazer esse tipo. Certamente ele nem sequer via Vanessa dessa forma. Nem sequer se importava com o fato de ela se sentir atraída por ele. Tudo isso a enlouquecia.

Se ela conseguisse decifrá-lo, poderia provar se ele seria ou não um marido confiável. Era sua única esperança atualmente, com a mãe cada vez mais desesperada para agarrar um homem rico para ser seu marido. Vanessa temia diariamente que Cora armasse para que fosse pega em uma situação comprometedora com algum homem do estilo de lorde Lisbourne.

Felizmente, Sheridan não tinha fama alguma de devasso. Infelizmente, depois das três primeiras danças que tiveram, Sheridan passara a evitá-la. Primeiro, Vanessa acreditara que era por ele estar de luto. Mas o luto terminara no início da última temporada e ainda assim ele mantinha distância. Enquanto isso, Cora quase jogara Vanessa nos braços de Lisbourne muitas vezes. Um dia, acabaria conseguindo... se Vanessa não encontrasse um marido antes disso.

O tio se inclinou para cochichar em seu ouvido:

– Se não é em Armitage que você está de olho, em quem é? Em Juncker, talvez, como sua mãe diz?

Ah, Deus, essa conversa estava ficando arriscada.

– Mamãe não sabe do que está falando.

– Não? Ela não é a primeira pessoa a afirmar que você está apaixonada por ele.

Mas a culpa era dela. Arrependia-se do dia em que dissera a Grey que tinha uma queda por um poeta desconhecido. Só falara isso para implicar com ele... e para evitar que descobrisse que sua verdadeira queda era por Sheridan. Porque se ele contasse para Sheridan e Sheridan desdenhasse dela, ela ficaria mortificada.

Depois disso, no casamento de Grey, Sheridan perguntara a ela, de forma um tanto condescendente, sobre a identidade do poeta no qual estava romanticamente interessada. A primeira vontade dela foi matar Grey por sequer mencionar o "poeta". Depois, ficou desesperada para pensar em um poeta que conhecesse e, como acabara de ler um livro de poesia do Sr. Juncker, dissera a Sheridan que o tal era ele.

Desse momento em diante, Vanessa perdera o controle de sua mentirinha boba. O Sr. Juncker descobrira a história e começara a flertar com ela. Grey descobrira e passara a implicar com ela regularmente, enquanto Thornstock a puxara para um canto para alertá-la sobre o jeito cafajeste de Juncker. Até a mãe escutara e agora, com frequência, lhe dava sermões sobre como não deveria se deixar atrair por pessoas da "laia" do Sr. Juncker, fosse lá o que isso significasse.

Disso tudo, porém, surgira uma vantagem: Sheridan pareceu ficar com ciúmes. Vanessa não tinha como ter certeza, porque o duque era inescrutável. Mas só o fato de ele considerá-la uma mulher adulta, mesmo que com pouca frequência, era melhor do que nem se dar conta de que ela existia.

O que levantava uma questão: Sheridan estaria presente esta noite? Se ela se inclinasse para ver se ele estava no camarote da família Armitage, deixaria à mostra seu interesse. Mas uma ideia lhe ocorreu.

– Mamãe – sussurrou ela –, a senhora trouxe seu polemoscópio?

Assentindo, a mãe tirou o objeto de sua bolsinha. Mas, antes que Vanessa conseguisse pegá-lo, a mãe perguntou:

– Quem você quer observar com ele?

Depois dos insultos da mãe contra Sheridan, ela não ousou dizer que era ele.

– O marquês, é claro.

– Não brinque comigo, garota.

Era engraçado como sua mãe sempre presumia que as outras pessoas mentiam tanto quanto ela.

– Eu sei que você tem uma queda por aquele dramaturgo, e ele está bem abaixo de você.

– Sim, mamãe.

Vanessa colocou o polemoscópio no olho e se inclinou. A mãe comprara aquela novidade depois da morte do pai, mas Vanessa nunca havia testado. Até aquele momento. O polemoscópio se parecia com um binóculo de ópera ou uma luneta, como as que são usadas por espiões, o que era irônico, porque permitia espionar as pessoas nos camarotes à direita ou à esquerda, sem que ninguém notasse. Ela poderia ver facilmente o camarote de Armitage.

Thornstock e Sheridan estavam sentados atrás da irmã deles, lady Gwyn, e da mãe. As duas damas estavam claramente conversando, e, embora o irmão às vezes entrasse na conversa, Sheridan parecia desconectado deles, escondido por trás de seu costumeiro estoicismo. Como um santo.

Ou uma esfinge. Essa definição lhe parecia mais adequada, considerando sua personalidade impenetrável. De repente, ele olhou na direção de Vanessa, que se assustou, nervosa com a atenção, embora soubesse que ele não havia percebido que ela o observava.

Ela soltou o polemoscópio no colo.

– Encontrou? – perguntou a mãe.

– Quem?

– O Sr. Juncker.

Deus do céu, ela nem verificara.

– Encontrei – respondeu ela, rezando para que ele estivesse ali.

Ela levantou o polemoscópio e vasculhou os outros camarotes. E lá estava ele, o Sr. Konrad Juncker, o suposto objeto de sua paixão. Muitas mulheres o idolatravam por seus rebeldes cabelos louros e seus olhos azuis nórdicos, embora ele não fosse realmente aceito na sociedade respeitável. Ele se vestia como um poeta e falava como um dramaturgo. De fato, no momento, ele estava claramente flertando com alguma dama que Vanessa nem conhecia.

Era por isso que ela nunca se apaixonaria por ele. Todos diziam que ele era um devasso, parecido demais com o falecido pai dela para seu gosto.

Ainda assim, ela desejava nunca ter pronunciado as palavras que a colocaram na posição de ter de fingir interesse por ele. Porque se, àquela altura, ela assumisse seu interesse por Sheridan, o duque a acharia volúvel. Ou, pior, acharia que ela estava fazendo joguinhos. O que, inicialmente, ela não estava. Mas, como sir Walter Scott uma vez escrevera: "Oh, que teia emaranhada se cria em nosso tear / quando começamos por hábito a enganar." A teia de Vanessa estava ficando cada dia mais emaranhada.

Ela baixou o polemoscópio. Vanessa, que havia rezado para ter a chance de conversar com Sheridan, começou a temer que isso acontecesse. Principalmente quando a peça chegou ao final do primeiro ato e, ao olhar para o camarote da família Armitage, ela viu que Sheridan havia desaparecido. Sem dúvida, estava flertando com alguma outra...

– Boa noite – disse uma voz suave como conhaque. – Espero que estejam apreciando o espetáculo.

O pulso de Vanessa acelerou quando Sheridan deu a volta nas cadeiras para se encostar na balaustrada e se posicionar em frente a ela e à mãe. Sheridan? Ali, no camarote do seu tio?

Que inesperado.

Que delicioso.

– Estamos apreciando dentro do possível, considerando que a peça não é nova – respondeu tio Noah, que estava sentado atrás da mãe dela. – Ainda assim, prefiro uma peça antiga de Juncker a uma nova de qualquer outro autor. Ele sabe como nos divertir, não podemos tirar dele esse crédito.

Um leve franzido de sobrancelha demonstrou que Sheridan não ficou satisfeito ao escutar o elogio ao Sr. Juncker. Vanessa gostaria de saber por quê.

– Armitage – cumprimentou sua mãe, friamente. – Creio que não tenha sido apresentado a meu irmão, sir Noah Rayner.

Considerando a familiaridade grosseira do cumprimento da mãe, Vanessa não culparia Sheridan se ele se retirasse. Felizmente, tio Noah disfarçou, levantou-se e deu a volta no assento dela para estender a mão.

– É um prazer conhecê-lo, Vossa Graça – disse Noah, e seus olhos cinzentos brilharam um pouco. – Minha irmã fala muito a seu respeito.

– Não seja bobo, Noah – disse a mãe. – Ignore meu irmão, por favor, Vossa Graça. Não sou fofoqueira.

Que mentira. A mãe de Vanessa era fofoqueira *e* manipuladora.

Noah apontou para um assento ao lado do dele, que ficava exatamente atrás do de Vanessa.

– Junte-se a nós. Minha sobrinha estava acabando de dizer que adoraria saber a sua opinião sobre a apresentação.

Claramente, a mãe não era a única pessoa capaz de tirar proveito de uma situação. Mas tio Noah ao menos a estava empurrando para cima de Sheridan, não de lorde Lisbourne.

Quando Sheridan colocou seus lindos olhos verdes sobre Vanessa, ela abriu um sorriso de flerte.

– Imagine, tio. Eu já sei a opinião dele.

A expressão de Sheridan não mudou minimamente. Permaneceu a mistura perfeita de tédio e indiferença.

– É mesmo? E qual seria?

– Que as travessuras de Felix e seus amigos são ridículas. Que o senhor não considera essas frivolidades nem um pouco divertidas.

– Se a senhorita está dizendo – disse ele, dando de ombros. – Sinceramente, não tenho nenhuma opinião.

Era o tipo de coisa que Sheridan sempre dizia.

– Ah, mas Vossa Graça deve admitir que, quando tem, ela sempre é contrária à opinião de todas as outras pessoas. Certa vez me contaram que o senhor disse ao secretário de Guerra que Napoleão era um estrategista brilhante que nos venceria se não reconhecêssemos isso e agíssemos de acordo.

Sheridan fitou Vanessa.

– Isso não foi uma opinião, mas a verdade. Não é só porque o homem é nosso inimigo que devemos supor que seja burro. Homens mais inteligentes do que o nosso secretário de Guerra cometeram esse erro e pagaram por isso.

As palavras despertaram a curiosidade de Noah.

– Perdoe-me, duque, mas Vossa Graça conhece estratégia militar?

– Desde a mais tenra idade meu pai me treinou para seguir seus passos no serviço diplomático britânico, uma profissão que exige o conhecimento de todos os tipos de estratégias. Então, sim, sir Noah, conheço bastante o assunto.

Cora torceu o nariz diante da ideia.

– Tenho certeza que seu falecido pai ficou aliviado quando o senhor se tornou herdeiro dele no ducado em vez de seguir a carreira diplomática. Que evento auspicioso.

Sheridan concentrou sua atenção na mãe de Vanessa.

– Eu duvido que meu pai tenha achado a morte do irmão auspiciosa.

Como se percebesse que ela poderia se ofender com seu discurso duro, ele suavizou as palavras.

– Pessoalmente, eu teria preferido um cargo fora do país a herdar um ducado, mas não era o meu destino.

Vanessa não sabia se acreditava nele. Não soava convincente. Talvez Sheridan estivesse tentando convencer a si mesmo? Mas, dada a reticência do duque, provavelmente era de sua natureza se curvar às necessidades da Inglaterra em detrimento das próprias.

Como se refletisse a respeito, Cora levantou uma sobrancelha.

– O senhor seria feliz morando fora da Inglaterra e sendo um reles representante pela vida toda?

– Eu não nasci na Inglaterra, lady Eustace. Então, se tivesse a oportunidade de viver o resto dos meus dias na Prússia, por exemplo, eu ficaria muito contente.

– Mesmo com toda a sua família aqui? – perguntou Vanessa, genuinamente curiosa. – Não sentiria saudade?

O olhar dele recaiu sobre ela.

– É claro que sentiria. Mas se eu ainda estivesse no serviço diplomático, meu tio estaria vivo e meus pais e Gwyn estariam na Prússia.

– E quanto a seus irmãos? Não sentiria saudade deles, então? – questionou Vanessa.

Vanessa pensou que sentiria muita falta de Grey se ele fosse morar em outro país, e ele era apenas seu primo.

– Até o ano passado não passávamos muito tempo juntos – explicou Sheridan, com a testa levemente franzida. – Eu já estava acostumado. Era apenas uma criança quando Grey partiu. Heywood foi para o Exército quando eu tinha 17 e Thorn veio para a Inglaterra quando eu tinha 19. Passei nove anos sem ver meus irmãos.

O tom de voz tenso desmentia a indiferença das palavras.

– Mas o senhor certamente sentiria falta de eventos como este, ou das festas nas casas de campo, ou de nossos bailes deslumbrantes – opinou Cora.

Tio Noah balançou a cabeça.

– Também se fazem essas coisas na Prússia, certo, duque?

25

– Sim, mas não são eventos frequentados por ingleses – insistiu a mãe. – E não podemos confiar naqueles prussianos.

Vanessa prendeu um gemido.

– Perdoe a minha mãe, ela desconfia de todos os estrangeiros.

Sheridan ignorou o comentário de Vanessa.

– Devo confessar, lady Eustace, que as festas em Berlim não têm comparação com as que a minha mãe sempre descreve da época de sua juventude na Inglaterra. As festas na Prússia são eventos muito organizados, com todas as atividades agendadas. Ao passo que, segundo relatos dela, as festas de seu primeiro marido em Carymont eram frenéticas e nem um pouco planejadas. Cada um tinha uma ideia diferente para as atividades e ninguém consultava ninguém sobre esses planos.

– Exatamente – concordou Cora, se iluminando. – As festas eram exatamente assim. Naquele tempo nós fazíamos o que nos desse vontade. Nada desse absurdo de "ah, os jovens cavalheiros devem ser apaziguados". Nós nos divertíamos de todas as formas possíveis.

– Creio que com isso os hóspedes tivessem tempo de vagar e explorar Carymont – continuou Sheridan.

– E de ter encontros – acrescentou tio Noah de forma astuta.

A mãe de Vanessa bateu no irmão com sua bolsinha.

– Ninguém tinha encontros nessas festas, Noah. Eu era recém-casada e não arriscaria meu casamento por homem nenhum. E meu marido nem mesmo estava lá.

Ela olhou para Vanessa e corou.

– Não que ele fosse fazer tal coisa.

Vanessa se esforçou para não revirar os olhos. Como a mãe podia achar que ela não percebera os muitos pagamentos de seu pai para várias damas no decorrer dos anos? Vanessa fazia a contabilidade dele desde que tinha idade suficiente para saber o que era um livro-razão. O pai era péssimo em administrar dinheiro.

– O evento em Carymont – disse Vanessa, pensando em voz alta. – Foi alguma ocasião especial ou só mais uma festa na casa de campo?

Cora suspirou.

– Estávamos lá para comemorar o batizado de Grey. Mas...

– O pai de Grey morreu – completou Sheridan sem rodeios.

Vanessa gemeu. Ela não fazia ideia, senão nunca teria tocado no assunto.

Mas os pais dela nunca revelaram detalhes sobre a morte do pai de Grey, exceto para mencionar que Grey era apenas um bebê na época.

Noah fuzilou a irmã com o olhar.

– Foi *nessa* ocasião que aconteceu?

– Foi, sim – disse Sheridan, concentrando-se na mãe de Vanessa. – Fico me perguntando como os hóspedes se sentiram, lady Eustace. Todos devem ter ficado muito abalados.

Cora afastou o assunto com a mão.

– Ah, não vamos falar sobre isso. É... horrível e triste demais. Além disso, o próximo ato já vai começar.

De fato, a orquestra começou a tocar uma música mais dramática. Tio Noah retomou seu assento, mas Sheridan continuou de pé, encostado na balaustrada.

– Aceita uma bala de limão, Vossa Graça? – ofereceu Vanessa, pegando uma em sua bolsinha, na esperança de mantê-lo ali.

– Agradeço, mas não – respondeu Sheridan, abrindo um sorriso sem graça para ela. – Parei de comer doces por causa da Quaresma.

Enquanto Vanessa e tio Noah riram, a mãe dela franziu a testa.

– Mas a Quaresma foi meses atrás.

Cora nunca tivera senso de humor.

– Exatamente, minha irmã – disse Noah, sorrindo para Vanessa. – Mas eu aceito uma bala de limão, sim.

Ele pegou o doce da mão da sobrinha. Nesse momento, um rapaz entrou no palco e começou uma introdução cômica ao segundo ato, o que acabou com a conversa.

Parecendo frustrado, por nenhuma razão que Vanessa pudesse compreender, Sheridan se afastou da balaustrada, chamando, sem querer, a atenção dela para seu físico. O homem tinha as panturrilhas mais torneadas que ela já vira, sem mencionar o peitoral largo como o de um pugilista e claramente apto a qualquer teste de força. Como se isso já não fosse tentação suficiente para uma jovem dama, o cabelo dele... Ah, era melhor nem pensar naqueles gloriosos cachos castanho-acinzentados. Vanessa sentia vontade de passar os dedos por eles, algo de que Sheridan com certeza não se dava conta, já que ignorou Vanessa completamente enquanto se inclinava mais algumas vezes para sussurrar algo a Cora, como se para retomar a conversa.

Como um balão se esvaziando, Vanessa sentiu o ar de sua felicidade se esvair. Ele estava ali para ver, para falar com a mãe dela, tendo em vista que se sentou atrás dela e inclinou-se para a frente para fazer comentários. Vanessa não conseguia entender o motivo, mas a questão era que Sheridan não tinha ido até ali para ficar perto *dela*.

O que ela precisava fazer para que ele conversasse com ela? Ou para notá-la? Se não conseguia pensar em nada para afastá-lo de sua mãe, teria que desistir de seu sonho tolo de se casar com ele e ir em busca de um homem seguro, confiável e, de preferência, jovem com quem pudesse se casar.

Usando o polemoscópio outra vez, Vanessa vasculhou os camarotes em volta, buscando em sua mente alguma coisa que pudesse atrair a atenção de Sheridan. Então avistou Juncker.

Sheridan e sua mãe ainda cochichavam, então ela pediu silêncio a eles.

– Minha parte favorita está chegando – disse ela baixinho. – E vou acabar perdendo por causa do cochicho de vocês.

Os dois ficaram em silêncio. Vanessa esperou, perguntando a si mesma se Sheridan morderia a isca.

– A senhorita tem uma parte favorita? – perguntou ele finalmente, baixinho.

O coração de Vanessa disparou. Estava dando certo, embora ela desejasse muito não ter precisado envolver o Sr. Juncker para levar Sheridan a falar com ela.

– Ora, não apenas uma.

Vanessa virou-se no assento para conversar com Sheridan.

– O Sr. Juncker é um autor tão brilhante que tenho três ou quatro cenas favoritas em cada peça. Como era de esperar.

– Achei que a senhorita gostasse mais do figurino – comentou ele com um tom de voz delicado –, considerando sua paixão por moda.

Para não perder a paciência com ele de forma visível, Vanessa voltou sua atenção para o palco. Sua "paixão por moda"! Mais uma vez, ele só a via como uma menina frívola.

– E eu achei que o senhor gostasse mais da sagacidade – disse ela, com malícia. – Mas talvez precise de alguém para lhe explicar o enredo.

Sheridan soltou uma gargalhada baixa que reverberou no corpo dela, fazendo com que se sentisse leve e derretida por dentro.

– Essa é a sua forma educada de dizer que não me considera sagaz, Srta. Pryde? – sussurrou ele.

– Ah, eu fui educada? Não tive essa intenção.

Talvez ela devesse simplesmente encarar o fato de Sheridan não ter o menor interesse romântico nela. Independentemente do que fizesse, Vanessa sempre seria alguém com quem ele implicaria e depois ignoraria. Estava claro que nunca a veria como uma mulher apta a ser sua esposa. Mesmo quando dançaram em alguns bailes, Sheridan o fizera apenas por um senso de obrigação com o meio-irmão mais velho. Se as danças não haviam mudado a percepção que ele tinha dela, o que mais poderia mudar?

No palco, um jovem tentava roubar um beijo da dama destinada a ser seu amor verdadeiro, e aquilo deu a ela uma ideia maluca. Um beijo. Era isso! O pulso de Vanessa acelerou. Tinha que fazer com que Sheridan a beijasse. Beijos podiam ser mágicos. Bem, nenhum dos que ela experimentara tinha sido assim, mas era óbvio que isso era simplesmente porque ainda não encontrara a pessoa certa para beijar. Afinal, por que outro motivo os beijos pontuariam os momentos mais importantes das comédias, dos romances e até dos versos mais eletrizantes dos poemas?

Mas como ela faria com que Sheridan a beijasse quando ele não a via como a feiticeira sedutora que ela gostaria de ser para ele?

Preguiçosamente, Vanessa pegou o polemoscópio. Como se para aumentar o insulto, o Sr. Juncker apareceu no orifício. Enquanto Vanessa o observava, ele se levantou, claramente com a intenção de sair do camarote.

O movimento deu a ela uma ideia. Sheridan já achava que ela estava apaixonada pelo Sr. Juncker, certo? Ela poderia muito bem usar isso a seu favor. Mas, primeiro, precisava convencer Sheridan a acompanhá-la para fora do camarote. E, olhando para outro camarote, conseguiu a desculpa perfeita.

Vanessa se inclinou para trás para sussurrar no ouvido dele.

– Acabei de avistar uma amiga em um camarote do outro lado do corredor. Preciso ir falar com ela. Vossa Graça poderia me acompanhar?

Ele a fitou, desconfiado.

– E a sua cena favorita?

– Já terminou – respondeu ela, apressadamente. – Além disso, acho que ela já está indo embora, e eu não a vejo há meses.

– Por que não pede a seu tio que vá com a senhorita?

– Está se referindo ao tio que no momento está roncando?

Sheridan olhou para tio Noah e fez uma careta.

– O senhor pode ficar aqui – acrescentou ela. – Vou sozinha.

Ela se levantou, rezando para a mãe não tentar impedi-la e para que o superprotetor Santo Sheridan a seguisse. Quando ele fez exatamente isso, ela soltou um longo suspiro.

Quando chegaram ao corredor vazio, Sheridan perguntou em voz baixa:

– Quem é essa sua amiga tão importante, afinal?

Ela andava um pouco à frente dele.

– Srta. Younger.

– Nunca ouvi falar – disse ele, claramente cético.

– Não me surpreende. Primeiro, o senhor raramente frequenta a sociedade, a não ser quando a sua família o força. Segundo, o senhor me evita sempre que possível, então pode nunca tê-la encontrado. Terceiro...

– Espere, espere um minuto.

Sheridan segurou o braço dela.

– O que a senhorita quis dizer ao afirmar que eu a evito? Porque isso sugere uma animosidade declarada.

– Chame como quiser, mas o senhor precisa admitir que desvia de seu caminho para não cruzar comigo.

Vanessa o encarou, desafiando-o a negar.

– Eu não... Eu nunca...

Por um momento, Sheridan pareceu nervoso. Foi animador pensar que ela era capaz de deixá-lo desse modo. Então a expressão dele ficou mais suave e ele retornou à costumeira austeridade que dirigia apenas a Vanessa.

– Teremos de concordar em discordar desta vez.

Vanessa continuou seguindo pelo corredor.

– Humm. Bem, de qualquer forma, o senhor não a conhece porque ela ainda não debutou.

– Como então ela é sua amiga? Porque a senhorita debutou já faz algum tempo. Se sua amiga ainda está em idade de debutar, o sobrenome Younger acabou sendo bem apropriado, visto que deve ser muito jovem, uns bons seis ou sete anos mais nova do que a senhorita.

– O senhor deve estar se sentindo muito esperto ao fazer um jogo de palavras tão óbvio com o nome da minha amiga, não?

Ela olhou pelo corredor e desacelerou o passo. Onde estaria o Sr. Juncker?

– Esperto o suficiente para saber que o sobrenome Younger é claramente inventado.

– Por que eu inventaria um sobreno...

Vanessa parou de repente e Sheridan pisou na cauda do vestido dela. Não que ela se importasse. Era a sua chance. Girando na direção dele, ela disse:

– Rápido, me beije.

– O quê?

– Por favor, me beije!

Como ele apenas arqueou uma sobrancelha, Vanessa murmurou:

– Ah, esqueça... Eu mesma faço isso, então.

Agarrando os ombros de Sheridan, Vanessa ficou na ponta dos pés e pressionou os lábios contra os dele. Ele se afastou e olhou para o corredor para ver o que ela havia visto: o Sr. Juncker caminhava na direção deles. Então, franzindo a testa, Sheridan a empurrou contra a parede e a beijou de volta.

Porém o beijo dele foi superficial, o beijo de um homem forçado a fazer algo que precisava, mas não queria. Sheridan manteve o contato do modo mais insatisfatório até que o Sr. Juncker tivesse passado por eles, então disse:

– Desculpe.

E só então Sheridan a soltou. Foi quando Vanessa percebeu o que ele estava fazendo: mais uma vez protegendo-a, tratando-a como uma garotinha tola. Assegurando que o Sr. Juncker não visse quem estava sendo beijada e ao mesmo tempo não a beijando de verdade.

Tomada pela raiva, Vanessa o empurrou. Com força.

Sheridan cambaleou para trás.

– Por que a senhorita fez isso?

– Porque... porque...

Bem, ela não podia dizer a verdade, senão ele descobriria como ela se sentia em relação a ele.

– O senhor sabe exatamente por quê.

– Por beijá-la?

– Se é que podemos chamar aquilo de beijo.

Não, se fizesse esse tipo de reclamação, Sheridan descobriria os sentimentos dela. Sua única alternativa era continuar suspirando pelo Sr. Juncker, por mais que odiasse isso. Olhou na direção na qual o escritor tinha ido.

– O senhor não deixou que ele me visse.

Ele a fitou de forma austera.

– Está tentando arruinar sua reputação, Vanessa?

– Na verdade, não.

Ele não estava entendendo. Vanessa ergueu o queixo e mentiu:

– Estou *tentando* provocar ciúmes no Sr. Juncker. Mas se ele não souber que era *eu* quem estava sendo beijada...

– A senhorita não estava mesmo sendo beijada – interrompeu Sheridan. – A senhorita estava *me* beijando.

– Isso não faria diferença – disse ela, inclinando a cabeça. – E se o senhor tivesse permitido que ele testemunhasse o ocorrido, eu teria conseguido agarrá-lo.

– Agarrá-lo? – repetiu ele, encarando-a. – Aquele homem nunca vai se casar com a senhorita. Está realmente disposta a arruinar sua reputação por um camarada que não tem o menor interesse em estabelecer uma conexão respeitável com a senhorita?

Ela olhou para o corredor por onde o Sr. Juncker havia passado.

– Como o senhor sabe que ele não estabeleceria uma conexão respeitável? Ou simplesmente acha que sou tola demais para atrair um pretendente digno?

Sheridan piscou.

– Não tem nada a ver com a senhorita. Juncker é um mulherengo, e mulherengos não se casam.

– Thorn se casou.

– Meu meio-irmão teve suas razões para tal.

A expressão de Sheridan ficou sombria.

– Juncker não tem nenhuma delas: não precisa de um herdeiro nem de um dote para salvar sua propriedade. Sem falar nas muitas mulheres insaciáveis e ansiosas para compartilhar a cama dele. Então para que se casar?

– Não faço ideia, nem o senhor. O que sabe sobre esse tipo de vida, afinal? O senhor não é um mulherengo, não tem como sab...

Sheridan a beijou de novo. Só que dessa vez não foi um beijo superficial nem falso. Dessa vez foi o tipo de beijo que uma mulher realmente deseja.

A cabeça de Vanessa girou enquanto a boca dele a seduzia e se deliciava, em alguns momentos com voracidade, em outros, do modo mais delicado, deixando-a com as pernas bambas. Sheridan a segurava pelos ombros, debruçando-se sobre ela, e o corpo másculo cobria o corpo frágil como se tentasse dominá-la. E Vanessa estava mais do que contente em estar sendo dominada.

Céus, sem dúvida ele sabia beijar.

Vanessa o abraçou pela cintura, precisando se segurar enquanto Sheridan a levava para bem longe dali, além das nuvens. No teatro gelado, o corpo dele irradiava calor como um sol aquecendo o pasto, e ele mesmo cheirava a sol, e couro, e alguma colônia condimentada.

Sheridan a incitou a abrir a boca para mergulhar a língua. Deus do céu, o que ele estava fazendo? Que sensação deliciosa, que ela nunca experimentara. Vanessa apertou ainda mais o abraço, querendo ficar ainda mais perto.

E quando a resposta dele foi gemer e pressionar o corpo contra o dela, Vanessa entrou em êxtase. A mera sensação do corpo dele transformando-a em gelatina, o beijo se demorando mais e mais...

Ele a havia notado. Finalmente.

CAPÍTULO TRÊS

Sheridan sabia que estava cometendo um erro. Não deveria tocá-la, muito menos beijá-la. Mas os dois primeiros toques de leve nos lábios dela despertaram seu apetite para um beijo de verdade. Para fazer com que ela pensasse duas vezes sobre Juncker e seu maldito comportamento devasso. Para mostrar a ela que todo homem tem desejos e que tentar seduzir um como Juncker era procurar encrenca.

Beijá-la era procurar encrenca. Que Deus o protegesse, porque estava navegando por águas desconhecidas, um aventureiro em solo estrangeiro. Os lábios macios e o corpo quente se renderam aos dele. Vanessa tinha gosto de bala de limão e raios de sol, e quanto mais a língua dele investia para dentro de sua boca, mais ele ansiava por colocá-la em outros lugares. Aquilo era completamente insano. Especialmente porque ela não o impedia. Por quê?

Porque Vanessa era uma sedutora. Sheridan poderia roubá-la de Juncker, se desejasse. Mas ele não desejava, é claro. Não deveria desejar.

Ele, definitivamente, não deveria estar beijando Vanessa ali no corredor, onde qualquer um poderia vê-los! Arrependido, ele interrompeu o beijo e deu um passo para trás a fim de dar espaço para ela se mover.

Dessa vez, Vanessa não o empurrou. Simplesmente o observou com seus olhos azuis cristalinos, como se o visse por um novo prisma. O que também não era bom. Fazia com que Sheridan quisesse deixá-la entrar, quando ele já havia jurado que jamais o faria, embora estivesse a ponto de não se conter mais diante de uma visão tão atraente, com seu turbante da moda e seu vestido caro, com um decote que mostrava muito dos seios.

Ora, Vanessa nem era o tipo de mulher por quem ele costumava se sentir atraído. Helene, por outro lado, era. Alta, esguia e elegante. Vanessa era baixinha, voluptuosa, jovial, o tipo de mulher sedutora com a qual qualquer homem gostaria de se deitar sobre um monte de feno.

Sheridan afastou o pensamento rapidamente. Vanessa partiria seu coração, ele já sabia disso. E, a seu ver, ter o coração partido uma vez já tinha sido o suficiente.

Além disso, sua vida estava complicada demais naquele momento. A última coisa que precisava era de uma mulher como Vanessa deixando as águas ainda mais turvas.

Ele respirou fundo.

– Agora a senhorita sabe como é fácil para um homem bancar o mulherengo. Até mesmo eu.

– Eu percebi – comentou ela, com prudência. – Confesso que estou surpresa. O senhor não me parece esse tipo de homem.

– Que tipo de homem?

– Que beija uma mulher com tanta paixão.

Aquilo doeu. Mas ele não podia permitir. Em vez de devolver, Sheridan forçou um tom de voz frio.

– Porque não sou. Só achei que a lição seria útil para a senhorita. Pode salvá-la da ruína um dia.

– Ah, o beijo foi uma lição? – perguntou ela, cética. – Nesse caso, certamente foi bem convincente.

– De que adianta uma lição se não for convincente?

– É verdade.

O olhar dela ficou gélido antes de fitar as luvas que tinham deslizado pelos antebraços, deixando os cotovelos à mostra. Enquanto Vanessa as puxava para cima, ele sentiu uma pontada de decepção. Os cotovelos dela eram realmente lindos. Como não havia notado isso antes?

– De toda forma, isso não muda nada – acrescentou ela. – Eu ainda tenho a intenção de conquistar o Sr. Juncker, se puder.

O urro repentino nos ouvidos pegou-o desprevenido. *Nem por cima do meu cadáver.* Sheridan precisou de um grande esforço para não dizer isso em voz alta. Ela podia não ser a mulher certa para ele, mas Juncker jamais seria o homem certo para ela. De alguma forma, ele precisava mantê-la longe dos braços daquele cafajeste.

Além disso, Sheridan precisava passar mais tempo com a mãe dela. Lady Eustace ainda não havia lhe dito o que ele desejava saber.

– Bem, se está determinada a isso – disse Sheridan –, posso ajudá-la.

Vanessa o encarou e ergueu uma sobrancelha.

– E por que diabos faria isso? O senhor se esforçou tanto para me esconder durante nosso primeiro beijo, quando tentei provocar ciúmes nele...

– Porque achei que isso colocaria fim a essa história. Mas a senhorita deixou claro que eu estava errado. Então, se quer mesmo ir atrás dele, posso ajudá-la, só para mostrar que ele não é o homem que pensa.

– Mas por que o senhor faria isso? Por que se importa se ele arruinar minha reputação? Ou se nos casarmos e ele ficar com o meu dote? Ou o que quer que pense que possa acontecer se eu continuar atrás dele?

O olhar de ansiedade dela fez com que Sheridan buscasse uma resposta convincente. Não podia dizer que era porque precisava interrogar a mãe dela.

– Suponho que somos amigos – disse ele, considerando que era o caminho certo a seguir. – Concorda?

Vanessa soltou uma gargalhada seca.

– O senhor mal fala comigo nos bailes. Está sempre me evitando quando estou com Grey e Beatrice. Certamente, não me procura em público. O que exatamente nos torna amigos?

– Nossa conexão com Grey, para começar. Pode me considerar um irmão mais velho.

– Ah, é claro – respondeu ela –, deu para ver como o senhor estava sendo bem fraternal quando me beijou.

Sheridan cerrou os dentes.

– Eu já disse...

– Sim, sim. O senhor estava abrindo meus olhos, me ensinando uma lição.

Vanessa parecia furiosa. Mas por quê? Não fazia sentido. Mas, ao observá-la, Sheridan notou que a raiva em seu tom não combinava com a expressão indiferente, e ele perguntou a si mesmo se não estaria imaginando coisas.

– Seja como for – continuou ela –, não preciso de outro irmão mais velho. Grey é mais do que suficiente, acredite em mim.

– Ah, mas ele anda muito ocupado ultimamente. E eu não.

– Entendo.

Vanessa enfiou uma mecha do cabelo para dentro do turbante.

– Muito bem, me diga como pretende me ajudar a atrair o Sr. Juncker.

– A senhorita pode não ter conseguido deixá-lo com ciúmes hoje, mas posso lhe oferecer muito mais chances de fazer isso – disse Sheridan, mas logo emendou: – Chances que não signifiquem a sua ruína. Vou cortejá-la publicamente, mas como um cavalheiro. Se isso não arrancar um pedido de casamento do homem, então nada mais o fará e eu terei provado que estava certo sobre o caráter dele.

Sheridan podia ver a mente sagaz de Vanessa avaliando a proposta, analisando todos os aspectos para ver se tinha alguma objeção.

Para a sua surpresa, Sheridan sentiu a respiração e o pulso acelerarem enquanto aguardava uma resposta. Disse a si mesmo que estava fazendo aquilo só porque precisava extrair mais informações da mãe dela. Até o momento, não tinha conseguido descobrir praticamente nada sobre aquele período da vida de lady Eustace e de sua mãe, exceto que esta era considerada um diamante de primeira grandeza na juventude, o que ele já sabia. De acordo com lady Eustace, os homens faziam coisas extraordinárias para chamar a atenção de Lydia. Dizia-se até que um se matou por ela ter recusado o pedido dele.

Essa era a coisa mais absurda que Sheridan podia imaginar: se matar por causa de uma mulher, mesmo uma mulher tão admirada quanto sua mãe. Nunca se permitiria chegar a esse estado por ninguém. Além do escândalo e dos encargos financeiros, não fazia sentido em termos de família. A dele já passara por sofrimento suficiente. Nunca daria a eles mais essa desgraça.

– O senhor está disposto a fingir que está me fazendo a corte – disse Vanessa – e arriscar ser chamado de tolo quando eu me casar com Juncker só para provar que está certo sobre o caráter dele?

Se isso ajudar a descobrir o assassino de meu pai, estou.

Sheridan deu de ombros.

– Eu gosto de ter razão. Isso não é raro em um duque, sabia?

– Ah, acredite em mim, eu sei bem. Grey também tem essa característica em particular.

Vanessa olhou para o corredor na direção em que Juncker tinha ido.

– E se o seu plano não conseguir arrancar um pedido de casamento do Sr. Juncker? Não o preocupa que a farsa o torne irremediavelmente ligado a mim? Que as pessoas venham a esperar o *nosso* casamento?

– Podem esperar o que quiserem – retrucou Sheridan. – Homens cortejam mulheres o tempo todo sem sucesso. A senhorita só precisa dizer uma palavra e eu posso, de repente, perder o interesse. Ou, se temer que tal comportamento possa prejudicar seu futuro com outros pretendentes, pode você mesma me dispensar. De uma forma ou de outra, conseguiremos nos livrar um do outro.

Mas Sheridan sabia que precisaria se certificar de que isso só acontecesse depois de ter conseguido o que precisava para a investigação.

Vanessa levantou o queixo.

– Tudo bem, então. Aceito a proposta, mas com uma condição: se o Sr. Juncker mostrar algum interesse em se casar comigo, o senhor se afastará com elegância.

– Com certeza.

Mas Sheridan podia apostar qualquer quantia que Juncker jamais faria isso. Conhecia o tipo dele. Homens como ele não se casavam, nem por amor nem por dinheiro.

Eles ouviram o som dos aplausos, o sinal de que o segundo ato tinha chegado ao fim.

– Ah, meu Deus! – exclamou Vanessa. – Temos que correr se eu quiser pegar a Srta. Younger e lady Whitmarsh antes de elas saírem do camarote.

Ela partiu na direção que estava seguindo antes, e Sheridan correu atrás.

– Espere – chamou ele. – Realmente existe uma Srta. Younger?

– É claro que sim. O senhor acha que sou burra? Eu não inventaria uma amiga quando seria tão fácil verificar se essa pessoa realmente existe.

Sheridan tinha que admitir que o raciocínio tinha lógica. Isso significava que ela não saíra do camarote para ir atrás de Juncker? Que eles realmente haviam encontrado o homem por acaso?

Por algum motivo, ele duvidava disso.

⁂

Vanessa ficou desconfortável ao ver Sheridan mudar seu jeito usual para agradar Flora Younger. Não que isso a surpreendesse. Flora era mais interessante do que propriamente bonita. Ao contrário da maioria das mulheres que Vanessa conhecia, ela não tentava parecer mais baixa. O cabelo louro-escuro estava arrumado em um penteado de ondas elegantes e os olhos de um tom raro de âmbar brilhavam como ouro sob a luz de velas.

Vanessa se esforçou para não sentir ciúmes da amiga, mas era difícil, já que Sheridan nunca havia sido tão simpático com ela própria. Ele certamente sabia fazer isso. Vanessa já vira relances do seu comportamento com a meia-irmã e com a prima Beatrice. Mas depois de ser beijada de forma tão intensa por ele e em seguida dispensada como uma... criada, Vanessa não suportava que ele demonstrasse afeto por outras pessoas, *menos* por ela.

Só não se ressentia com a amiga porque não via a menor malícia em Flora, que sabia que era tão improvável que o duque de Armitage se casasse com ela quanto o próprio rei.

– Você não acha, Vanessa? – perguntou Flora.

Vanessa piscou.

– Humm...

– Não dê atenção a ela – disse Sheridan a Flora, assentindo para Vanessa. – Sua amiga tem uma tendência a sonhar acordada.

– Como o senhor poderia saber disso? – questionou Vanessa. – Estivemos juntos em eventos sociais pouquíssimas vezes, o que não é suficiente para ter formado uma opinião a meu respeito.

– Ao contrário, acho que a conheço muito bem – retrucou ele, com os olhos brilhando. – A senhorita ama moda, mexericos e mimos.

Vanessa fez uma careta, mas Flora caiu na gargalhada.

– É claro que não a conhece bem, Vossa Graça.

– Suponho que a senhorita a conheça melhor – comentou Sheridan, sendo implicante.

– Espero que sim. Frequentamos os mesmos bailes desde que ela debutou. A mãe dela é parente da minha patroa.

Sheridan levantou uma sobrancelha para Vanessa.

– Patroa?

– O senhor não me deu a chance de explicar mais cedo – respondeu Vanessa. – Flora é dama de companhia de lady Whitmarsh.

Que estava sentada, conversando com uma amiga, no canto.

– E Flora é dois anos mais velha que eu.

A informação pareceu emudecer Sheridan. Mas só por um momento.

– Então a posição dela como dama de companhia é a razão pela qual não debutou – disse Sheridan. – Ah. Isso faz sentido.

Para a satisfação de Vanessa, Sheridan de forma alguma demonstrou o que deve ter concluído: que Flora não tinha dinheiro nem título. A generosidade de lady Whitmarsh era o que permitia que ela fizesse coisas como ir a peças de teatro e bailes. Vanessa poderia beijá-lo por não ter mudado em nada seu comportamento agora que sabia.

Vanessa lançou um sorriso orgulhoso para a amiga.

– Sua Graça supôs que você fosse muito mais nova do que eu, que fosse alguma adolescente envergonhada. Não foi, Sheridan?

– Por favor, não me arraste para essa conversa. Um homem especulando a idade de uma mulher não consegue escapar ileso.

As duas riram ao mesmo tempo. Então Flora piscou para Vanessa.

– Vossa Graça ainda não me permitiu corrigir suas impressões sobre a personalidade da minha amiga – disse Flora. – Sobre moda, concordo. As roupas de Vanessa são sempre dignas de elogios e de muito bom gosto. Ela se esforça muito para isso.

– Por saber fazer compras muito bem – opinou ele, com uma condescendência irritante.

– Na verdade, não. Vanessa gasta muito tempo reformando seus vestidos e chapéus. Essa linda peça brilhosa que ela está usando por cima do vestido, por exemplo? Tirou de um antigo vestido da mãe dela e colocou por cima do mais simples dos vestidos cor de vinho, do baile da última temporada. E o detalhe no turbante de cetim branco? Ela mesma bordou com fios de seda dourados. Depois acrescentou as penas no mesmo tom de vinho e sua vestimenta ficou completa, apenas com o custo de linhas e duas penas.

Vanessa ficou vermelha ao ser desmascarada. Por assim dizer.

– Céus, Flora, não revele todos os meus segredos.

– Ele é homem – comentou Flora. – Provavelmente não entendeu metade do que acabei de dizer.

– Terei de discordar – disse ele, fixando seu olhar atento em Vanessa. – Minha irmã costumava fazer coisas assim. Provavelmente ainda faz.

– O que quero dizer é que – continuou Flora –, apesar de gostar de mimos e mexericos como toda jovem dama, Vanessa tem muitas surpresas.

– Não perca seu tempo, Flora – pediu Vanessa. – Ele acha que sou apenas uma mocinha mimada, e nada do que você disser vai mudar essa impressão.

– Eu nunca chamei você de mimada – destacou ele.

– Talvez não, mas admita: o senhor me acha uma mocinha tola, que vive por aí desperdiçando seu tempo com passatempos fúteis.

Flora virou a cabeça ao se dar conta de algo.

– Perceberam quantas palavras com a letra M usamos em nosso diálogo para designar coisas que são consideradas negativas? Principalmente atribuídas às moças. Ora, já falamos de mimos, mexericos, mocinha, mimada. E há tantas outras... matraca e...

– Moda – acrescentou Vanessa. – Homens acham que moda é a maior das frivolidades. A não ser, é claro, que estejam falando com seus alfaiates, quando todos querem estar na moda.

Flora assentiu.

– Enquanto isso, as mulheres são criticadas exatamente pelo mesmo motivo. Ainda podemos acrescentar melindrosa, mesquinha...

– E melodrama – adicionou Vanessa. – As mulheres sempre são acusadas de fazer melodrama por nada. Sendo que apenas os homens consideram os motivos como "nada".

– E há a palavra mais óbvia, que é mulher – disse Sheridan.

As duas arfaram. Quando estavam prestes a começar um sermão, ele levantou as mãos.

– Estou brincando, pelo amor de Deus. Existem palavras para designar homens inconsequentes também. Malandro, mequetrefe...

Vanessa levantou o queixo.

– Não se lembra de mais nenhuma, não é?

– Não – admitiu ele. – Mas existem palavras com significados negativos com todas as letras do alfabeto. A de adúltero, B de brutamontes, C de canalha, D de desgraçado... e todas essas costumam ser usadas apenas para homens. E de ébrio...

– E também de encrenqueiro – ajudou Flora.

– Todas as letras, é? E com Z? – perguntou Vanessa.

– Zé-ninguém – disse Sheridan.

– Q?

– Questionável – respondeu ele.

– Vou aceitar, embora seja um pouco questionável.

Sheridan revirou os olhos.

– A senhorita é um poço de astúcia.

Vanessa riu.

– E com P?

– Paspalhão – disse ele, sorrindo para ela. – Posso fazer isso o dia todo.

Uma voz veio da porta do camarote.

– Por favor, não – disse o Sr. Juncker enquanto tirava um fiapo da manga do casaco. – É melhor deixar os jogos de palavras para os autores.

Sheridan o olhou de soslaio.

– Dê uma caneta a um homem, permita que escreva algumas farsas e, de repente, ele vira um especialista.

– Não são farsas – defendeu Vanessa.

Graças ao seu acordo com Sheridan, era forçada a defender o Sr. Juncker.

– São comédias, e excelentes!

– É uma questão de opinião – disse Sheridan. – O que acha, Srta. Younger?

Tarde demais, Vanessa percebeu que ainda não tinha apresentado o Sr. Juncker a Flora. Mas quando se virou para a amiga, ficou sem palavras. O rosto de Flora estava branco como papel e seus olhos pareciam assombrados.

Quando Vanessa olhou de novo para o Sr. Juncker, viu que ele encarava Flora como se tivesse acabado de ver um fantasma. Flora parecia desejar que se abrisse um buraco no chão.

– Srta. Younger? – perguntou ele, em um tom de voz contido. – Ainda?

– Sim? E o senhor?

– Ainda solteiro, também – respondeu o Sr. Juncker. – Eu… não esperava… Há quanto tempo está em Londres?

– Não muito.

Flora claramente preferia estar em qualquer outro lugar que não fosse Londres naquele momento.

Sheridan olhou para Vanessa como se em busca de uma explicação para o estranho diálogo, mas Vanessa não dispunha de nenhuma. Flora nunca mencionara o Sr. Juncker. Mas, pensando bem, Vanessa nunca encontrara a amiga em uma das peças dele.

– Vocês se conhecem? – questionou Vanessa.

Flora apenas assentiu, mas o Sr. Juncker disse:

– Nós nos conhecemos em Bath. Anos atrás.

Lady Whitmarsh se levantou, tendo acabado de perceber o recém-chegado no camarote.

– Já não fez o suficiente para a minha querida Flora, Sr. Juncker?

A dama fez um movimento como se estivesse afugentando uma galinha.

– Agora vá. O próximo ato já vai começar e você não quer perder a sua chance de brilhar, certo?

Aparentemente, lady Whitmarsh sabia o que tinha acontecido "anos atrás". Agora, Vanessa estava desesperada para saber, embora soubesse que teria que adiar essa descoberta até que pudesse conversar a sós com Flora.

O Sr. Juncker fez uma mesura para lady Whitmarsh e se dirigiu para a saída, mas Sheridan chamou:

– Juncker, espere! Preciso falar com você.

Vanessa ficou tensa. O que Sheridan estava planejando? Ela não confiava na discrição dele sobre o suposto plano para deixar Juncker com ciúmes, então o seguiu até o corredor a tempo de escutar:

– Thorn me pediu que o lembrasse de que está convidado para ir a Thorncliff depois da peça – disse Sheridan, que, ao ver Vanessa, acrescentou: – Também está convidada para o jantar, Srta. Pryde. Você e sua mãe.

Juncker olhou para além deles, através da porta, para onde Flora já estava virada para o palco, e lady Whitmarsh ainda o fuzilava com o olhar.

– Diga ao seu meio-irmão que eu já tinha a intenção de ir. Mas talvez chegue um pouco atrasado.

– Nós também – informou Sheridan, pegando a mão de Vanessa e colocando no seu cotovelo de uma forma possessiva.

O Sr. Juncker pareceu distraído demais para notar. Ouvira vozes vindas do palco, sinalizando o começo do terceiro ato, mas nem isso o impediu de continuar encarando a parte de trás da cabeça de Flora.

Então ele se sacudiu, como se para libertar o próprio corpo de uma teia de aranha.

– Nós nos veremos mais tarde, então.

E, com isso, Juncker voltou para o camarote dele, obviamente em estado de intensa contemplação.

– O que foi aquilo? – perguntou Sheridan.

– Não faço ideia – respondeu Vanessa.

O olhar de Sheridan recaiu sobre ela.

– Como não? Ela certamente deve tê-la escutado falar sobre Juncker e teria ligado os pontos. Deus sabe quanto a senhorita fala dele quando está perto de mim.

– Ela nunca deu o menor sinal de que o conhecia.

E Vanessa também não, já que não se importava nem um pouco com o homem.

– E não lhe preocupa a possibilidade de Flora vir a ser sua rival na disputa da atenção dele? – insistiu Sheridan.

A situação toda mexeu tanto com Vanessa que ela quase falou: "Atenção de quem?" Mas se segurou a tempo.

– Duvido que Flora queira ser minha rival. Ficou claro que ele fez algo imperdoável a ela.

Sheridan começou a se dirigir para o camarote do tio dela.

– Isso deveria ser mais do que suficiente para convencê-la da falta de caráter dele.

E era, infelizmente. Agora, ela precisaria defender Juncker de novo.

– Eles disseram que isso foi anos atrás; o Sr. Juncker deve ter amadurecido nesse tempo. Pareceu se sentir muito culpado ao encarar Flora.

Sheridan lançou um olhar velado para Vanessa.

– Independentemente do que eu disser, a senhorita sempre vai defender aquele homem.

– E independentemente do que eu disser, o senhor sempre vai atacá-lo. Talvez o preocupe que ele seja *seu* rival pela atenção de Flora. Ou minha.

Vanessa dissera a última parte de improviso, na esperança de quebrar as defesas dele.

– Absurdo. Não estou interessado em chamar a atenção de ninguém.

Mas a tensão repentina nos músculos do braço dele dizia outra coisa. Que interessante...

– Mas a senhorita vai a Thorncliff esta noite, não vai? – perguntou Sheridan. – Com sua mãe.

Ela deixou que ele mudasse de assunto.

– O senhor não tinha realmente a intenção de nos convidar. Só se sentiu obrigado porque entreouvi o convite ao Sr. Juncker.

– De forma alguma. Thorn deixou bem claro que eu deveria convidar vocês duas. Além disso, seria uma negligência da minha parte não convidar a mulher que estou supostamente cortejando – disse ele, chegando mais perto. – Isso vai lhe dar várias chances de provocar ciúmes em Juncker.

O acordo deles – se é que se podia chamar assim – ainda não fazia sentido para Vanessa. Por que Sheridan se importava se ela conseguiria ou não conquistar Juncker? Até o momento, Sheridan mal demonstrara vontade de dançar com ela, então por que arquitetar um relacionamento falso em que seriam forçados a ficar juntos? Vanessa não acreditava na justificativa de que Sheridan faria isso só para provar que estava certo sobre o caráter de Juncker. Por outro lado, não conseguia pensar em nenhuma outra razão, a não ser que ele quisesse cortejá-la de verdade, talvez por causa de seu dote, supondo que o boato fosse verdadeiro. Mas, se fosse esse o caso, por que ele simplesmente não a cortejava? Sheridan já devia saber que Grey contara a ela sobre sua necessidade de se casar por dinheiro. Mas ele fazia o tipo orgulhoso e taciturno.

– Eu certamente adoraria comparecer – revelou ela –, mesmo que seja apenas para ter a oportunidade de ver a mansão de Thornstock. Ouvi falar que Thorncliff é magnífica.

Vanessa olhou pelo corredor para a porta aberta do camarote de tio Noah.

– Mas não posso ir sem um acompanhante, ou seja, eu e minha mãe não podemos ir sem tio Noah.

– Pois leve sir Noah. Vai ser tudo muito informal, apenas para amigos íntimos e família. Talvez haja dança, e a senhorita pode tentar dançar com Juncker.

Ela o fitou com atenção.

– Estou surpresa por Thornstock ter permitido que alguém da minha família entre na casa dele. Minha mãe não é exatamente... bem-vinda em nenhuma das propriedades de Grey, e Thornstock não só deve saber disso como também deve saber o motivo. Assim como a sua mãe.

Sheridan ficou sério.

– Para ser sincero, todos nós sabemos que sua mãe é *persona non grata* para Grey, mas ele nunca nos contou a razão pela qual não gosta dela. A senhorita por acaso sabe?

Por acaso, ela sabia. Mas se Grey não havia revelado o segredo, ela com certeza não o faria. Como se adivinhando o motivo da relutância, Sheridan acrescentou:

– Eu sei que não tem nada a ver com a senhorita.

– Espero que não. Eu tinha apenas 11 anos quando ele saiu da nossa casa. Só voltei a vê-lo quando debutei.

– Grey teve alguma coisa a ver com o seu debute?

– Ele ficou muito feliz em ajudar e arcar com as minhas visitas ocasionais à casa dele de Londres nesses anos, pelo que sou muito grata. Por isso fico reticente em levar a minha mãe a um evento em que ele, sem dúvida, estará presente, com a mãe dele, sua mãe. Eu sei que a minha mãe e a sua já foram bem próximas, mas os caminhos delas se afastaram de forma bem definitiva.

– Sim, é verdade – concordou Sheridan. – Mas Grey ainda está na casa de campo, e minha mãe está ajudando Olivia com os preparativos para o jantar, então estará ocupada demais para se importar. Thorn também não se importará nem um pouco se vocês três forem.

– Tem certeza? Não quero que nossa presença cause nenhum mal-estar em família.

– Não vai causar, eu juro. E me atrevo a dizer que ele nem perceberá que estão lá. Depois que se casou, ele só tem olhos para Olivia.

A mudança repentina no tom de voz dele fez com que Vanessa parasse.

– O senhor não a aprova?

Ele piscou.

– Não, não, nada disso. Olivia é maravilhosa. É só... Bem, achei que eu e Thorn ficaríamos solteiros juntos, a não ser que eu fosse forçado a me casar. Ele nunca me pareceu do tipo casadouro. Deus sabe que eu não sou.

– Por quê? – perguntou ela, com um nó no estômago. – O senhor é bem-apessoado e não é um boêmio como ele. Nunca ouvi seu nome associado a nenhuma mulher de caráter duvidoso. E, além de sua lamentável tendência a dizer às mulheres o que fazer o tempo todo, o senhor...

– Eu não digo às mulheres o que fazer – disse Sheridan. – Pergunte a Gwyn. Ou melhor, pergunte a qualquer mulher que eu conheça. Acho que as mulheres devem ter liberdade e sempre as encorajo a decidir o que fazer.

– Ah, então o senhor só faz suposições a *meu* respeito? Só considera a *mim* incapaz de decidir quem é o homem certo para casar?

– Só estou tentando aconselhá-la.

Soltando o braço dele, ela estreitou o olhar ao fitá-lo.

– O senhor está tentando fugir da resposta. Por que não faz o tipo casadouro? E por que algum dia poderia se ver "forçado a casar"? Homens raramente são... mesmo quando desonram uma mulher. Duques menos ainda. Então, a não ser que esteja planejando deflorar uma princesa, o senhor pode passar por cima de qualquer uma que tente forçá-lo a se casar. Pelo que sei, é isso que todos os duques fazem.

Ele olhou para ela de soslaio.

– Não tenho a menor intenção de "passar por cima" de mulher alguma, seja ela princesa ou plebeia. Santo Deus, a senhorita não me conhece nem um pouco.

– O que esperava? Já chegamos à conclusão que *o senhor* não me conhece. É de esperar que essa falta de familiaridade mútua signifique que não faço ideia do motivo pelo qual o senhor seria forçado a se casar. Por favor, me explique.

Ele fez uma careta.

– Não é um assunto que eu queira discutir.

– Então por que mencionou?

– Porque a senhorita perguntou...

Sheridan praguejou baixinho.

– Esqueça, está bem? Eu não devia ter falado nada. Basta dizer que provavelmente não conseguirei evitar o casamento, mas, se pudesse, eu preferiria não me casar. E isso é tudo que pretendo dizer sobre o assunto.

Será que, secretamente, Sheridan era um pervertido, mais parecido com Thornstock do que ela havia se dado conta? Será que ele só queria ter amantes ou casos escandalosos com mulheres casadas? As más línguas diziam que ele era um homem discreto, então talvez fosse ainda mais discreto sobre seus casos amorosos do que os irmãos.

Não, Vanessa não conseguia acreditar nisso. Não combinava com a personalidade dele, embora ela pudesse estar errada, considerando como Sheridan a surpreendera com aquele beijo apaixonado.

E como acabara de deixar bem claro que não estava interessado em se casar por motivo algum, nem dinheiro, nem afeto, provavelmente não estava interessado em cortejá-la de verdade.

– Fique à vontade – disse ela, fungando, cansada de tentar desvendar os segredos dele. – Mas não me culpe se acabar sozinho e infeliz.

– Com uma família como a minha sempre por perto? – rebateu ele, secamente. – É pouco provável. Mesmo se eu viver mais do que meu irmão e meus meios-irmãos, eles estão ocupados em encher suas casas de filhos. Tenho certeza de que haverá muitos Greys, Gwyns, Thorns e Heywoods em miniatura correndo e causando estragos por muitas gerações.

Ela parou para fixar um olhar sério nele.

– Ter sobrinhos e sobrinhas não é a mesma coisa que ter filhos.

– Como sabe? A senhorita não tem filhos.

– É verdade. Mas espero ter um dia.

– Suponho que Junckers em miniatura?

– Quem mais, não é mesmo? – disse ela baixinho.

O tom da voz de Sheridan amenizou um pouco da angústia que Vanessa sentira ao ouvi-lo dizer que era contra o casamento. De alguma forma, ela iria convencê-lo do contrário. Quaisquer que fossem, os motivos de Sheridan poderiam ser esquecidos se ela conseguisse fazer com que ele gostasse dela o suficiente. Porque quando chegasse a hora de ele se casar com ela, Vanessa não queria que fosse forçado. Os pais dela tiveram um casamento assim, e não tinha sido bom.

Então algo parecido não serviria de forma alguma.

CAPÍTULO QUATRO

Quando Sheridan chegou ao jantar, o salão de baile de Thorncliff já estava movimentado com discussões animadas, principalmente de membros da sua família. Imagine como a situação ficaria quando todos os convidados chegassem...

Olivia, recém-casada com Thorn, se aproximou dele com uma expressão preocupada.

– Sheridan, esse é meu primeiro evento como anfitriã de Thorn. Por favor, me diga que isso não está além da minha capacidade...

– Se estivesse, tenho certeza que Thorn ou minha mãe já teriam dito – afirmou ele, apertando a mão dela.

– Sua mãe é gentil demais para falar qualquer coisa negativa sobre mim. E Thorn ainda está no Parthenon, conversando sobre peças teatrais com o Sr. Juncker. Ah, e falando sobre a apresentação desta noite.

– Sim, parece que meu irmão é um crítico de produções teatrais.

– Bem, não se pode culpá-lo por se importar com o que é feito nas peças dele – disse ela, distraidamente, enquanto olhava para a entrada do salão de baile, por onde mais convidados estavam chegando.

– Peças *dele*?

Olivia desviou o olhar rapidamente para ele.

– Ah! Não. Eu quis dizer peças do Sr. Juncker, é claro.

– Olivia? – disse Sheridan, no tom de voz que usava para tentar elucidar a verdade.

– O quê? – perguntou ela, abrindo um lindo sorriso.

Ele não se convenceu. Thorn podia ser capaz de enganar, mas a esposa era péssima em fingir, algo que Sheridan descobrira assim que a conheceu.

– A verdade, Olivia. É possível que você esteja tentando me dizer que foi Thorn quem escreveu as peças de Felix?

Ela desmoronou diante dos olhos dele.

– Eu achei que você soubesse. Apenas supus, já que é irmão dele e estava falando sobre o assunto como se...

Olivia olhou para a mão de Sheridan.

– Não diga que eu contei. Por favor. Ninguém sabe.

– Ninguém? Mesmo?

– Ninguém! – disse ela, e, depois de uma pausa: – Bem, Gwyn sabe e o Sr. Juncker, claro. Ah, e minha madrasta, eu contei a ela quando descobri.

– Hum, ninguém mesmo... – disse ele, tentando não rir.

– Ah, não implique comigo, Sheridan. Na verdade, minha madrasta não sabe. Eu disse a ela que o Sr. Juncker tinha escrito, hum... algumas histórias que Thorn contara a ele. Então só três pessoas, inclusive eu, sabem de fato.

– E Thorn. E eu.

– Bem, é claro que Thorn sabe. Quanto a você, foi um acidente. Mas ninguém mais na família, nem mesmo a sua mãe, tem conhecimento disso. Até o dono do teatro acredita que as peças são do Sr. Juncker.

Sheridan estava se esforçando para não rir. Afinal, Juncker não era tão brilhante assim. Rá! Seria um golpe para a paixão de Vanessa. Estava suspirando pelo homem errado. Mal podia esperar para contar a ela que o precioso Juncker era uma fraude.

Bem, não uma fraude total. Quando Grey mencionara pela primeira vez o interesse de Vanessa em Juncker, dissera que o homem era um poeta. E se a razão principal para ela gostar de Juncker fosse a poesia? Se fosse, então contar a verdade sobre a verdadeira autoria das peças não mudaria nem um pouco o interesse de Vanessa. A não ser que...

– E os poemas de Juncker? – perguntou ele. – É meu irmão quem escreve também?

Olivia olhou para ele de soslaio.

– Meu Deus, não. Thorn não gosta nem um pouco de poesia. Você não sabe disso?

Ele suspirou.

– Bem, tivemos os mesmos tutores na Prússia, então suponho que eu deveria saber. Mas eu não prestava muita atenção ao que Thorn lia.

Porque o pai dava a Sheridan outras coisas para ler: livros sobre diplomacia, estratégia e a arte da conversação. Infelizmente, o pai não pensara em dar lições de contabilidade, que era o que Sheridan mais fazia atualmente, não tão bem quanto gostaria. Odiava aritmética. As contas nunca pareciam dar certo, um fato que o pai, depois que voltaram para a Inglaterra e que Sheridan se tornara herdeiro, não deixava passar em branco.

Pai. Deus, por que a tristeza pelo homem que passara a vida inteira tentando entender o atingia em momentos tão inoportunos? Isso fez com que ele se lembrasse de que tinha assuntos mais importantes com que se preocupar no momento do que com as finanças do ducado. Todos tinham.

– Suponho que você ainda não tenha tido a chance de perguntar à sua madrasta sobre as festas que ela frequentava.

– Não – respondeu Olivia, e, com uma expressão irônica, acrescentou: – Thorn disse que faria isso, mas agora que ela está gostando tanto dele, ele está relutante em fazer qualquer coisa que possa mudar isso.

Olivia então se aproximou e falou baixinho:

– Falando nele, prometa que não vai contar a ninguém sobre as peças. Principalmente a nenhum dos convidados desta noite.

Droga. Sheridan já estava ansioso para acabar com a felicidade de Vanessa na próxima vez que se vissem.

– Sheridan, está me escutando? – insistiu Olivia, com o mais puro desespero na voz. – Precisa me prometer que não vai revelar o segredo de Thorn a ninguém.

A última coisa que ele queria era prejudicar o relacionamento de Olivia e Thorn. Ou arriscar magoar o irmão.

– Prometo não dizer nem uma palavra. Juro por Deus.

O alívio tomou conta do rosto dela.

– Obrigada, *muito* obrigada.

– Mas, em troca, você precisa jurar não contar à Srta. Pryde, ou a qualquer outra pessoa, que meu único interesse nela é tentar descobrir o que a mãe dela sabe sobre aquelas duas festas.

Olivia pareceu cética.

– Estamos falando da prima de Grey?

– Ela mesma.

– Não falarei nada.

– Nem de propósito nem sem querer – destacou ele. – Você não pode contar nada sobre nossa investigação à Srta. Pryde nem à mãe dela.

Olivia se endireitou.

– Claro que não, eu jamais...

– Você acabou de me contar um segredo de Thorn sobre o qual ele nunca tinha dado a menor pista – afirmou ele.

O rosto dela ficou corado.

– É verdade, mas... eu não...

Olivia o encarou.

– Isso é diferente, Sheridan. Ele é seu irmão, eu achei que você soubesse. Além do mais, mesmo se eu dissesse alguma coisa à Srta. Pryde sobre suas intenções pouco honrosas, duvido que ela se importasse. Não se ela realmente estiver apaixonada pelo Sr. Juncker, como todos dizem.

Ele lutou contra a vontade de negar que até ele sabia, mas não conseguiu.

Felizmente, naquele momento, Olivia olhou para o lugar no salão onde os criados tinham colocado mais cadeiras.

– Ah, meu Deus. Com licença, Sheridan. Preciso dizer aos criados onde colocar aquelas cadeiras.

– Claro, claro.

Enquanto observava Olivia cruzar o salão, ocorreu a ele que a revelação do segredo de Thorn explicava muitas coisas, como a amizade dele com Juncker. Certamente, até a chegada de Olivia, os dois deviam sair juntos, ansiosos para entrar nos salões de jogos e bordéis de Londres. Sheridan supusera que os dois tinham em comum apenas essas atividades boêmias.

Mas, embora Thorn tivesse herdado uma riqueza considerável, Juncker nunca conseguiria arcar com o mesmo padrão de vida, considerando que seu pai era um comerciante, pelo que ouvira falar. Peças de teatro tampouco davam tanto dinheiro. Então, se Thorn estivesse pagando para Juncker assinar suas peças, e também por seu silêncio...

Bem, isso fazia mais sentido. Acima de tudo, Thorn sempre demonstrara interesse em dramaturgia: lia críticas, assistia a vários espetáculos e estava até arcando com os custos da apresentação filantrópica daquela noite. Algo que ia além do que amigos fazem uns pelos outros. Sheridan chegara a pensar que Thorn talvez desejasse ser um mecenas por puro amor ao teatro, mas, olhando bem, ele nunca apoiara nenhum outro escritor, artista ou músico. Era um tanto surpreendente que os dois tivessem guardado aquele segredo até agora.

Droga. Sheridan fez uma careta para ninguém em particular. Realmente gostaria de dizer a Vanessa que ela estava apostando no homem errado. Mas não podia fazer isso, simples assim. Se não por outro motivo, apenas porque Olivia jamais o perdoaria por revelar a verdade a alguém que não fosse da família. Era melhor deixar o assunto de lado.

Além do mais, Sheridan não sabia ao certo por que Vanessa estava determinada a conquistar o canalha. Ela poderia desejar Juncker por sua habilidade como poeta, ou dançarino, ou até mesmo pela ostensiva boa aparência. O maldito devia gastar tanto dinheiro no alfaiate quanto Vanessa gastava em vestidos.

Porém a Srta. Younger dissera que Sheridan estava errado em relação aos hábitos de Vanessa. Grey sabia disso? Se sim, por que nunca dissera nada?

Não importava. Isso só tornava mais urgente manter o plano de mostrar a Vanessa o mau caráter de Juncker. Ela simplesmente não podia ficar com aquele sujeito, senão nem toda a frugalidade dela com seus vestidos poderia salvá-la da pobreza.

Sheridan precisaria bancar o pretendente dela por mais tempo, pelo menos até ter certeza de que conseguira tirar Juncker da cabeça de Vanessa. Além disso, ele ainda nem começara a descobrir tudo que precisava saber de lady Eustace.

Uma comoção repentina do lado de fora do salão de baile o tirou de seus pensamentos. Thorn tinha chegado e, pelo que parecia, trouxera metade do teatro com ele. Aquela seria uma noite longa e barulhenta, do tipo que Sheridan costumava evitar. Mas, por mais que preferisse passar o resto de sua noite diante da lareira com uma taça de destilado feito com as peras colhidas em sua propriedade, não podia ir embora.

Um momento depois, seu meio-irmão entrou, com Juncker ao seu lado.

– Olivia! – gritou Thorn. – Olivia!

A esposa veio na sua direção.

– Estou aqui. O que houve?

– Conseguimos mil libras para a Half Moon House – contou ele, alto o suficiente para todo o salão escutar.

– Ora, que notícia excelente – disse ela, aparentemente tentando não sorrir. – E parece que você convidou muitos amigos para comemorar.

Enquanto as pessoas enchiam o salão, conversando e procurando outros convidados, Sheridan balançou a cabeça. Thorn parecia um pouco confuso... ou talvez estivesse apenas se deixando levar pela empolgação de ter conseguido arrecadar tanto dinheiro para a obra de caridade que sua esposa apoiava. Juncker, por outro lado, parecia muito sério. De fato, parecia até furioso, a julgar pela cara feia.

Teria sido por causa da forma como fora tratado por Flora no teatro? Ou porque Vanessa estivera de braço dado com Sheridan mais cedo?

Sheridan ficou perturbado ao perceber o próprio interesse em descobrir o motivo. Principalmente porque Vanessa e o tio entraram logo atrás de Thorn e Juncker. Mas onde estaria lady Eustace? Ela era o único motivo pelo qual Sheridan estava suportando a multidão.

Bem, ela e a filha atrevida.

Praguejando baixinho, ele se aproximou de Vanessa.

– Onde está sua mãe?

Vanessa arqueou uma sobrancelha.

– É um prazer encontrá-lo aqui também, Vossa Graça.

Sir Noah começou a rir, mas Sheridan fez com que ele ficasse sério na mesma hora ao fuzilá-lo com o olhar.

– Se está preocupado com a minha falta de acompanhante, posso assegurar que tio Noah está preparado para desempenhar o papel – explicou Vanessa, sorrindo para o tio. – Não é mesmo, tio?

– Com certeza.

Disfarçadamente, ele analisou a grandiosidade do salão de baile de Thorn.

– Contanto que você não se perca neste lugar cavernoso.

– Ela não vai se perder – afirmou Sheridan. – Eu garanto.

E então foi a vez de sir Noah fuzilar Sheridan com o olhar.

– Perdoe-me, duque, mas quem cuidará disso sou *eu*.

Ah, que maravilha. Aquilo era tudo de que Sheridan precisava, um baronete desconfiado atrás dele, nada de lady Eustace para interrogar e Vanessa em pé de guerra com ele. Não era à toa que Sheridan teria preferido que outra pessoa fizesse o interrogatório. Ele não se sentia à vontade perto de Vanessa. Era uma questão de manter distância ou beijá-la apaixonadamente.

– Eu não entendo por que uma mulher com toda a minha idade precisa de um acompanhante – reclamou Vanessa.

– Toda a sua idade? – repetiu Sheridan. – A senhorita tem 25 anos, Vanessa, não 50.

Ela ergueu o queixo daquela forma peculiar que tinha de examinar as pessoas. Como um corvo. Ou uma pega, que gostava de roubar qualquer objeto brilhante.

– É surpreendente que tenha notado. O senhor me trata como se eu tivesse 12 anos de idade.

– Se a senhorita não agisse como se tivesse 12, eu não a trataria dessa forma.

Sir Noah murmurou alguma coisa sobre precisar de ponche e se afastou, mas Sheridan já estava arrependido de sua resposta imediata. Podia jurar que a temperatura à sua volta tinha caído uns dez graus.

O olhar de Vanessa certamente estava gelado.

– Se o senhor não agisse como se tivesse cinquenta, eu não comentaria que até meu tio idoso sabe como se divertir em uma festa, principalmente quando se tem boa música, comida deliciosa e muito ponche.

Afiada a língua da dama, não?

– Trégua? – disse Sheridan com um sorriso arrependido. – Admito que meu comentário foi desnecessário.

– E rude.

Ela olhou para o salão de baile como se procurasse por qualquer companhia que não fosse ele. O que o estimulou a dizer:

– Agora é a sua vez de se desculpar.

– Por quê? Eu só falei a verdade.

Sheridan bufou. O plano de se aproximar de Vanessa para chegar perto da mãe dela não estava funcionando como ele esperava.

– Suponho, então, que sua mãe vai comparecer? – perguntou, só para ter certeza.

– Não. Ela não estava se sentindo bem depois da peça – disse Vanessa, analisando a expressão dele. – Mas é melhor assim, não acha? Facilita as coisas com a sua família, já que me atrevo a dizer que ninguém gosta dela.

– A senhorita pediu que ela não viesse?

– Na verdade, não. Ela decidiu isso sozinha assim que ficou sabendo que seria um evento "informal", apenas para "amigos íntimos e família". Como ela poderia saber que a sua família tem centenas de "amigos íntimos"?

Ele riu.

– Acho que eu estava um pouco mal informado sobre a natureza do evento.

– Claramente – disse Vanessa, então relaxou um pouco. – Mas não importa. Eu sempre me divirto mais quando minha mãe não está por perto.

Antes que ele pudesse comentar, Thorn pediu à orquestra:

– Toquem, senhores! "Vamos, vamos. Dancemos antes da cerimônia, para que aliviemos os corações e as nossas esposas fiquem com as pernas mais desembaraçadas!"

A citação de Shakespeare arrancou uma gargalhada de Sheridan. Durante toda a vida ele atribuíra os floreios teatrais de Thorn ao amor que a família compartilhava pelo teatro. Como era estranho Sheridan nunca ter desconfiado de que Thorn era um dramaturgo.

Sheridan procurou a cunhada pelo salão, querendo ver qual seria sua reação à citação de Thorn, mas, embora outras duquesas recém-casadas talvez ficassem constrangidas com tal linguagem, Olivia sorriu para o homem que obviamente adorava.

Vanessa se aproximou para cochichar:

– O senhor tem que admitir que são perfeitos um para o outro.

– Só o tempo dirá.

Sheridan sabia que Vanessa se referia à conversa que haviam tido mais cedo, sobre casamento.

– Eles ainda estão na fase da lua de mel.

– Para um homem que sempre foi solteiro, o senhor parece saber muito sobre casamento.

Sheridan sabia o bastante sobre o assunto para ser cauteloso, embora poucos percebessem isso. Ele não era do tipo que ficava falando com todo mundo sobre seus assuntos pessoais.

Os músicos obedeceram Thorn e já estavam tocando uma música alegre. Os convidados começaram a se afastar, abrindo espaço para os casais que queriam dançar.

Então Sheridan colocou a mão na base das costas de Vanessa e murmurou:

– É melhor sairmos do caminho.

Ela levantou a cabeça para olhar para ele.

– O senhor não vai me tirar para dançar? E eu que achei que era meu pretendente.

Droga, ela estava certa. Mas, antes que Sheridan pudesse responder, Juncker se aproximou.

– Srta. Pryde, me daria a honra desta dança?

Sheridan respondeu por ela:

– Ela não pode. Já prometeu a mim.

Vanessa pareceu surpresa, mas não questionou.

– De fato, Sr. Juncker. Como Sua Graça disse, já me comprometi.

– Então, posso pedir a próxima? – disse Juncker.

– Sim. Neste caso, agradeço o convite – disse Vanessa, abrindo um lindo sorriso para ele. – Ficarei encantada.

Mas não precisava ficar *tão* encantada, droga. Quando Juncker se afastou, Sheridan fez uma cara feia. O que aquele camarada estava planejando agora? Sheridan não confiava nem um pouco nele.

Sheridan ao menos tinha Vanessa por um tempo, e pretendia se beneficiar disso. Com a mão ainda pousada nas costas dela, ele se deliciou com a maciez daquele corpo, mesmo através do vestido.

– Bem, nosso plano parece estar dando certo – comentou Vanessa, obviamente alheia à posição íntima da mão dele. – E melhor do que eu esperava também. Acredita que o Sr. Juncker nunca me convidou para dançar antes?

– Então ele é mais tolo do que eu imaginava – disse Sheridan, conduzindo-a até a pista de dança.

Quando percebeu que Vanessa o fitava como se tivesse admitido alguma coisa, ele acrescentou:

– A senhorita é uma excelente dançarina. Torna mais fácil para quem a está conduzindo, o que é mais do que posso dizer sobre a maioria das damas da sociedade.

– Ora, Vossa Graça, parece que me fez um elogio. Bem surpreendente, considerando que só dançou comigo três vezes.

– Uma vez seria suficiente para reconhecer a sua habilidade, três vezes mais ainda. Eu seria um estúpido se não tivesse percebido.

Ela abriu seu leque e o abanou sobre o colo.

– Seus extravagantes elogios até me deixaram nervosa.

Sheridan tentou esconder um sorriso. O movimento de Vanessa atraiu seu olhar para os lindos montes formados pelos seus seios, o que, sem a menor dúvida, era justamente a intenção dela.

– Não me provoque, menina atrevida – avisou ele, levantando o olhar –, senão pisarei nos seus pés enquanto estivermos dançando.

– O senhor nunca faria isso.

Com um brilho malicioso no olhar, ela abaixou o leque até a cintura.

– Ainda não o vi cometendo um erro na pista de dança. Obviamente teve um excelente instrutor.

– Meus pais garantiram que eu estivesse bem preparado para meu papel na diplomacia. E agora, tudo aquilo não serve para nada.

– Claro que serve. Como duque, espera-se que o senhor impressione todos com sua leveza na pista. Afinal, não quer arruinar a sua reputação como Sheridan, o Santo.

Bufando, ele pegou as mãos enluvadas dela.

– Eu não sei por que me deram esse apelido, mas eu o odeio.

– Pelo que eu me lembro, vem da sua família.

Os dois deram uma volta, como deviam fazer.

– Porque sempre que o resto de nós está se divertindo e dançando, o senhor é aquele que se retira e se esconde em algum escritório nos fundos para cumprir suas responsabilidades com o ducado. Só Deus sabe o que fica fazendo lá.

– Acredite em mim – disse ele, secamente –, não é nada que a interessaria.

Sheridan fitou a outra dama, fazendo uma mesura, executou os passos certos, e então, mais uma vez, se viu de frente para Vanessa.

– Imagino que isto aqui combine mais com seus gostos.

O sorriso radiante de Vanessa hesitou, e foi como se nuvens brancas e fofas de repente mostrassem seu lado obscuro. Sheridan queria as nuvens fofas de volta. O que dissera de errado? Como consertar?

Droga, por que ele se importava em consertar? Vanessa gostava de outro homem, e ele não dava a mínima. Era melhor se lembrar disso.

Ela permaneceu em silêncio por algum tempo, executando os passos, deslizando aqui e ali, dando vida à parceira de dança perfeita que ele descrevera. Mas o prazer que ela sentia ao dançar claramente diminuíra.

Ao final da dança, quando ficaram frente a frente outra vez, esperando que, um por um, os outros casais se dirigissem ao centro da pista, Sheridan precisou se manifestar. A clara decepção de Vanessa estava partindo seu coração.

– Eu costumo analisar os livros.

Ela piscou.

– O quê?

– Quando vou para "algum escritório nos fundos". Quando me retiro. Eu fico analisando os livros da propriedade.

– Ah.

Vanessa se abanou de novo, mas dessa vez, sem dúvida, porque o maldito salão estava quente, ainda mais para novembro, em pleno outono. Infelizmente, o leque enviou até ele o aroma floral dela, embora Sheridan não soubesse identificar qual seria a flor. Talvez não fosse uma flor, mas algum perfume exótico que ela comprara na Floris, a loja na rua Jermyn.

Ele ainda sorvia o aroma quando Vanessa acrescentou:

– Achei que tivesse funcionários para fazer isso para o senhor.

Fazer o que para mim?, Sheridan quase perguntou. Ah, sim, analisar os livros da propriedade. Ele não tinha coragem de dizer que não podia pagar para que pessoas fizessem isso por ele, não se quisesse salvar o ducado para as gerações futuras.

– Independentemente disso, é importante termos noção de como o dinheiro é gasto. Se é que me entende.

Deus, o que ele estava fazendo, dando esse tipo de informação no meio de um baile?

Mas a escuridão tinha se afastado do rosto dela.

– Entendo exatamente do que está falando.

Sheridan teve a nítida impressão de que ela realmente entendia. O que era um absurdo; afinal, o que Vanessa poderia saber sobre administrar uma propriedade? Segundo Grey, as posses do pai dela eram modestas e, em todo caso, não seriam administradas por ela.

Foram forçados e executar certos passos e, por isso, deram as mãos para continuar a dança. Vanessa tinha um aperto firme. Sheridan gostava disso. Nada de mão mole para aquela dama, hum? E, de repente, ele desejou que estivessem sozinhos em um quarto em algum outro lugar...

Pelo amor de Deus. Onde estava com a cabeça? Ele e Vanessa não combinavam. Até ela devia saber disso.

Chegaram ao final da dança e, quando Vanessa parou diante dele, Sheridan percebeu que as luvas dela estavam deslizando pelo braço, como acontecera mais cedo. E se pegou ansioso para ver se ela as deixaria chegar abaixo dos cotovelos, como acontecera mais cedo.

As luvas estavam quase passando do cotovelo quando, distraidamente, ela as puxou para cima, uma após a outra. Sheridan suprimiu um suspiro. Um dia, muito em breve, ele a pegaria sozinha em algum lugar e puxaria aquelas luvas só para ver os cotovelos dela nus. Então plantaria um beijo bem na dobra do antebraço e descobriria, de uma vez por todas, se o pulso dela aceleraria por ele em um momento tão íntimo.

Não porque realmente tivesse a intenção de cortejá-la, não porque quisesse algo mais. Só para saber mesmo. É preciso já ter experimentado os doces para saber quanta falta sentiremos deles ao cortá-los na Quaresma, certo?

CAPÍTULO CINCO

Vanessa não conseguia parar de sorrir. A dança com Sheridan tinha sido melhor do que poderia esperar. Gostaria que a etiqueta não exigisse que dançasse com vários parceiros, porque poderia facilmente ter passado a noite inteira dançando apenas com ele. Mas ainda devia uma dança ao Sr. Juncker, e teria que fingir estar feliz com isso.

Quando o poeta a levou para a pista, ela passou o olhar pelo salão para ver com quem Sheridan estava dançando. Sua felicidade hesitou ao vê-lo com Flora. Não era porque não quisesse que Flora se divertisse e dançasse com vários parceiros. Vanessa só preferia que nenhum deles fosse Sheridan. E que eles não formassem um casal tão bonito.

Ela desviou o olhar para se concentrar em Juncker.

– Há quanto tempo o senhor conhece a Srta. Younger?

A pergunta pareceu irritar seu par.

– Nós nos conhecemos em Bath há alguns anos.

Mas por que Flora nunca o havia mencionado? Assim que Vanessa tivesse chance, perguntaria a ela.

Juncker soltou Vanessa na dança, e quando eles se reencontraram não parecia disposto a esclarecer as dúvidas dela.

– E a senhorita? Há quanto tempo é amiga da Srta. Younger?

– Desde que debutei – disse Vanessa, depois fez uma mesura e girou. – Nós nos conhecemos enquanto eu cavalgava no Hyde Park com um cavalheiro com o qual minha mãe me obrigou a sair como castigo por não estar tentando fisgar o meu primo Grey para me casar.

– Deixe-me adivinhar – disse o Sr. Juncker. – O castigo foi algum idoso, nobre e com um título, que a olhava com malícia sempre que tinha chance.

Ela riu.

– Não, esse é o que ela está me forçando atualmente. O cavalheiro era jovem, mas vaidoso como um pavão. E nem tinha motivos, já que usava calças largas e uma peruca empoada que pensava que lhe dava uma aparência sofisticada.

Eles se separaram por alguns minutos na dança. Quando se encontraram de novo, ela continuou a contar a história.

– Era março e um vento forte veio do nada e levou a peruca dele, fazendo com que caísse bem na aba do chapéu da Srta. Younger. Ela gritou, pois achou que era um pássaro, e só quando lady Whitmarsh conseguiu arrancar o chapéu dela, minha amiga percebeu que não estava sendo atacada – disse Vanessa, sorrindo para ele. – Isso até parece ter sido tirado de uma das suas peças, não é?

– Exceto que, na minha peça, a peruca teria derrubado o chapéu dela e atingido um cavalo, que empinaria e sairia galopando, arrastando o cavalheiro.

Vanessa virou a cabeça.

– Como o senhor encenaria isso no palco?

Com um aceno de mão, ele respondeu:

– Isso é o diretor que decide. Eu não me preocupo com essas questões menores.

Juncker sorriu, negando a impressão de que era um homem pomposo.

– Embora o diretor fosse reclamar e bufar.

– Sem dúvida – comentou ela secamente.

Ele riu, e isso fez com que Vanessa gostasse dele. Por que as coisas precisavam ser tão fáceis com o Sr. Juncker, que ela não queria, e tão difíceis com Sheridan, que ela queria? Não era justo.

Continuaram dançando em silêncio por algum tempo. Algumas vezes se viram entrelaçados entre Flora e Sheridan, e Vanessa se esforçou para escutar a conversa dos dois, mas os parceiros não trocaram uma só palavra e ela não soube dizer se isso era bom ou ruim. Sheridan era quieto de uma maneira geral. Talvez preferisse uma parceira de dança quieta a uma tagarela como ela. Sheridan, o Silencioso, a julgar pelo que ele dissera sobre passar seu tempo analisando os livros contábeis.

Como se tivesse lido a mente dela, Juncker perguntou:

– Há quanto tempo conhece Armitage?

– Desde que chegou a Londres.

– Então não faz tanto tempo.

– Tempo suficiente – disse Vanessa enquanto Juncker a girava na dança. – Mais de um ano.

Juncker dançava bem, tinha passos leves e gostava de conduzir, mas, ainda assim, não era tão bom quanto Sheridan. Ou, talvez, ela estivesse sendo parcial. Arriscou dar uma olhada em Sheridan e Flora. Pareciam perfeitos juntos, ambos altos e elegantes, deslizando pela pista harmoniosamente.

Vanessa se considerava uma mulher que se vestia bem, mas não era elegante e nunca tinha sido. Era baixinha demais. Inquieta demais. Tagarela demais. Dada a gargalhadas exaltadas. *Uma dama não deve fazer nada em excesso. Cheira a falta de berço.* Era o que sua mãe sempre dizia.

O conselho dúbio ficara guardado na cabeça de Vanessa, mas ela raramente o seguia.

– A senhorita gosta de Armitage? – perguntou Juncker, enquanto fitava o outro casal.

– O senhor gosta da Srta. Younger?

– Sou mais esperto do que isso.

– Eu não, infelizmente – admitiu ela. – Ao menos não ainda.

Vanessa olhou para Sheridan.

– E se o senhor algum dia disser uma palavra a Sheridan sobre como me sinto – ameaçou ela –, vou arruinar as coisas entre o senhor e a Srta. Younger para sempre.

– A senhorita não pode arruinar algo que eu mesmo arruinei.

Vanessa respirou fundo.

– Nunca é tarde demais para aparar arestas.

Juncker abriu um sorriso pesaroso para ela.

– Como eu gostaria que isso fosse verdade.

– De toda forma, promete guardar o meu segredo?

– Com certeza. Por acaso, eu gosto de implicar com o Santo Sheridan, que sempre pareceu ter antipatia por mim, embora eu não faça ideia do motivo.

Vanessa poderia ousar ter esperança de que fosse por ciúme de sua suposta paixão por Juncker? Seu coração certamente se alegrava ao pensar nisso.

Para a surpresa dela, a dança acabou naquele exato momento. E tinha sido mais agradável do que ela havia esperado.

– Agora me diga uma coisa – pediu ela enquanto ele a conduzia até o tio, que conversava com algumas pessoas. – Por que o senhor me tirou para dançar?

– Estou começando um novo capítulo.

Juncker deu um tapinha na mão dela, que estava sobre o antebraço dele.

– Seu primo Grey não me acompanha mais nas minhas aventuras, nem meu amigo Thornstock. Então estou mudando as minhas prioridades para outras mais respeitáveis. Até comecei a escrever um romance. Thorn está me incentivando. Se eu conseguir encontrar uma editora que queira publicar, e um público que deseje ler, talvez eu sossegue e me case.

– Não comigo, espero.

Ele riu com vontade. Aparentemente, homens podiam rir assim sem serem criticados.

– Sua mãe certamente nunca me aprovaria como um pretendente.

– É verdade.

– Mas preciso começar de alguma forma, e a senhorita me parece uma boa forma de começar a praticar como agradar uma dama respeitável.

– Provavelmente o senhor não deveria me usar como modelo de respeitabilidade. Minha mãe diz que eu sou muito opinativa para ser respeitável.

– Bem, eu não ia querer me casar com uma dama respeitável demais – disse ele, sorrindo com malícia. – Posso até querer sossegar, mas ainda prefiro um pouco de pimenta na minha vida, se é que me entende.

– Entendo, sim. Também gosto de pimenta.

– Acredito que não vá encontrar isso em Armitage.

– O senhor ficaria surpreso – murmurou ela ao ver Sheridan sair da pista com Flora.

Vanessa e Juncker tinham chegado aonde o tio dela estava. Com uma mesura, o Sr. Juncker se afastou para procurar outra dama para sua incursão rumo à respeitabilidade.

Ela mal tinha se juntado ao pequeno grupo quando alguém chegou por trás com a furtividade de um lobo caçando.

– Pode reservar a última dança antes do jantar para mim? – sussurrou o homem no ouvido dela.

Ela deu um pulo e se virou. Sheridan.

– Está querendo me matar do coração?

– Não, só querendo garantir que seja minha no jantar.

– Vou ver o que posso fazer. Se o Sr. Juncker não quiser...

– A senhorita vai rejeitá-lo – afirmou Sheridan.

Ela precisou se esforçar para esconder seu prazer.

– E por que eu faria isso? Ele é o homem que estou tentando conquistar, afinal.

Sheridan contraiu os lábios.

– Pode ser, mas não vai querer ir com muita sede ao pote, ou pode assustá-lo.

– Hum, faz sentido – concordou ela. – Muito bem. Vou reservar a última dança antes do jantar para o senhor.

– Ótimo. Obrigado.

Sheridan se afastou.

Nossa, aquela festa estava indo muito bem até o momento. Duas danças com Sheridan, uma demonstração de ciúme da parte dele e ainda ganhar um aliado inesperado no Sr. Juncker? O que mais uma mulher poderia querer?

Tio Noah a viu parada perto do pequeno grupo.

– Aí está você, minha querida. Por que não está dançando?

– Eu estava, tio, mas agora preciso de ponche. Estou morrendo de sede.

O tio riu.

– Já vou pegar um pouco para você, mas antes gostaria de lhe apresentar a duquesa de Armitage – disse ele, piscando para Vanessa. – Mãe do seu amigo Sheridan.

Vanessa só havia encontrado a famosa Lydia Pryde Drake Wolfe uma vez, no casamento de Grey, e mal tivera tempo de fazer uma mesura e sorrir para a duquesa, muito menos de conversar. A duquesa viúva ainda estava de luto na ocasião e Vanessa passara a maior parte do casamento matutino dançando com os meios-irmãos de Sheridan ou conversando com ele e Heywood, já que ambos não podiam dançar, pois também estavam de luto.

Mas aquele tempo chegara ao fim até para a duquesa, considerando que usava um esplêndido vestido de seda branca com uma organza azul presa em um ombro com um broche de ouro. Até o turbante que ela usava era da mesma organza brilhosa, com duas penas para acentuar o conjunto. A duquesa saíra do luto como quem se vinga.

– Na verdade, já nos conhecemos – disse a mãe de Sheridan, sorrindo para Vanessa.

– Melhor ainda – respondeu Noah. – Isso significa que podem colocar a conversa em dia enquanto pego ponche para as duas.

Sir Noah partiu em sua missão. Antes que Vanessa pudesse falar alguma coisa, o restante do grupo se dissipou, alguns indo dançar, outros em busca da sala de carteado, outros de amigos na pista de dança. Isso deixou Vanessa e a duquesa totalmente sozinhas.

– Muito me honra que Vossa Graça se lembre de mim – comentou Vanessa, sem saber o que mais poderia dizer, e dolorosamente consciente de que tinha esperanças de que aquela mulher se tornasse sua sogra um dia.

— É claro que me lembro da senhorita — disse a duquesa, escrutinando o rosto de Vanessa com seus vibrantes olhos azuis. — Como eu poderia me esquecer da jovem que quase ficou noiva do meu filho Grey?

Vanessa corou, lembrando-se de como a mãe tentara forçar Grey a se casar com ela.

— Foi um mal-entendido do jornal, duquesa. Deveria ter aparecido o nome de Beatrice.

— Foi o que me disseram — respondeu a duquesa com um sorriso irônico. — Graças a Deus, foi rapidamente corrigido.

— Graças a Deus mesmo — concordou Vanessa, com demasiada animação. — Senão, eu estaria casada com um homem que, para mim, é como um irmão. Nós dois teríamos sido infelizes.

A duquesa a fitou ainda com mais atenção.

— Então a senhorita realmente não tinha nenhum interesse em Grey.

— Não como marido.

— Mas talvez meu outro filho solteiro a interesse? Vi Sheridan sussurrando em seu ouvido — disse a duquesa, se abanando com o leque. — Ele acha que eu não noto essas coisas, mas eu noto. Não passei um ano inteiro de luto à toa. Quando uma mulher não pode se divertir nos eventos sociais, ela aprende a prestar mais atenção nas pessoas. E a notar quando seu filho está dançando com uma mulher particularmente atraente.

Vanessa não sabia o que dizer.

— Perdoe-me, duquesa, mas está perguntando se tenho boas intenções com Sheridan?

A resposta azeda levou a duquesa a rir.

— É difícil acreditar que você seja filha da Cora. Ela nunca faria uma pergunta tão engraçada — disse Lydia, aguçando o olhar para Vanessa. — Se essa fosse a minha pergunta, qual seria a sua resposta?

— Que a senhora teria que esperar para ver o que acontece. Não posso dizer quais são as minhas intenções sem saber como vai ser o progresso da corte.

— Então uma corte está em andamento? — perguntou a duquesa.

Com aquela pergunta direta ainda pairando no ar, Noah se aproximou carregando duas taças de ponche e entregou-as às damas. Graças a Deus.

Vanessa tinha a sensação de que acabara de se livrar de ser dissecada pela duquesa. Da próxima vez, teria que estar mais bem preparada.

Se houvesse uma próxima vez. Vanessa tomou seu ponche com vontade. A duquesa parecia ter um interesse velado em escolher o par de Sheridan, e Vanessa não sabia dizer se a duquesa a aprovava ou não.

Pelo menos, Sheridan sustentaria a história de Vanessa de que a estava cortejando. Afinal, a ideia de provocar ciúmes em Juncker era dele, não dela.

Sir Noah olhou de Vanessa para a duquesa.

– Interrompo alguma coisa?

– De forma alguma – respondeu a duquesa, bebericando seu ponche, para o alívio de Vanessa. – Sir Noah, como nós nunca nos conhecemos antes? O senhor é exatamente o tipo de cavalheiro jovial cuja companhia aprecio muito.

– Minha esposa não gostava da cidade – explicou ele. – Apenas recentemente voltei a fazer incursões por aqui.

– Ela mudou de ideia sobre a cidade?

Tio Noah encarou a própria taça.

– Na verdade, ela faleceu no início do ano passado.

– Ah, sinto muito – disse a duquesa. – Eu não sabia.

Ele abriu um sorriso pesaroso.

– Acabei perdendo o hábito de vir para Londres – disse ele, fitando-a com mais atenção. – Mas pretendo mudar isso.

Quando a duquesa corou, ele pareceu se sentir triunfante.

– Além disso, não teria como termos nos conhecido, já que a senhora só voltou para a Inglaterra há pouco tempo, correto?

– Na verdade, um ano e meio atrás – disse Vanessa. – Eu me lembro bem disso porque foi a primeira vez que dancei com Sheridan. Na verdade, ele dançou comigo duas vezes na primeira semana da família em Londres, antes de seguirem para o campo.

A duquesa e o tio dela a encararam com as sobrancelhas arqueadas.

– Nã... não importa o motivo, sim? – gaguejou Vanessa, fitando a duquesa. – A senhora chegou em maio do ano passado, não foi?

A duquesa sorriu.

– De fato. Eu e Maurice ainda estávamos de luto pelo irmão dele, mas nossos filhos podiam sair e se divertir. Então, assim que acabou esse período...

Quando as palavras cessaram, a tristeza tomou conta do rosto de Lydia e Vanessa se encheu de simpatia por ela.

– Vossa Graça entrou em outro luto.

Ela assentiu e empalideceu um pouco.

– Um período que só acabou no mês passado. Eu juro, nunca fiquei tão cansada em toda a minha vida de só usar preto.

– Posso imaginar – murmurou Noah. – Nós, homens, mal mudamos de roupa durante o luto, mas as damas passam por uma mudança mais drástica.

Um olhar malicioso cruzou o rosto dele.

– Embora eu tenha certeza que fique belíssima de preto, duquesa, fica ainda mais bela neste tom de azul.

– Cuidado, sir Noah – disse a duquesa com um tom de voz travesso. – Bajulação é a oficina do diabo.

Vanessa franziu a testa.

– Achei que fosse "mente vazia".

– Isso também – respondeu a duquesa, fazendo um gracejo.

Tio Noah riu.

– Não é bajulação se é verdade.

– E essa frase também não passa de bajulação, meu caro – afirmou a duquesa.

– Então talvez eu devesse demonstrar a minha admiração de outra forma além de palavras – disse ele, aproximando-se dela. – Vossa Graça me daria a honra da próxima dança, duquesa?

– É a última dança antes do jantar – disse a duquesa. – Tem certeza de que quer ser forçado a passar o jantar todo em minha companhia?

– Não há nada de que eu gostaria mais – respondeu ele –, mas talvez um homem como eu só possa sonhar em ter a companhia de uma duquesa viúva.

– O senhor é….

– Bonito? Bem-apessoado? – sugeriu ele, piscando para ela. – Esperto?

– Um galanteador – respondeu a duquesa. – Mas eu não me importo nem um pouco.

Quando ele estendeu o braço e Lydia aceitou, Vanessa balançou a cabeça. Nunca vira o tio flertando antes. Era decididamente perturbador. E nem um pouco típico dele. Vê-lo flertar com uma total estranha então…

– Aquela é minha mãe dançando com o seu tio? – perguntou Sheridan ao se aproximar.

– Sim. E ela pareceu bem ansiosa em aceitar o convite.
Sheridan olhou para o par na pista de dança.
– Espero que ele não esteja supondo que ela é uma mulher rica. Meu pai a deixou com muito pouco.
Vanessa revirou os olhos.
– Meu Deus, ele não está dançando com sua mãe pelo dinheiro. Ele tem muito dinheiro e uma propriedade.
– Nesse caso, acho esse interesse mútuo intrigante.
– Por quê?
– Eu nunca acharia que os dois combinam como um casal. A não ser que...
Ele fez uma careta.
– A não ser que o quê?
– Nada. Vou perguntar a ela mais tarde o que viu nele.
Vanessa riu.
– Acho que ela vê um cavalheiro bem-apessoado para uma dança.
– E para o jantar. Se estivéssemos em outro lugar e este evento fosse mais formal, eles não seriam colocados juntos para a refeição.
– O senhor é muito antiquado às vezes, sabia?
Sheridan deu de ombros.
– Fui criado pensando que meu futuro seria ajudar países hostis a negociarem acordos satisfatórios para todos os envolvidos. Aprendi todos os protocolos adequados quando ainda era um menino.
– Então eu devo lembrá-lo, Vossa Graça, de que eu certamente não seria adequada para acompanhá-lo no jantar se estivéssemos "em outro lugar e este evento fosse mais formal". Gostaria de saber por que está disposto a quebrar o protocolo para dançar com uma dama de classe mais baixa como eu.
Ele afastou quaisquer pensamentos que tivesse e sorriu para ela.
– Porque às vezes eu gosto de viver perigosamente, minha querida.
Ela prendeu a respiração. Ele também. E, estendendo o braço para ela, disse:
– Podemos?
– É claro – respondeu ela.
Enquanto se dirigiam para a pista de dança, ele murmurou:
– Pobre William Bonham.
– Quem é esse? – questionou ela.
– Apenas um cavalheiro que vai ficar muito decepcionado por seu tio estar flertando com a minha mãe, e por ela estar correspondendo.

– O *senhor* está decepcionado?

– Não diria decepcionado, apenas preocupado.

Ela riu.

– É só uma dança, Sheridan. Duvido que leve a algo mais sério.

– A senhorita deve estar certa.

Ele parecia perdido em pensamentos ao levá-la para o final da fila de dançarinos. Quando viu que ela o fitava, Sheridan abriu um sorriso decididamente falso.

– Nunca se esqueça de que minha mãe teve três maridos. Eu não me surpreenderia se ela tentasse um quarto.

Mas, apesar da tentativa de ser engraçado, Vanessa percebeu algo por trás da aparente tranquilidade. Sheridan voltava a ser uma esfinge.

E aquilo a preocupava.

CAPÍTULO SEIS

Sheridan passou metade da dança com Vanessa observando a mãe. Certamente não era coincidência o fato de o único homem com quem a mãe dançara aquela noite ser irmão de lady Eustace. Ela havia dito que ajudaria nos esforços investigativos, embora todos tivessem recomendado que não fizesse isso. E se esse flerte fosse a ajuda dela? Lydia não era boa em subterfúgios, não *mesmo*. Aquilo poderia muito bem destruir todos os esforços de Sheridan.

Quando a dança terminou e os convidados se dirigiram para a sala de jantar, Sheridan já estava imaginando todos os tipos de cenários em que a mãe falava demais e sir Noah começava a desconfiar.

– Ele não vai magoá-la – assegurou Vanessa. – Afinal, é um cavalheiro.

– Quem? – perguntou Sheridan, fazendo-se de desentendido.

– Meu tio, claro. O senhor parece estar a ponto de puxá-lo para um canto e lhe dar um aviso bem sério. Ou uma boa bronca.

Ele se forçou a voltar a atenção para Vanessa, que parecia bastante preocupada.

– Isso é ridículo. Primeiro porque, como a senhorita disse, seu tio é um cavalheiro. Segundo, porque minha mãe é perfeitamente capaz de se cuidar sozinha.

– Ah, bem, estamos de acordo, então.

Sheridan riu.

– Ora, admita: provavelmente estamos de acordo em muitas coisas.

– Ah, é mesmo? Em quê, por exemplo?

Os olhos cintilantes dela o deixaram fascinado enquanto aguardavam na fila que se formava na entrada da sala de jantar.

– Que a senhorita está linda com esse vestido.

Ela não pareceu ficar tão lisonjeada quanto ele esperava.

– Obrigada – disse ela. – Mas seria muito vaidoso da minha parte concordar com isso.

– É verdade. Então podemos concordar que eu estou arrojado em meu traje de teatro. Não me importa nem um pouco ser considerado vaidoso.

Ela claramente se esforçou para não rir.

– Mas eu me importo com a sua suposição de que vou concordar.

– E como poderia não concordar? – perguntou ele, sorrindo. – Saiba que o meu valete teve um árduo trabalho para me deixar na moda esta noite.

– Ele pode se esforçar quanto quiser, mas o senhor nunca parecerá estar na moda.

Ele piscou.

– Por que não?

– Obviamente você não tem a menor preocupação com a aparência. É o oposto de vaidoso.

Ela levantou as duas mãos até o pescoço dele.

– Sua gravata, por exemplo: a dança parece tê-la deixado torta. Um homem preocupado com moda teria visto isso no espelho e endireitado.

O coração dele estava disparado por estar tão perto dela. E, Deus, o cabelo dela tinha um cheiro delicioso, de lírios. Isso! Era esse o aroma que ele não conseguira identificar antes. Vanessa escolheu um perfume exótico, mas tão inglês quanto pudim de ameixa. Sheridan mal conseguia resistir à vontade de se aproximar mais e inspirar para ter certeza.

Estava claro que ele tinha perdido a cabeça. Era mais do que urgente fazer com que aquele momento ficasse menos pessoal, antes que estivesse enfeitiçado por ela e fizesse ou falasse algo do qual se arrependeria.

– Sobre o que estávamos conversando?

Ela sorriu para ele.

– Sobre coisas em que concordamos. Até agora, só encontramos uma.

– Ah. Então devo salientar que nós dois gostamos de polemoscópios.

Ela corou do colo até a face, o que só aumentou o feitiço sobre ele. Droga.

– Eu não... sei do que está falando.

– Claro que sabe. A senhorita estava usando um no camarote do seu tio – disse ele, e, baixando a voz, acrescentou: – Provavelmente para espiar Juncker.

Vanessa desviou o olhar.

– Ah, sim. Quem mais eu espiaria?

– Falando em Juncker, o que a senhorita acha da poesia dele?

Sheridan ainda estava desgostoso por não poder revelar a ela o verdadeiro autor das peças de Juncker.

– Suponho que tenha lido algumas – acrescentou.

– É claro – respondeu ela, um tanto apressada demais. – São muito comoventes.

Que curioso, pensou Sheridan. Seria possível que Vanessa não tivesse lido as poesias do homem? Não era louca por ele?

Eles cruzaram a porta, e ele a levou para um lugar na mesa principal onde a família dele parecia estar se reunindo. Juncker estava em uma mesa adjacente, então Sheridan garantiu que Vanessa ficasse de costas para o homem antes de se sentar ao lado dela. Sheridan não tinha gostado *nem um pouco* de assistir àquele cretino farsante dançando com Vanessa, todo charmoso e teatral, encenando uma ficção de sua autoria, enfim, onde Vanessa era a heroína, e ele, o herói.

Mas, mesmo que Sheridan não pudesse contar a ela que Juncker não havia escrito as peças pelas quais era famoso, ele tinha toda a intenção de, pelo menos, expor o caráter libertino do homem.

A comida foi servida em uma sala adjacente, que normalmente era onde Thorncliff tomava o café da manhã. Então, após colocarem guardanapos na mesa para guardar seus lugares, Sheridan e Vanessa foram se servir. Enquanto voltavam para seus lugares, ele percebeu que ela havia pegado um caranguejo passado na manteiga a mais do que ele.

Ao tomarem seus assentos, ele comentou:

– Parece que a senhorita gosta tanto de caranguejo quanto eu.

– Que falta de gentileza da sua parte observar isso – disse ela, negando as palavras com um sorriso brincalhão. – Afinal, uma dama não deve se encher tanto de comida.

– Mas até as damas precisam comer.

Vanessa observou o salão.

– Sim, mas a maioria das damas que eu conheço finge que não precisa. É um jogo peculiar que elas jogam, no qual aparentam não comer muito, embora façam isso em casa, quando não são observadas.

– Suponho que não seja um jogo que a senhorita aprecie.

Um sorrisinho apareceu no rosto dela.

– Supôs corretamente. Eu tenho um apetite deveras voluptuoso e não tenho desejo algum de esconder essa característica.

A palavra voluptuoso estimulou a imaginação de Sheridan. Vieram-lhe imagens de Vanessa tirando uma peça de roupa por vez até não vestir nada além de um olhar convidativo.

Ele segurou o próprio prato como quem segura a chave do *boudoir* de uma dama devassa. Ela estava falando sobre comida, maldição...

– Bom – disse ele. – Eu não vou falar mais nada sobre o seu... humm... apetite. Que as outras damas morram de fome, se preferirem, mas, enquanto isso, vamos comer a nossa parte. De acordo?

Dessa vez, ela abriu um sorriso maior.

– De acordo.

Deus, como ele gostava daquele sorriso. Um evento raro, como se Sheridan tivesse alcançado a Lua. Como gostaria de dar a Lua a ela, não apenas ter criticado um pouco mais a sociedade.

Ao se sentarem, Thorn estava na frente deles, com Olivia de um lado e a mãe do outro. Ao lado de Lydia, sir Noah. Sheridan detestava admitir, mas preferia ver a mãe com sir Noah a vê-la com William Bonham.

Thorn não gostava de Bonham porque achava que o homem era inferior à mãe para se casar com ela. Mas essa não era a questão de Sheridan. Ficaria feliz se a mãe encontrasse um companheiro, mas Bonham tinha tendência a tratar Sheridan como se fosse um filho e precisasse de suas lições sobre como administrar uma propriedade.

Sim, Bonham trabalhava para os duques de Armitage havia décadas, então se alguém tinha o direito de agir de forma paternal com Sheridan, esse alguém era ele. Ainda assim, embora fosse mesquinho da parte de Sheridan, ele achava que ninguém podia assumir o papel de mentor, conselheiro... amigo, exceto seu verdadeiro pai. Por isso não gostava de ver Bonham cercando a mãe, tentando assumir o lugar de seu falecido pai.

Lydia não se importava com a opinião de Sheridan, é claro. O casamento dela com seu pai, embora amigável, não tinha sido exatamente uma união por amor. E ela sempre se comportara como bem entendera.

Aparentemente, Vanessa era igual, a julgar pela comida que colocara no prato. Para a surpresa dele, tinha escolhido quase todos os mesmos itens que ele. Sheridan não conseguia acreditar que mais alguém gostasse de couve-de--bruxelas. Além de Thorn, é claro, mas provavelmente porque tinham sido ambos criados na Prússia e o legume fosse um sucesso entre os prussianos.

– Então, Sheridan – disse Thorn, parecendo dissecar deliberadamente seu rosbife –, o que achou da peça?

Olivia ficou pálida, balançando a cabeça, obviamente implorando que Sheridan guardasse o segredo.

Sheridan resolveu brincar.

– Não conte a seu amigo Juncker, mas achei um pouco boba.

Ao lado dele, Vanessa bufou.

– Não foi exatamente isso que *eu* disse no camarote do meu tio que o senhor tinha achado? O senhor não gosta de "frivolidades". Na ocasião o senhor disse que não tinha opinião formada, então vemos claramente que mentiu.

Ele encarou o irmão, que estava fechando a cara.

– A senhorita estava certa – concordou Sheridan. – Eu realmente achei a história insossa, sobre eventos que não fazem o menor sentido.

Olivia ergueu o olhar enquanto Thorn fuzilava Sheridan.

– O que não faz sentido? E que direito você tem de julgar? – perguntou Thorn, aparentemente desistindo de comer, recostado na cadeira. – Você nem é um conhecedor de literatura dramática.

– Posso não ser, mas sei reconhecer uma boa escrita.

Parecia que Thorn havia engolido uma pedra de gelo, chocado e irritado ao mesmo tempo.

– Não há nada de errado com a escrita de Juncker.

– Ele é seu amigo, é claro que vai defendê-lo. Mas eu não fico cego por causa de uma amizade.

Agora, Olivia também o fuzilava com o olhar. O que fez com que ele se sentisse culpado. Mas só um pouco. Thorn o teria atormentado sem misericórdia se os papéis se invertessem ali. Isso era o que irmãos faziam, afinal.

– Mas ao menos admita que a peça é divertida – comentou Thorn.

– Acho que meu senso de humor é diferente do seu – disse Sheridan, agora realmente se divertindo. – Está claro que você gosta de situações burlescas. Enquanto eu prefiro um humor mais sutil.

– Isso não é verdade, e você sabe disso, Sheridan – interveio Vanessa. – Eu o escutei rindo em determinadas cenas durante a peça. Vai negar?

Vanessa estava tentando fazer com que ele passasse por mentiroso.

– Suponho que tenha havido alguns poucos momentos engraçados – disse ele, olhando furtivamente para Thorn. – Muito poucos.

Thorn o fitou com os olhos semicerrados. Então, olhando para a outra mesa, disse:

– Juncker! Sheridan diz que a peça só teve alguns poucos momentos engraçados. O que você diz?

Juncker riu.

– Seu irmão simplesmente está com ciúmes do meu sucesso... com a escrita e com as mulheres.

Sheridan se virou na cadeira para encarar o rival.

– O que disse?

– Quantas peças já escreveu e produziu, duque? – perguntou Juncker. – Ouso dizer que nenhuma.

– É verdade – respondeu Sheridan –, mas eu nunca disse que tinha esse talento em particular.

Juncker abriu um sorriso irônico.

– Exatamente. É fácil criticar algo que nunca tentamos fazer.

– Eu nunca tentei tocar violino, mas, como qualquer pessoa aqui, tenho a capacidade de dizer quando está sendo bem tocado.

Todos que estavam escutando a conversa arfaram, e começou um burburinho aqui e ali. Juncker não parecia nem um pouco satisfeito. *Ótimo*, pensou Sheridan. Talvez assim deixasse de ser tão senhor de si.

– Para um homem que foi treinado para ser diplomata – disse Vanessa baixinho –, o senhor está sendo muito pouco diplomático com o Sr. Juncker, além de muito rude.

– Ele vai sobreviver – murmurou Sheridan. – É um homem resistente, tem a pele de um elefante. Além disso, foi Thorn quem o envolveu na nossa conversa particular, não eu.

– E o que a senhorita Pryde pensa? – perguntou Juncker. – Achou minha peça divertida? Ou, como Sua Graça diz, sem graça?

Vanessa se virou na cadeira para olhar para Juncker.

– Achei a peça espirituosa e divertida, e nem um pouco burlesca. Como de costume.

– Traidora – sussurrou Sheridan.

– Obrigado, Srta. Pryde – agradeceu Juncker, claramente regozijando-se. – Fico feliz em ver que alguém aprecia um bom teatro.

Vozes se exaltaram em volta deles, assegurando a Juncker que suas peças eram muito apreciadas, pelo menos pelo público.

– Eu também aprecio o bom teatro – disse Sheridan. – Quando vejo um.

Em meio a protestos e gargalhadas vindos dos convidados, Juncker encarou Sheridan.

– Eu não esperaria que um duque soubesse muito sobre o tema, principalmente um duque que passa o tempo todo tentando salvar seu ducado.

A sala ficou em total silêncio. Uma coisa era atacar o talento ou o gosto de um homem. Outra, muito diferente, era falar sobre finanças.

– Menos, Juncker – disse Thorn, que estava atrás de Sheridan. – Esse que você está insultando é meu irmão.

– Não precisa me defender – disse Sheridan para Thorn, alto o suficiente para Juncker escutar.

Então colou um sorriso irônico nos lábios e acrescentou:

– Principalmente quando o único exercício que o homem com quem vou brigar faz é levantamento de pente.

– E de caneta – corrigiu Juncker, praticamente desafiando Sheridan a contar a verdade.

Se não fosse por imaginar que Thorn e Olivia nunca o perdoariam, Sheridan teria cedido. Mesmo depois de Juncker ter acrescentado:

– Ao menos meu exercício não é sair por aí caçando herdeiras.

– Não que as herdeiras estejam reclamando.

Sheridan se virou para Vanessa, que parecia estar achando a discussão divertida. Com toda a razão, certo? Já que o objetivo era provocar ciúmes em Juncker.

– Está, minha querida? – perguntou Sheridan.

– Não fiz nenhuma reclamação, mas só porque acho essa discussão ridícula – disse ela, o que fez com que todos começassem a rir. – Eu me recuso a me colocar entre dois cavalheiros se atacando verbalmente.

Juncker a fitou.

– Preferiria que os ataques fossem físicos?

Vanessa ficou alarmada.

– Não, seria vulgar uma mulher estimular tal ato.

Todos murmuraram em aprovação à resposta dela.

– Além disso – continuou ela –, eu desconfio que nenhum dos dois saiba duelar.

Quando todos caíram na gargalhada, Juncker bateu no peito.

– Assim a senhorita me ofende, querida dama.

– Duvido – disse Vanessa com um sorriso. – Sua Graça diz que o senhor tem a pele de um elefante.

Mais gargalhadas.

– E o coração de um leão – respondeu Juncker.

– Acho que está mais para o coração de um rato – disse Sheridan secamente –, senão não teria batido no peito ao escutar um insulto bobo de uma dama.

Juncker se inclinou.

– Posso usar os punhos para provar meu coração de leão, se preferir.

– Eu adoraria – respondeu Sheridan.

– Basta – disse a mãe dele, levantando-se. – Não quero nenhum tipo de briga aqui, senão vou banir os dois de qualquer evento social em que eu esteja.

– A senhora estaria banindo seu filho – disse Sheridan, com ceticismo.

– Se ele agir como um brutamontes, não como o cavalheiro que o ensinei a ser, com certeza – disse ela com a voz dura de que ele se lembrava da infância.

Sheridan bateu no peito de forma teatral.

– Agora sou eu que estou ofendido.

– Posso emprestar minha pele de elefante, se quiser – respondeu Juncker.

– Não é preciso – retrucou Sheridan. – Quando minha mãe vê necessidade de entrar em uma briga, está na hora de recuar – disse ele, fixando o olhar em Juncker. – Concorda, senhor?

Juncker hesitou por um momento.

– Claro. Deus me livre que a duquesa me considere um brutamontes.

A frase foi considerada a palavra final, graças a Deus, já que Sheridan definitivamente não queria causar mais sofrimento à mãe. Lydia já sofrera muito na vida.

E assim terminou o conflito entre ele e Juncker, se é que o incidente podia ser chamado de conflito. Embora Sheridan desconfiasse que tudo teria sido evitado se...

Se o quê? Se Vanessa tivesse ficado do lado dele?

Ela nunca faria isso. Conquistar Juncker era o objetivo dela. E, embora isso o irritasse e chateasse, Sheridan estava disposto a ajudá-la. Mesmo desaprovando. Mesmo que só conseguisse pensar em Vanessa se aproximando dele como amante...

Maldição. A situação era inaceitável.

Ele forçou um sorriso para Vanessa.

– Gostaria de outro caranguejo, minha querida?

Querida? O que estava fazendo?

Cortejando Vanessa, aparentemente, pois ela lhe lançou o mais doce olhar que já tinha lançado para ele.

– Estou bem, obrigada – respondeu ela baixinho.

Bom. Excelente. Agora, o que faria com isso? Impossível saber.

Terminaram o jantar conversando educadamente com a família dele. Os convidados voltaram para o salão de baile, e um cavalheiro tirou Vanessa para dançar. Sheridan já estava se dirigindo para a sala de carteado quando Thorn o puxou, parecendo aborrecido.

– Olivia me disse que deixou escapar meu segredo mais cedo. Então me alfinetar só serviu para reforçar no público a impressão de que Juncker assina minhas peças.

– Bem, agora que você sabe que eu sei, suponho que eu possa contar a Vanessa.

– É claro que não.

Sheridan fez uma cara feia.

– Por que não?

– Porque é muito óbvio que é isso que você quer.

Thorn abriu um sorriso diabólico.

– E suponho que não permitir seja um bom castigo por seus comentários sobre a minha habilidade de escrita.

– Você sabe que eu não estava falando sério.

– Tenho certeza que os convidados acharam que estava.

O comentário pareceu incomodar Sheridan.

– Desde quando você se importa com o que os outros pensam?

– Eu não me importo – disse Thorn, rindo. – Só quero ter o mesmo prazer em atormentar que você teve.

Thorn tinha razão. Sheridan o fitou.

– Eu não preciso da sua permissão para contar a Vanessa.

Thorn deu de ombros.

– Mas, se fizer isso, estará quebrando uma promessa que fez a Olivia. Você é ou não é um homem de palavra?

Sheridan bufou, frustrado, então começou a se afastar.

– O fato de a Srta. Pryde ter uma queda por Juncker realmente o perturba, não é? – perguntou Thorn.

Parando para encarar o irmão mais uma vez, Sheridan disse:

– Não fale absurdos. Eu não me importo nem um pouco. Eu e ela somos apenas amigos.

Talvez, se ficasse repetindo isso para si mesmo, acabasse se tornando verdade. Porque não poderia ter Vanessa como nada além de amiga.

– Nenhum homem que seja apenas um amigo olha para uma mulher do jeito que você olha para ela.

Sheridan se esforçou para não praguejar.

– E como seria esse jeito?

– Como se nunca mais fosse vê-la de novo. Como se ela fosse a resposta para a sua infelicidade.

– Por que acha que estou infeliz?

– Ah, Sheridan, você está infeliz desde que o papai morreu. Admita, você odiava a forma como ele o pressionava a aprender como administrar a propriedade quando tudo que você queria era ser diplomata.

Sheridan escondeu a dor que isso lhe causou.

– É óbvio que você não me conhece nem um pouco.

Ele não detestava administrar uma propriedade, detestava sua incapacidade de entender as nuances da contabilidade e, assim, de entender de que o ducado realmente precisava e para onde tinha ido todo o dinheiro.

– Mas eu acho que em nove anos as coisas podem mudar um pouco de figura.

Thorn o fitou.

– O que você quer dizer?

– Nada. Você não entenderia.

Sheridan não estava disposto a explicar. Não ser capaz de cuidar dos números o deixava furioso. Aquela, aparentemente, era uma parte necessária do seu papel.

Pelo menos o pai dele achava que era. Ele confiara em Bonham por necessidade, já que o homem trabalhava havia anos com o duque de Armitage, mas o pai insistira em que Sheridan aprendesse como fazer, para garantir que as coisas fossem executadas do modo certo. Infelizmente, ele morreu sem saber se o filho conseguiria lidar com todos os aspectos do fardo de ser um duque.

– Muito bem. Fique com seus segredos – disse Thorn, e chegou mais perto. – Só para você saber, Grey me contou que pediu que você interrogasse tia Cora. Alguma novidade?

– Ainda não. Não consegui que ela falasse nada sobre o assunto no teatro. Mas fico imaginando se ela não evitou vir hoje exatamente porque não queria falar sobre o acontecido.

– Ou então ela quis dar espaço para você e Vanessa.

Sheridan cerrou os dentes.

– Já disse, eu e Vanessa…

– Eu sei, eu sei. São apenas amigos – disse Thorn, balançando cabeça. – Talvez você consiga descobrir alguma coisa com Vanessa.

– Vanessa não tinha nem nascido quando o seu pai e o pai de Grey morreram.

– Não estou falando sobre esses assassinatos, mas sobre o assassinato do *seu* pai. Meu verdadeiro pai. Porque você sabe que eu o considero meu único pai.

– Claro.

Sheridan não tinha dúvida disso. Os seus três meios-irmãos tinham sido criados como filhos do pai dele, e apenas Grey saiu de casa ainda criança. Thorn e Gwyn não eram nem nascidos ainda quando o pai de ambos morreu.

– Mas não sei como Vanessa poderia saber alguma coisa sobre os dois últimos assassinatos. Você não está sugerindo que lady Eustace tenha ido encontrar meu pai no campo e o tenha empurrado da ponte. Ora, ela é mais velha do que a mamãe!

Thorn abriu um sorriso triste.

– E você acha que nossa mãe é velha demais para empurrar alguém da ponte?

– Eu acho que ela até poderia, mas...

– Você tem razão – disse Thorn, suspirando. – Não creio que nenhuma das suspeitas possa ter feito isso.

– Nem ter feito com que tio Armie caísse do cavalo alguns meses antes.

– Exatamente. Mas se uma delas, lady Eustace, por exemplo, contratou alguém como Elias para fazer isso, Vanessa pode ter visto o homem. Ou escutado a mãe falando sobre ele ou com ele.

Sheridan assentiu, distraidamente. Elias era o jovem criminoso que eles descobriram durante a investigação, mas que fora assassinado antes de revelar quem o contratara.

– Suponho que sim. Vou ver se consigo descobrir alguma coisa com uma das duas.

E então, lembrando-se do que Olivia dissera, Sheridan olhou para o irmão.

– E como está a investigação com lady Norley?

– Ah, Deus – reclamou Thorn. – Eu não posso fazer isso. Ele é minha sogra. Vai me odiar.

Sheridan soltou uma gargalhada. Olivia estava certa.

– E daí? Peça a sua esposa que o faça, então.

– Vou pedir, mas nós acabamos de nos casar e, francamente, não acho que lady Norley seja capaz disso.

Sheridan abriu um sorriso irônico para o irmão.

– Entendo. Não está querendo mexer no vespeiro.

– Exatamente. Espere até se casar e vai entender.

Não se eu puder evitar. Sheridan viu a mãe se aproximando.

– Olivia está procurando por você – disse ela a Thorn, felizmente evitando que Sheridan precisasse dar uma resposta ao irmão. – Ela está no salão de baile.

– Falamos mais tarde – disse Thorn a Sheridan antes de se afastar para encontrar a esposa.

– O que estavam discutindo? – perguntou a mãe.

Sheridan forçou um sorriso.

– Nada importante.

Lydia o encarou, séria, por um momento, mas ela sempre tivera a misteriosa habilidade de reconhecer quando seus filhos não lhe dariam mais informações.

– Se você diz...

– Achei que fosse dançar com sir Noah de novo.

Ela deu de ombros.

– Mais tarde. Mas acho que logo a dança vai acabar. Com tão pouca gente...

– Pouca! Deve haver pelo menos umas trinta pessoas lá.

– Isso mal dá para um bom cotilhão.

– É tão necessário assim?

– Ora, mas é claro – disse ela, batendo no braço dele com o leque. – Espero que participe.

O protocolo dizia que Sheridan não poderia dançar com Vanessa de novo, mas ele não estava com vontade de dançar com nenhuma outra mulher.

– Alguns cavalheiros estão jogando cartas. Pretendo me juntar a eles.

– Ah, muito bem – disse Lydia, então fez uma pausa e acrescentou: – Gosto da sua jovem dama.

Aquilo deixou Sheridan alerta na mesma hora.

– Que jovem dama?

– Você sabe muito bem de quem estou falando. Srta. Pryde. Filha de Cora.

– Ela não é bem uma jovem dama.

– Ah? Ela me disse que você a está cortejando.

– Disse?

Por que isso deveria surpreendê-lo? Era exatamente o que deveria estar fazendo: fingindo cortejá-la.

– Parece que não é mais segredo, então.

– Você estava tentando guardar segredo? – perguntou a mãe, fingindo um tom neutro.

Não era de admirar que ela não tivesse tentado saber mais sobre a conversa dele com Thorn. Estava guardando munição para tal. Sheridan não podia desapontá-la, então.

– Da senhora? De forma alguma. Sei como fica quando está tentando determinar se alguém é bom o suficiente para um filho seu.

Ela pareceu insultada.

– E como eu fico?

Ele escondeu um sorriso.

– Curiosa, intrusiva, assustadoramente direta.

– Para sua informação, eu não fui nada disso – disse a duquesa, fungando. – Eu só queria me certificar de que você não está se aproveitando dela.

Sheridan ficou tenso.

– Por que eu faria isso?

– Para conseguir se aproximar de Cora e descobrir o que ela sabe sobre o assassinato do meu primeiro marido.

Maldição de mulher intuitiva. Foi assim que ela sobrevivera a todas as mortes, possivelmente assassinatos, de seus maridos.

– Não é tão ruim quanto parece.

– Não? Você está brincando com o coração de uma jovem adorável. Prefiro que não solucione o assassinato de Maurice a ter que vê-lo magoar uma jovem inocente como a Srta. Pryde.

Ele se endireitou.

– A senhora realmente me acha capaz disso, mãe?

– Eu acho que você é capaz de... fazer o que precisa ser feito para conseguir o que quer.

– Obrigado pelo voto de confiança – disse ele, sendo sarcástico. – Mas a Srta. Pryde não está nem remotamente interessada em mim.

A mãe virou a cabeça para o lado.

– Não?

– Não. O coração dela é de Juncker. E eu prometi ajudá-la a conquistá-lo fazendo a corte para provocar ciúmes nele.

– Juncker? O escritor?
– Que outro Juncker poderia ser? – questionou ele, irritado.
A mãe caiu na gargalhada.
– Ah! Ah, meu querido... isso é muito engraçado.
– O que é tão engraçado?
Ela balançou a cabeça.
– Vocês são uns pobres iludidos.
Ele cruzou os braços sobre o peitoral.
– De quem a senhora está falando?
– De você e da Srta. Pryde, claro.
Ela deu uns tapinhas no ombro dele.
– Acabou minha preocupação. Está claro que vocês dois estão cuidando de tudo, não é mesmo?
Lydia foi se afastando.
– Juncker! Que piada!
E Sheridan ficou ali parado olhando a mãe se distanciar. Parecia que perder o pai dele a deixara perturbada.

Vanessa não conseguia encontrar o tio em lugar nenhum. Para onde poderia ter ido? Já tinha passado da meia-noite, e depois da peça, de muitas danças e do jantar, ela estava pronta para ir para casa.

Caminhando por um corredor, ela escutou vozes vindo de trás de portas fechadas. Quando espiou dentro, encontrou não apenas seu tio e Juncker jogando cartas, mas Sheridan torcendo por eles.

Ele praticamente havia brigado com Juncker mais cedo, e agora estavam tranquilamente jogando cartas? Discutindo a qualidade do champanhe e Deus sabe mais o quê?

Vanessa nunca entenderia o sexo oposto. Só um homem conseguia deixar de ser um inimigo jurado para virar camarada em um intervalo de poucas horas. Embora ela nunca tivesse se encontrado em uma situação em que suas amigas fizessem alguma coisa contra ela, caso isso acontecesse, ela certamente não estaria jogando cartas com elas logo depois, como se nada tivesse acontecido! Enquanto isso, Thornstock e algum amigo grisalho que estava de costas para ela perdiam e nenhum dos dois estava muito feliz com isso. Pelo visto, Juncker e Sheridan estavam se revezando em atormentá-los, e ocasionalmente tio Noah também, embora ele parecesse mais interessado em flertar com a duquesa viúva do que se importar com os outros cavalheiros. Que interessante.

E quem era o parceiro de Thornstock? Ela não fazia ideia até que o homem fez algum comentário rabugento sobre tio Noah. Quando ela reconheceu a voz, praguejou baixinho. Lorde Lisbourne. Ah, meu Deus. Ela não sabia que o marquês estava presente! Provavelmente tinha ficado na sala de carteado a noite toda. Graças a Deus sua mãe não quisera vir à festa, senão já teria tentado juntá-los.

Agora Vanessa estava em um dilema. Ir se juntar ao tio apesar da presença do marquês? Ou sair de fininho para procurar lady Thornstock e pedir que ela perguntasse a tio Noah se ainda ficaria jogando por muito tempo?

– Srta. Pryde! – chamou lorde Lisbourne.

Tarde demais. O maldito a vira.

Colando um sorriso falso nos lábios, Vanessa entrou na sala de carteado.

– Então foi para cá que todos os meus parceiros de dança vieram.

– Ah! – exclamou lorde Lisbourne, franzindo a testa pálida. – A dança já acabou?

– Já! – disse ela, rindo. – São quase duas da manhã, milorde.

Ele deu de ombros.

– Isso não é nada, comparado aos bailes de antigamente.

E ele devia saber, já que tinha ido a muitos. Apesar da idade, o marquês era considerado por todas as mães, e até por algumas jovens, um bom partido. Ele devia ser atraente, com seu corpo magro e sorriso aberto. Mas tinha uma inclinação para roupas extravagantes, como naquela noite, com seu casaco luxuoso e um chamativo colete de veludo verde, junto de uma calça de seda marrom. A roupa toda parecia antiquada em comparação com as cores mais suaves e o casaco e a calça de lã de Thornstock, Sheridan e até de seu tio.

E agora Thornstock estava fazendo uma cara feia para ele.

– Isso não foi um baile, Lisbourne, apenas uma diversão depois da peça. Além disso, está ficando tarde.

– Que nada. A noite é uma criança – disse lorde Lisbourne, dando uma batidinha na cadeira ao seu lado. – Sente-se aqui junto a mim, Srta. Pryde, para observar o jogo. Estamos jogando quadrilha, e eu estou precisando muito da sorte que só uma donzela tão bonita quanto a senhorita pode me dar.

Ela não sentaria naquela cadeira por nada no mundo. Lorde Lisbourne tinha tendência a se debruçar sobre as damas, principalmente se achasse que conseguiria espiar por dentro do decote do vestido.

– Perdoe-me, milorde, mas sou obrigada a dar a minha fatia de sorte, por menor que seja, ao meu tio.

– É melhor mesmo, sobrinha – disse tio Noah. – Porque se eu perder, serei obrigado a mantê-la aqui por mais duas horas para recuperar meu dinheiro, e posso ver pelos seus ombros caídos que já está pronta para ir embora.

– Nem um pouco – mentiu ela, relutante em estragar a diversão do tio. Desde antes da longa doença de sua tia, não via o tio tão alegre.

– Mas vou esperar que me dê uma porcentagem do que ganhar.

Tio Noah riu com vontade.

– Logo, logo vou poder fazer isso. Eu e Juncker estamos acabando com Lisbourne e Thornstock. Deixe-nos ganhar esta mão, e quem sabe a próxima, aí combinamos o seu preço.

Ele olhou para a mãe de Sheridan.

– Além disso, ouso dizer que a duquesa está tão cansada quanto você, só sabe esconder melhor. E como é ela quem está regulando os pagamentos, não podemos seguir sem ela.

– Não subestime meu ânimo, sir – disse a duquesa, com a voz cadenciada. – Ainda não chegou aquela hora da madrugada em que os convidados estão se divertindo demais para ir embora, mas sabem que devem ir antes que caiam de exaustão.

– Ninguém vai cair sob a minha vigília, mãe – disse Sheridan, com os olhos brilhando. – Venha, Srta. Pryde. Fique ao meu lado para que possa ver as cartas de Juncker e sinalizar para seu tio o que nosso amigo tem na mão.

Thornstock fez uma cara feia para Sheridan.

– Isso não tem graça.

– Não se preocupe, Thornstock – disse Vanessa, aproximando-se de Sheridan. – Ao contrário do que seu irmão pensa, não gosto de trapacear.

– E nem poderia – comentou tio Noah –, já que não sabe jogar quadrilha.

– Tio! Precisa revelar todos os meus segredos?

– Não fique ofendida – disse ele. – Eu mesmo só aprendi este jogo há pouco tempo.

– Eu também não sei jogar – murmurou Sheridan para ela, quando chegou perto. – Parece desnecessariamente complicado para um simples jogo de cartas.

– Exatamente – respondeu Vanessa. – Eu não tenho a menor vontade de me esforçar tanto por algo que deveria ser divertido.

Nem seus pais nem seus amigos gostavam, então ela nunca aprendera.

– Shh! – exclamou Thornstock. – Não consigo pensar com vocês cochichando feito duas crianças.

Sheridan tocou o cotovelo dela.

– Venha, Srta. Pryde. Vamos pegar uma taça de champanhe na sala ao lado e deixar meu irmão perdendo.

– Ainda podemos ganhar! – gritou Thornstock depois que eles saíram para a outra sala, rindo.

Foram até a mesa onde um lacaio, mesmo bocejando, estava pronto para lhes servir champanhe.

– Meu irmão é um péssimo perdedor, infelizmente – disse Sheridan, fazendo um gesto para que o lacaio servisse uma taça a ela. – Sempre foi. É por isso que raramente jogo qualquer tipo de jogo com ele. Ele não consegue apenas aproveitar o jogo.

– De quais jogos o senhor gosta?

Os olhos de Sheridan brilhavam quando ele deu de ombros.

– Xadrez. Croquet. Qualquer tipo de corrida de cavalo.

– Eu também adoro uma boa corrida de cavalo. Precisamos sair para cavalgar qualquer dia desses.

Pensativo, ele assentiu.

– Sim, qualquer dia desses.

Depois que o lacaio entregou a taça cheia para Vanessa, Sheridan a acompanhou até a lareira.

Ela bebericou um pouco.

– Mas, voltando ao seu irmão, para o bem dele, espero que seja tão rico quanto dizem e que não aposte muito alto em carteados e corridas de cavalo. Eu detestaria ver a duquesa dele virar uma mendiga tão no início do casamento. Apesar do pouco tempo que conversamos esta noite, gosto dela.

– Todos nós gostamos. Mas, acredite em mim, Olivia não tem nada a temer. Se está disposto a fazer um empréstimo para Lisbourne, Thorn não deve estar tão preocupado com as finanças.

– Lisbourne! – exclamou Vanessa, então olhou para a porta e baixou o tom de voz. – Sempre ouvi dizer que ele era rico.

– Segundo Grey, não é – disse Sheridan. – Acho que anos de apostas finalmente cobraram seu preço. O marquês não vai bem financeiramente, mas acho que as pessoas ainda não sabem disso.

– Bem, deixe com Grey, ele é bom em descobrir segredos – disse ela, e balançou a cabeça. – Pobre mamãe. Ela colocou na cabeça que quer me casar com ele, pois tem certeza de que é rico.

Sheridan parecia observá-la com atenção.

– Mas a senhorita certamente não ia querer isso.

– Deus do céu, não. Além do fato de ele ter o dobro da minha idade, Lisbourne é muito... tem uma tendência a...

– Deixar os olhos vagarem por onde as mãos não podem?

Um suspiro de alívio escapou dos lábios dela. Nunca antes tentara colocar aquilo em palavras para um homem.

– Exatamente.

– Devo chamá-lo aqui para se explicar? – perguntou Sheridan, com uma nota de frieza na voz que causou choque e excitação nela.

– Em meu nome?

O coração dela bateu mais forte até perceber que ele podia estar brincando.

– O senhor não faria isso, e sabe disso.

– Está me chamando de mentiroso? – questionou ele.

– Estou chamando-o de implicante.

– Bem, eu estou cortejando você, não estou? Isso não é o que um pretendente faria?

Ah. Certo. O plano. Ela forçou um sorriso.

– Um pretendente de verdade, talvez, mas não um falso. Ainda assim, mesmo sabendo que não está falando sério, agradeço por pensar nisso. Felizmente, até agora lorde Lisbourne não fez nada para exigir uma resposta tão contundente... de um pretendente real ou simulado.

– Então está bem. Eu detestaria desperdiçar uma bala com ele.

A voz do tio dela veio da porta.

– Estou à sua disposição, minha mocinha. Mesmo sem estar na sala, você me trouxe sorte. Então podemos ir embora, se quiser.

Vanessa teve vontade de dizer que ele poderia jogar mais, se quisesse.

Raramente tinha a chance de ficar a sós com Sheridan, mas estava realmente exausta e não havia garantia de que ele continuaria por ali.

– Isso seria bom, tio, obrigada. Estou muito cansada.

Lorde Lisbourne apareceu na porta ao lado do tio dela.

– Amanhã, devo ir visitar a sua mãe e a senhorita, Srta. Pryde.

Obrigada pelo aviso.

– Tenho certeza de que mamãe ficará encantada em recebê-lo.

Sendo tão senhor de si, Lisbourne pareceu nem perceber a falta de entusiasmo dela. Ele apenas assentiu.

– Boa noite, então.

– Boa noite, milorde.

Enquanto Lisbourne voltava para a sala de carteado, conversando com Noah, Sheridan colocou a mão no cotovelo de Vanessa.

– Tem certeza de que não quer que eu o mande se explicar?

– Certeza absoluta.

– Bem, em todo caso, amanhã eu também vou visitar a senhorita e sua mãe. E vou tentar chegar logo depois de lorde Lisbourne.

– Eu apreciaria muito – disse ela, com um sorriso grato. – Se não for trabalho.

Ele a fitou por um longo momento antes de afastar a mão do cotovelo dela.

– Trabalho algum. A senhorita é praticamente um membro da família. Grey nunca me perdoaria se algo acontecesse à prima favorita dele.

O coração dela se apertou. Depois de beijá-lo, de ser beijada por ele, de dançar e rir com ele, Sheridan ainda a via como uma irmãzinha que precisava proteger.

Não era apenas desanimador; Vanessa não sabia se conseguiria voltar a ser nada além de amiga de Sheridan. Por quanto tempo mais ela suportaria o desgaste que a natureza imprevisível daquele homem causava em sua autoconfiança?

CAPÍTULO SETE

Na manhã seguinte à festa de Thorn, Sheridan encarava os livros contábeis na esperança de que os números se transformassem em algo que fizesse sentido para ele. Porque, sinceramente, ele não conseguia ver por que as finanças de suas várias propriedades não tinham melhorado nem um pouco desde o ano anterior, quando a morte de seu pai o forçara a assumir tudo.

Grey sugerira diversas mudanças nas plantações, que ele colocara em prática, mas até agora não tinham ajudado. Quando mencionara isso, o irmão dissera que levaria tempo para aparecerem os resultados. Embora Sheridan entendesse isso, o fato de terem tido uma colheita mais abundante no último outono deveria ter aumentado a renda. Sheridan até analisara a possibilidade de vender recursos viáveis de sua propriedade, como madeira e carne de caça, e começara a leiloar itens que podiam trazer lucro rápido, mas isso só ajudara a diminuir o sangramento, não o estancara totalmente.

Que inferno.

Sheridan se virou na cadeira para olhar para as portas francesas que davam para o jardim. A primeira vez que vira aquele escritório, depois que a família voltara da Prússia, achara que tinha sido mal projetado. O cômodo era longo e estreito, com a largura reduzida por estantes de livros dos dois lados. Como a porta para o corredor era em frente às portas francesas, o único lugar para colocar a escrivaninha era ao lado delas, o que significava que, da cadeira, ele não tinha vista para o jardim.

Com o tempo, passou a perceber que o lugar tinha qualidades práticas. Como o jardim recebia muita luz, que entrava pelas portas de vidro, ele conseguia enxergar bem no verão sem precisar de lampião ou vela até escurecer. E se ele virasse a cadeira, conseguia ver pássaros se banhando na fonte ou se divertindo nas heras verde-escuras que subiam pelos muros. Atualmente, passava bastante tempo buscando conforto na vista do lado de fora. Não substituía totalmente as cavalgadas matutinas, mas ajudava.

Naquela manhã, porém, não estava funcionando. Havia muito em jogo para o jardim ser capaz de acalmá-lo. Precisava encontrar uma forma de melhorar a renda da propriedade, pois seus arrendatários e empregados dependiam dele. Mas os gastos excessivos de tio Armie levaram Armitage Hall e as propriedades que a cercavam a afundar tanto que Sheridan estava começando a temer que nunca conseguiria desatolá-las das dívidas.

Alguém pigarreou na porta do cômodo. Sheridan levantou o olhar e encontrou o homem de confiança de seu pai parado ali.

– Mandou me chamar, Vossa Graça? – perguntou William Bonham.

– Bonham! Que bom que veio! Quero lhe falar uma coisa.

Bonham entrou no escritório, ressabiado.

– Nada de ruim, espero.

– Nada pior do que vem acontecendo na última década.

– Suponho que isso seja bom – comentou Bonham, com um olhar de intensa angústia.

Pelo menos, o homem reconhecia a gravidade da situação. Sheridan se levantou atrás da imponente mesa. Assim como muitos móveis de Armitage Hall em Lincolnshire e de Armitage House ali em Londres, a mesa era desnecessariamente extravagante e ornamentada. Quando Sheridan tivesse a oportunidade, trocaria os móveis das casas, substituindo o estilo rococó por outro com linhas mais simples. Mas isso ainda teria que esperar muito, até que ele conseguisse reverter a espiral descendente em que o ducado se encontrava. Ele apontou para a cadeira na frente da mesa.

– Por favor, sente-se. Estou um pouco agitado para ficar sentado.

Quando Bonham se sentou, Sheridan acrescentou:

– Tomei uma decisão.

Ele engoliu o ressentimento que apertava seu peito toda vez que pensava no que estava prestes a fazer.

– Você está certo. Preciso vender os melhores cavalos dos estábulos do tio Armie... ou, melhor, dos meus estábulos. A venda trará fundos muito necessários para as reformas das casas dos arrendatários, que já deveriam ter sido feitas há muito tempo.

Sheridan andava de um lado para o outro atrás da mesa.

– E, seja como for, não precisaremos mais de muitos cavalos para cavalgada – justificou-se, ignorando o aperto no peito. – Mas ainda acho que devemos manter alguns dos puros-sangues. O dinheiro que trazem com prêmios e procriação praticamente paga a manutenção deles.

Mesmo que não sejam bons cavalos de montaria, pensou.

– É um passo sábio, duque – opinou Bonham. – Eu sei que seu tio acumulou um grupo espetacular de cavalos, mas não é prático manter um estábulo como esse.

– Concordo, por mais que me doa admitir.

Sheridan respirou fundo e indagou:

– Sendo assim, você pode providenciar o leilão na Tattersall?

– É claro, mas isso levará algumas semanas, se o senhor estiver de acordo.

– Eu esperava mesmo por isso.

Sheridan pegou uma folha de papel de cima da sua mesa e entregou-a a Bonham.

– Fiz uma lista de quais cavalos serão vendidos. Pensei em fazermos dois leilões, começando com os que estão aqui em Londres, e depois vender os que estão no campo.

– Se o senhor prefere... Embora eu ainda sugira...

– Que todos sejam vendidos em um único grande leilão. Eu sei. Lembro que você sugeriu – disse Sheridan, apoiando o quadril na mesa. – Mas conversei com alguns cavalheiros no clube do meu pai, e eles disseram que pode ser tão eficiente quanto, ou talvez até mais, se fizermos leilões separados.

– São seus cavalos, Vossa Graça, então é claro que deve realizar as vendas como achar adequado.

Bonham soou ofendido. Droga. Obviamente, Sheridan havia sido rude.

– Levo os seus conselhos muito em consideração, Bonham. Sabe disso, não sabe?

– Sei, sim.

Um silêncio constrangedor recaiu entre eles. Bonham se mexeu na cadeira e voltou a falar:

– Espero que o senhor e sua família estejam bem. Fiquei sabendo que saíram ontem à noite com a duquesa.

Sheridan se segurou para não dar uma resposta grosseira sobre a menção à mãe dele. Bonham só estava sendo educado.

– Saímos, sim – respondeu, e então algo lhe ocorreu. – Como ficou sabendo?

Bonham ficou com o rosto vermelho.

– Pelo jornal. Mencionaram um evento na casa do seu irmão em Thorncliff. Inferno.

– Sim, foi uma reunião improvisada e casual. Relativamente, poucas pessoas.

Então por que ele se sentia culpado por não ter convidado Bonham? A festa nem tinha sido oferecida por ele, e Bonham nem fora ao teatro.

Não fora, certo? Deus, se ele havia ido, devia ter ficado terrivelmente ofendido.

Bonham assentiu, quase como se pudesse ler os pensamentos de Sheridan, o que era ridículo.

– Ah – acrescentou Bonham –, o artigo também mencionava que o senhor e a Srta. Pryde estão prestes a se casar. Parabéns, Vossa Graça.

Sheridan ficou sem chão. Quem contara uma mentira como aquela ao jornal? Vanessa também não ficaria muito feliz. A corte era apenas para provocar ciúme em Juncker, não para criar um vínculo irrevogável entre eles, algo que faria com que a separação pudesse manchar seus nomes e reputações.

Bonham ainda não tinha acabado, infelizmente.

– Sei que não é da minha conta, mas devo dizer que é muito corajoso da sua parte se casar, considerando suas dificuldades financeiras atuais...

– Você está certo, não é da sua conta.

Como Bonham ficou pálido, ele acrescentou:

– Entretanto, talvez acalme a sua mente saber que a Srta. Pryde tem um dote substancial.

Sheridan estava exagerando um pouco, mas a preocupação de Bonham o deixou irritado. Aparentemente, as palavras aquietaram Bonham, pois a expressão dele ficou mais leve.

– Bem, *isso* seria bem-vindo. Na verdade, me parece uma decisão sábia.

Sheridan não queria deixar subentendido que se casaria com Vanessa, mas sua reserva usual sobre sua vida pessoal o impedia de falar o contrário para o homem.

– Que bom que aprova – comentou ele, com um sarcasmo que Bonham pareceu não perceber.

Espere. Sheridan tinha lido o *Diário* naquela manhã e não avistara essa fofoca.

– Em qual jornal você leu a respeito disso, Bonham?

– No *Diário da Sociedade Londrina*.

Sheridan bufou. Esse mesmo jornal vinha se concentrando em sua família desde que chegaram à Inglaterra. Na verdade, vinha publicando boatos sobre Grey desde que ele colocara os pés em terras inglesas vinte e cinco anos atrás. Bem, talvez não tanto tempo assim, mas, de qualquer forma, muito tempo.

– Posso pedir que tragam o meu exemplar para o senhor, se quiser – ofereceu Bonham quando o silêncio de Sheridan se estendeu.

– Obrigado, mas não é necessário que se dê o trabalho. Tenho certeza de que consigo encontrar um exemplar na sala de leitura do meu clube.

Bonham olhou para ele de soslaio.

– Se não se incomoda que eu diga, Vossa Graça, esse é outro lugar em que pode cortar despesas: mensalidades do clube.

– Felizmente, ou infelizmente, pelo seu ponto de vista, eu não pago mensalidades. Meu pai ganhou um título de membro vitalício. Dessa forma, é gratuito. Porque, se não fosse, eu deixaria o clube sem o menor escrúpulo para economizar nessas mensalidades.

Bonham realmente pareceu decepcionado. Pobre homem! Vinha trabalhando duro para ajudar Sheridan a encontrar alguma forma de sair do buraco financeiro que seu tio cavara por tantos anos. O que Bonham deveria ter feito era tentar diminuir os excessos do tio Armie enquanto ele estava vivo. Embora o tio não parecesse do tipo que se deixaria guiar por um homem de negócios.

– Sheridan! Aí está você.

Lydia entrou no escritório balançando o jornal e parecendo nem notar Bonham, que tinha se levantado e se afastado no momento em que ela chamou o nome de Sheridan.

– Você já leu o *Diário da Sociedade Londrina*? – perguntou ela, jogando o jornal em cima da mesa dele. – Era sua intenção que noticiasse o fato de você estar cortejando Vanessa?

Ele forçou um sorriso.

– Mãe, Bonham está aqui. Talvez possamos deixar essa discussão para mais tarde.

Para depois que Sheridan fosse à casa da família Pryde para ver se Vanessa lera o jornal. E, se tivesse lido, como estaria levando a situação. A mãe parou e olhou sobre o ombro. Sheridan percebeu o momento exato em que ela viu Bonham, pois ficou corada de repente. Havia realmente algo acontecendo entre os dois? Ou ela ficara envergonhada apenas por estar falando sobre assuntos pessoais na frente dele? Com sua mãe, era difícil dizer.

Bonham fez uma mesura para a duquesa, depois para Sheridan.

– Na verdade, Vossa Graça, a não ser que haja mais algum assunto, estou de saída.

– Obrigado, Bonham – agradeceu Sheridan. – Creio que isso seja tudo. Mas agradeço que tenha vindo de tão longe para uma reunião tão curta.

Lançando à mãe de Sheridan um olhar que falava por si só, Bonham disse:

– É sempre um prazer visitar Armitage House.

Então ele foi embora.

Assim que o homem pisou fora da sala, Lydia abriu a boca, mas Sheridan colocou um dedo sobre o lábio e foi fechar a porta.

Ela balançou a cabeça.

– Por que isso? Tenho certeza de que podemos contar com a discrição de Bonham.

– Mas talvez não dos criados.

– Sem dúvida, os criados já leram a fofoca. Está sendo cuidadoso à toa.

Quando Sheridan voltou para a mesa, apontou para a cadeira que Bonham acabara de deixar vaga.

– Esse poderia ser o caso, se eu quisesse falar sobre o artigo. Mas não quero. Não ainda.

Após inspirar rapidamente, ela se sentou na cadeira.

– Então... sobre o que quer falar?

– Sobre as suas conversas com o tio de Vanessa ontem à noite.

Ela o encarou de forma desafiadora.

– Não me importo com o que o artigo diz. Não foi nada além de um flerte inofensivo.

Ele sentiu um aperto no peito.

– Está me dizendo que o artigo também mencionou a senhora e sir Noah especificamente?

A postura desafiadora de Lydia perdeu força.

– E... eu achei que você soubesse. Não leu o artigo?

– Claro que não.

Quando tinha tempo para fofocas atualmente? Ele pegou o jornal e passou os olhos até encontrar o que Bonham e sua mãe mencionaram.

O evento improvisado, realizado na casa Thornstock em Mayfair, teve dança e jantar para um seleto grupo com sorte suficiente para ser convidado. O duque de Armitage dançou primeiro com a Srta. Pryde, prima de seu meio-irmão, e depois, mais tarde, conseguiu que essa adorável jovem o acompanhasse durante o jantar. Existem boatos de que a Srta. Pryde tem certa preferência pelo talentoso Sr. Juncker, mas não foi o que pareceu na noite passada: o famoso dramaturgo só conseguiu dançar uma vez com a dama, enquanto o duque dançou duas. Este fiel correspondente aposta que logo escutaremos os sinos para a Srta. Pryde e o duque de Armitage.

Sheridan fez uma careta. Vanessa iria matá-lo. Se as pessoas estivessem supondo que eram quase noivos, ela teria problemas ao mudar de ideia em público para se casar com outra pessoa. Ele tinha certeza de que Juncker nunca se casaria com ela, mas isso também poderia atrapalhar os planos dela para um noivado com algum outro homem de quem viesse a gostar.

Mas ele ainda não tinha chegado à parte que mencionava sua mãe, então continuou a leitura:

Há indícios de outros possíveis casamentos em um futuro mais distante. A duquesa viúva de Armitage foi vista com sir Noah Rayner mais de uma vez, e os dois pareciam mais do que bons amigos. Ele também obteve a companhia dela para o jantar. Talvez a duquesa consiga quebrar o feitiço na quarta vez.

Sheridan sentiu a raiva subir dentro dele.

– O que esse... cretino está tentando dizer? Que a senhora foi infeliz com todos os seus maridos anteriores?

Como o pai dele, por exemplo?

Era uma idiotice ficar com raiva por aquele motivo. Seus pais nunca tinham escondido que o casamento deles era uma união entre amigos e que o amor romântico não entrara na equação. Por mais que isso estivesse preso na sua garganta, era algo que Sheridan e seus irmãos consideravam uma verdade na família.

– Quem escreveu isso está certo? – continuou ele. – A senhora está interessada romanticamente em sir Noah? Ou simplesmente usando-o para provocar ciúme em Bonham? Ou fingindo interesse por outros motivos?

Ela levantou da cadeira.

– Não entendo por que isso seria da sua conta.

Sheridan cruzou os braços.

– É da minha conta porque a senhora pode estar se aproximando de sir Noah apenas para tentar "investigar" a morte do pai de Grey.

O choque no rosto dela mostrou a Sheridan que a suposição era falsa.

Então a expressão de Lydia se fechou na teimosia que ele passara a esperar da mãe.

– E se fosse? – perguntou ela, encarando o filho. – Você não está fazendo a mesma coisa ao tentar se aproximar da Srta. Pryde? Não é só um modo de chegar mais perto da mãe dela?

Deus, a mãe certamente era boa em compreender os pensamentos dos filhos. Embora soubesse o que ela queria, isso o deixou na defensiva.

– Eu já disse, não é tão ruim quanto parece.

– Não precisa negar. Antes de Grey sair da cidade ontem, ele me disse que tinha a intenção de pedir que você fizesse isso.

Estranho... Grey não era de fazer esse tipo de comentário.

– É mesmo?

– Acha que estou mentindo?

Maldição. Se não fosse cuidadoso, a conversa acabaria com a sua mãe apresentando argumentos que ele não poderia provar nem negar.

– A senhora é conhecida por camuflar a verdade de vez em quando, mamãe. Além disso, fiquei com a impressão de que Grey estava com pressa de ir embora. Então não sei por que ele iria vê-la primeiro.

Lydia abriu um sorriso satisfeito.

– Eu o encontrei enquanto estava visitando Gwyn. Foi ela que deu o nome de uma parteira respeitada em Londres. Por isso ele a procurou antes de vir aqui.

Ele não tinha como argumentar contra isso. Não sem falar com Gwyn.

– Como eu já disse, eu estava me aproximando de Vanessa porque ela queria provocar ciúmes em Juncker. Só isso.

Quando Lydia abriu a boca como que para protestar, ele levantou a mão.

– E se quiser confirmar isso, terá de perguntar a ela. Já falei mais do que deveria.

Sheridan não iria admitir que a mãe estava certa sobre seu principal motivo para ficar perto de Vanessa. Era o tipo de coisa que ela poderia deixar escapulir ao compartilhar confidências com a referida jovem. E, em certo nível, ele sabia que isso magoaria Vanessa profundamente. Ele se recusava a fazer isso. De alguma forma... parecia errado.

Tão errado quanto usá-la para descobrir o que precisava saber?

Sheridan praguejou por dentro. Estava em uma missão. Havia vidas da sua família em jogo. Quatro homens já tinham sido mortos. Alguém destruíra o laboratório de Olivia, que poderia ter morrido na explosão. E se sua mãe ou um de seus irmãos estivesse por perto? Sheridan precisava descobrir quem estava tentando matar ou ferir seus entes queridos.

– Agora, se a senhora não se importa, tenho mais livros para analisar antes de ir visitar Vanessa. Ela deve estar bem ansiosa com o artigo do jornal. Preciso tranquilizá-la de que não vou atrapalhar os planos dela de agarrar Juncker.

Além disso, ele prometera protegê-la de Lisbourne e estava levando essa promessa a sério.

Lydia bufou.

– Se você está dizendo...

– Precisa de mais alguma coisa?

Ela se levantou.

– Não, no momento.

– Certo. Então nos vemos à noite – disse ele, para que ela continuasse se dirigindo para a porta. – E espero que mantenha essa conversa confidencial.

– Claro. Não faço isso sempre?

Ele abafou uma risada cética.

– Não se a senhora puder evitar.

A duquesa pareceu não apreciar o comentário, porque deixou o escritório bufando.

De volta ao escrutínio das contas, então.

CAPÍTULO OITO

Vanessa foi dormir tarde e só desceu a escada para o desjejum quando já passava do meio-dia. Depois de escolher uma refeição substancial para aguentar todas as visitas da tarde, procurou, entre os jornais que estavam sobre a mesa, o seu preferido: *Diário da Sociedade Londrina*. Não demorou até deparar com o artigo sobre a festa de Thornstock. Quanto mais lia, mais enjoada ficava. Quem era o autor desse artigo, que conseguira estar presente em tantos acontecimentos privados? Ou que tinha conexões com pessoas que estavam nesses acontecimentos privados?

Em pânico, ela se virou para o lacaio que servia o café da manhã.

– Por acaso minha mãe já viu este jornal?

– Acredito que não. Ela ainda não desceu para tomar café.

Graças a Deus! Talvez a mãe realmente estivesse se sentindo mal quando deixou Vanessa com tio Noah e voltou para casa.

Mas Vanessa não era maluca o suficiente para ir ver como ela estava. Ia deixá-la dormir. E, para garantir que a mãe nunca lesse aquela fofoca, enfiou o jornal embaixo do braço, pegou um bolinho e correu para a escada. Infelizmente, não conseguiu chegar ao seu quarto antes de a mãe abordá-la no corredor, sacudindo o jornal.

– O que significa isso, mocinha?

– Não faço ideia do que está falando, mamãe.

Fingir ignorância às vezes dava certo. Mas não dessa vez.

– Não? Então o que é isto?

A mãe arrancou o jornal que estava embaixo do braço de Vanessa.

– Eu estava levando para ler no quarto.

– É provável. Eu nem teria lido essa fofoca se não fosse pela vizinha, que veio aqui me parabenizar pela "jogada brilhante" de ontem à noite.

A mãe deu um passo à frente, batendo em Vanessa com o jornal e forçando-a a correr para o quarto.

– Então quer dizer que, enquanto eu estava na cama passando mal, você estava me desafiando, dançando com Armitage não apenas uma vez, mas duas!

Cora jogou o jornal em cima de Vanessa.

– Quando deveria estar com lorde Lisbourne!

– Lorde Lisbourne ficou a noite inteira na sala de carteado – protestou Vanessa.

– Exatamente! – disse Cora, batendo com o dedo sobre o artigo. – Você deveria ter ficado lá, pendurada no pescoço dele, encorajando-o, tendo conversas íntimas.

Pelo amor de Deus, de que ela estava falando? Como a mãe poderia saber que o marquês estava lá quando a própria Vanessa só descobriu bem tarde?

Ah, não. Com certeza, não.

Vanessa passou os olhos pelo jornal. Alguns parágrafos depois da sua parte com Sheridan, encontrou uma menção a lorde Lisbourne.

Rumores dão conta de que a sala de carteado estava tão animada quanto o salão de baile. O marquês de Lisbourne se saiu admiravelmente bem, vencendo uma rodada no início da noite, com a herdeira dos Hitchings ao seu lado.

Esse escritor seria a sua morte.

– Mamãe, eu posso explicar...

– Não se incomode – disse Cora, fungando. – Eu sei o que está tramando. E não gosto nem um pouco.

Vanessa ficou tensa. Será que a mãe percebera o foco de todas as suas esperanças? Cora encostou um dedo no peito de Vanessa.

– Você está tentando provocar ciúmes naquele Sr. Juncker para que ele a peça em casamento.

O alívio tomou conta dela. Graças a Deus a mãe só via o superficial.

– Bem, pois saiba que não aprovo isso! – continuou Cora. – Da próxima vez que eu vir lorde Lisbourne, mocinha, você vai se aproximar dele, senão...

A raiva de Vanessa explodiu. Podia tolerar as maquinações da mãe e as tentativas de casá-la, mas odiava ser chamada de "mocinha". Era muito parecido com a forma como Sheridan insistia em tratá-la.

– Senão o quê, mãe? Vai me jogar na rua? Vai me deixar morrer de fome como você e papai faziam com Grey?

Cora se assustou, mas não ficou surpresa. Vanessa sempre ignorou seu comportamento e nunca fez um comentário.

– Aquilo era obra do seu pai. Eu não participava.
– Mas não impedia, não é? Não defendia Grey.
Vanessa encarou a mãe.
– Não sou uma mocinha; sou uma mulher adulta que tem vontade própria. Eu não vou me casar com lorde Lisbourne, nem agora, nem nunca. Além disso, fiquei sabendo de fonte segura que o marquês é um famoso apostador e está com os bolsos vazios, como a senhora gosta de dizer. Ou seja, ele só está atrás de mim porque precisa se casar com uma mulher que tenha um dote generoso.
A mãe ficou pálida.
– Não... não pode ser. Isso não pode ser verdade – disse Cora, cruzando os braços. – Não acredito em você. Quem é essa "fonte segura"?
– Uma fonte muito confiável, posso assegurar.
– Se você não disser quem é, não tenho como avaliar a fonte – reclamou Cora, fungando. – Então é melhor se preparar para ser boazinha com lorde Lisbourne porque...
Vanessa suspirou.
– Foi Grey.
Por meio de Sheridan, mas sua mãe não precisava saber disso.
– E a senhora sabe como Grey sempre consegue essas informações. Já o viu fazendo bom uso financeiro delas em outras ocasiões.
Cora desviou o olhar, e a incerteza em seu rosto demonstrava com clareza quão consistente ela achava o argumento de Vanessa.
– Bem, talvez Grey esteja apenas pavimentando o caminho para o meio-irmão dele entrar e pegar seu dote.
– Ora, por favor, mamãe. Não consegue ver? É lorde Lisbourne que quer o meu dote.
– Eu considero isso pouco provável.
– Tudo bem. Então case-se você com ele.
Vanessa se virou e se dirigiu para seu quarto.
– A propósito, ele disse que vem nos visitar hoje, então é melhor eu me vestir.
– O quê? – perguntou a mãe. – Por que não me disse isso antes? Deus do céu, mal vou ter tempo de me preparar!
A última coisa que Vanessa viu ao entrar no quarto foi a mãe correndo para o quarto dela, chamando a criada e a empregada.

Às três horas em ponto, quando as pessoas que estavam presentes no evento da noite anterior eram esperadas para as visitas, Vanessa desceu a escada da forma mais silenciosa possível, na esperança de evitar outro encontro com a mãe. Ela já lamentava o último. Não gostava de ficar furiosa e brigar com a mãe. Fazia com que parecesse exatamente a mocinha que era acusada de ser. Queria conseguir controlar seu gênio. O pai costumava perder a cabeça, e assistir a seus rompantes durante a infância a aterrorizava.

Infelizmente, Cora trazia à tona o que havia de pior dentro dela. Então Vanessa ficou aliviada quando o lacaio lhe informou que a mãe já tinha descido e estava esperando por ela na melhor sala da casa com o primeiro visitante.

Quase aliviada.

Ao olhar para dentro da sala, viu que lorde Lisbourne havia sido o primeiro a chegar. Como de costume, vestia-se de forma elegante demais para uma visita: outro terno de veludo, mas azul-escuro, com calças curtas em um outro tom de azul. Ela pensou que deveria ficar grata por ele não estar usando uma peruca empoada.

Por que aquela obsessão por veludo? Estava claro que o homem gostava de ser visto usando o tecido. Vanessa poderia achar que a idade justificava a cafonice, no entanto seu tio era quase da mesma idade de Lisbourne e não usaria um terno como aquele nem morto. O valete de lorde Lisbourne certamente tinha ideias melhores do que aquelas. Por outro lado, Vanessa não conseguia imaginar o pomposo marquês permitindo que um mero criado dissesse o que deveria vestir.

Ele a viu e ficou de pé. Foi quando Vanessa notou o que ele tinha nas mãos. Margaridas. Deus do céu... Aquilo seria um problema. O homem levara um adorável buquê de margaridas e rosas de estufa, e insistia em entregá-las a ela em vez de pedir que algum criado as colocasse na água.

Ela as segurou com os braços esticados, como se para admirá-las.

– São lindas.

Vanessa tentou não inspirar, mas não adiantou. Como sempre acontecia quando pegava margaridas, teve um ataque de espirros.

– Perdoe-me... atchim! Lorde Lis... atchim! Atchim! Elas são... eu não... Atchim!

Graças a Deus a mãe correu para pegar as flores.

– Pode ir parando com isso agora mesmo, mocinha! Estas flores são lindas.

Ela as cheirou, depois olhou para a filha.

– Não consigo entender por que está sendo tão ridícula em relação a elas.

O comentário acendeu de novo a raiva de Vanessa.

– Mamãe, a senhora sabe por quê.

Margaridas lhe causavam uma reação tão adversa que elas nem tinham essas flores no jardim.

– Que disparate.

Cora olhou para lorde Lisbourne, que parecia perdido.

– Não dê atenção a ela, sir. Ela deve estar pegando uma gripe, só isso.

Quando ele se afastou de Vanessa, alarmado, ela precisou prender o riso. Talvez aquele fosse o segredo para se livrar dele. Só precisava espirrar e tossir para afastar o marquês.

Vanessa pegou seu lenço.

– Acho que está certa, mamãe.

Ainda segurando o buquê, Cora chamou uma criada. Depois de pedir que colocasse as flores em um vaso, ela disse a lorde Lisbourne:

– Perdoe a minha filha, sir. Ela deve ter pegado uma gripe ontem à noite no teatro.

Para dar ênfase às palavras da mãe, Vanessa se sentou e assoou o nariz com força.

– Pare com isso, moci... filha – ordenou Cora ao se sentar. – É apenas uma gripezinha à toa, já que estava bem hoje de manhã.

Isso pareceu tranquilizar o lorde, que se recostou no sofá, mas na extremidade oposta de Vanessa.

Um silêncio constrangedor recaiu sobre os três. Cora tentou manter uma conversa, fazendo perguntas a lorde Lisbourne sobre a mãe idosa dele, que estava com quase 90 anos. Mas não foi uma boa estratégia, pois o marquês começou a explicar longamente por que precisava ficar longe de qualquer pessoa doente para evitar passar qualquer coisa para a mãe.

Felizmente, o mordomo apareceu na porta da sala.

– Vossa Graça, o duque de Armitage está aqui para ver a Srta. Pryde.

Cora fuzilou o criado com o olhar.

– Diga que não estamos em casa.

Vanessa ficou de pé.

– Não seja rude, mamãe. Ele vai ver a carruagem de lorde Lisbourne e saber que estamos em casa, sim. Não queremos insultar o irmão do nosso querido Grey.

Como o mordomo ficou parado esperando uma decisão, Vanessa acrescentou:

– Por favor, peça a Sua Graça que entre.

Apesar de não parecer satisfeita com o desfecho, a mãe apenas assentiu e o mordomo saiu. Vanessa soltou a respiração que não tinha percebido que estava prendendo.

Quando Sheridan foi anunciado, Cora e lorde Lisbourne se levantaram junto com ela. Sheridan estava com a aparência particularmente deliciosa naquela tarde: seu casaco de montaria verde destacava o verde dos olhos, e as calças de camurça com botas por cima lhe davam uma aparência casual, incomum para o duque.

Vanessa não pôde deixar de sorrir para ele.

– Que bom que veio, Vossa Graça.

Sheridan, com as duas mãos para trás, fez uma mesura para ela e para lorde Lisbourne, depois mostrou uma garrafa que estava escondendo atrás das costas e se aproximou de Cora.

– Lady Eustace, achei que a senhora apreciaria este destilado feito com as peras da minha propriedade.

Um sorriso de surpresa cruzou o rosto da mãe ao aceitar o presente.

– Para mim? Ora, que gentileza, Vossa Graça. Muito gentil, na verdade. Eu aprecio uma boa sidra de vez em quando, mas nunca tomei uma feita de peras.

– Espero que goste – disse Sheridan, educadamente.

Ele certamente encontrara o caminho para o coração da mãe dela, que amava vinhos e sidras.

Então Sheridan se virou para Vanessa e lhe ofereceu um buquê de lírios.

– Estas são para a senhorita.

O tolo coração dela deu um pulo.

– Como sabia que são as minhas preferidas?

– Porque tenho um bom olfato.

Como ela só virou a cabeça, sem entender o que ele queria dizer, ele riu.

– Seu perfume... é de lírios.

– Ah! Ora, é mesmo.

Atrás dela, lorde Lisbourne bufou. Não que Vanessa se importasse. Não podia acreditar que Sheridan soubesse qual era seu perfume. E que comprara para ela flores do mesmo tipo! Que surpreendente ele ter percebido tal coisa. Nunca teria esperado isso de Sheridan, o Estudioso. O Santo, diga-se de passagem. Quando ele baixou a cabeça para uma mesura de forma que os outros não pudessem ver, e piscou para ela, Vanessa precisou prender o riso. Começara a perceber que, às vezes, Sheridan podia ser um pouco travesso.

Com o coração leve, ela pediu ao criado que colocasse o buquê na água.

Ao retornar, lorde Lisbourne despedia-se. Felizmente, as regras para visitas estavam a seu favor hoje. Os visitantes não deveriam abusar da hospitalidade dos anfitriões, e se uma segunda pessoa chegasse para uma visita e o primeiro ainda estivesse lá, este deveria ir embora poucos minutos depois da chegada do segundo.

Então ela se despediu com toda a educação do marquês, mal esperando que ele saísse da sala para se sentar no sofá de novo. Levemente empolgada, percebeu que Sheridan escolhera se sentar bem mais perto dela do que o marquês. Se ela começasse a espirrar e tossir, será que mesmo assim ele continuaria a um braço de distância?

Acreditava que sim. Sheridan não parecia ser do tipo que se preocupava com resfriados.

Ele sorriu para a mãe dela.

– Sinto muito que seu mal-estar a tenha impedido de comparecer à reunião na casa do meu irmão ontem, lady Eustace. Minha mãe ficou decepcionada.

Vanessa segurou a vontade de rir diante da improbabilidade daquilo.

– Pelo que sei – continuou Sheridan –, a senhora e minha mãe debutaram no mesmo ano.

A informação chocou Vanessa.

– Isso é verdade, mamãe? A senhora debutou tão tarde assim? Quantos anos tinha? Vinte e sete?

– Vinte e seis, mocinha. Apenas um ano mais velha do que você.

– Sim, mas não estou debutando com essa idade.

A mãe arqueou uma sobrancelha.

– E, ainda assim, não se casou. Pelo menos eu não desperdicei minha juventude sem encontrar um marido. Tive o bom senso de aceitar o primeiro homem elegível que me pediu em casamento na minha idade.

– Mamãe! – exclamou Vanessa.

Ela sentiu um calor subir do pescoço para o rosto e precisou morder a língua para não falar que, durante anos, sua mãe desencorajara qualquer pretendente que não fosse Grey. Pois se dissesse o que estava pensando, era provável que Cora falasse algo ainda pior.

– Em todo caso – explicou a mãe –, você deveria saber por que tive de me casar tão tarde. Foi por causa das suas três tias, minhas irmãs mais velhas. Seu avô não pagava pelo debute das mais novas enquanto a mais velha não se casasse. Então tive que esperar até que todas se casassem para ter a minha chance.

– Ah, mamãe, eu não sabia.

Fungando, a mãe endireitou a saia em volta dela.

– Bem, agora sabe. Famílias têm obrigações... *pais* têm obrigações. E, às vezes, não dão muita liberdade aos filhos.

Aquela era outra questão para Vanessa, mas ela sabia que não deveria levantá-la. Quando as coisas ficavam acaloradas com a mãe, era sempre melhor seguir a dança do que brigar. Cora era implacável em uma briga, mesmo com a própria filha. Ou, talvez, *principalmente* com a filha.

Mas o que acabara de escutar levou Vanessa a imaginar se as privações da mãe eram o que justificava seu controle tão radical da escolha matrimonial de Vanessa. Enquanto isso, Sheridan olhava de Vanessa para a mãe, como se tentasse avaliar o relacionamento das duas. Sem dúvida, era bem diferente do relacionamento que ele tinha com a própria mãe. Eles pareceram à vontade um ao lado do outro na festa de Thorncliff.

Hora de mudar de assunto.

– Então, mamãe, a senhora e a duquesa eram amigas na época? – perguntou Vanessa, que agora estava curiosa.

Cora se endireitou na cadeira.

– Mais ou menos. Fomos a alguns bailes, jantares e festas juntas. Mas Lydia foi bem rápida em se casar com o pai de Grey. Os Fletchers tinham um acordo com o duque. A mãe de Lydia era amante dele e achava que casar a filha com ele era uma boa forma de mantê-lo em sua...

Ela parou antes de falar "cama", claramente se lembrando um pouco tarde demais da pessoa com quem estava falando.

– Em seu círculo social, por assim dizer.

O olhar de Sheridan estava gélido.

– A senhora não me disse ontem à noite que não era adepta de fofocas, lady Eustace?

Aquilo fez com que a mãe dela ficasse mais agressiva.
– Existe uma diferença entre informações de conhecimento geral e fofoca.
– Então muitas pessoas sabiam desse acordo? – perguntou Sheridan.
– É claro. Era o segredo mais mal guardado de Londres.
Sheridan franziu a testa.
– E esse plano da minha avó de manter o pai de Grey em seu "círculo" deu certo?
– Acho que sim. Difícil dizer, já que ele só viveu para ver o herdeiro nascer.

Finalmente, a mãe de Vanessa pareceu perceber que estava sendo muito inconveniente, pois fez um aceno com a mão para afastar aquela conversa.

– Por que estamos falando de assuntos tão pesados? Prefiro falar sobre sua propriedade, Armitage. Fica em Lincolnshire, correto?

Aquilo pareceu pegá-lo desprevenido.

– Sim, fica.

Sheridan olhou para Vanessa, mas ela apenas deu de ombros. Não fazia ideia de aonde sua mãe queria chegar com aquilo.

– Fiquei sabendo que Lincolnshire é um lugar muito agradável para se visitar – disse a mãe –, principalmente nesta época do ano, com a colheita acontecendo e o festival da corrida de touros se aproximando.

Ele estreitou o olhar para Cora.

– Então a senhora já esteve na região?

– Não. Por que acha isso?

– Porque a senhora mencionou o festival da corrida de touros em Sanforth, que fica perto. Não é um evento muito conhecido. Na verdade, acho que é o único que resta na Inglaterra. Havia outros, mas acabaram algumas duas décadas atrás.

– Devo ter escutado a respeito em algum lugar.

Mais uma vez, Cora afastou o comentário dele como se fosse um inseto chato.

– Em todo caso, nunca fui a Sanforth. Disso eu me lembro.

– Nem eu – comentou Vanessa –, mas acho que me lembro de ter lido sobre o festival. Acontece no dia de algum santo...

– São Brice – esclareceu Sheridan.

– Isso mesmo. E a população corre atrás de um único touro por toda a cidade, não é isso?

Sheridan assentiu, embora a fitasse de forma estranha.

– A prática começou mais de seiscentos anos atrás. Fiquei sabendo que estrangeiros vivem tentando encerrá-la, mas a cidade resiste. Eu mesmo nunca assisti.

– Acabei de me lembrar onde li a respeito! – exclamou Vanessa. – Foi no livro *Os Esportes e Passatempos do Povo da Inglaterra: Incluindo Recreações Rurais e Domésticas, Jogos de Primavera, Cerimônias Extravagantes, Apresentações, Procissões, Desfiles e Espetáculos Pomposos, da Antiguidade aos Tempos Atuais.* Do Sr. Strutt.

– Deus do céu, a senhorita se lembra de todo esse título verborrágico? – perguntou Sheridan.

– Não exatamente – disse Vanessa, apontando para uma prateleira que ficava perto. – Eu só tenho boa visão e consigo ler o título daqui.

Sheridan sorriu para ela.

– Nossa, sua visão deve ser boa mesmo. Eu só consigo distinguir algumas palavras.

– Bem, mas eu de fato li o livro do início ao fim. Então é natural que eu reconheça o título.

A mãe dela balançou a cabeça.

– Não se deixe enganar. Ela se lembra de absolutamente tudo, me deixa até tonta.

– A senhora não está entendendo, mamãe. Lembra-se da corrida por minha causa. Eu devo ter lido essa parte para a senhora. Ou lhe contado a respeito.

– Não. Eu não sei dizer como fiquei sabendo sobre esse festival, mas não foi de um livro. Disso eu tenho certeza.

Sheridan pareceu achar aquilo interessante, embora Vanessa não conseguisse entender o motivo. Por que lhe importava que a mãe dela já tivesse estado em Sanforth? E por que lhe importava que ela tivesse debutado no mesmo ano que a mãe dele? Ele parecia obstinado a compreender Cora.

Vanessa queria acreditar que era porque ele precisava encontrar um meio de contornar as ideias preconcebidas que sua mãe tinha contra ele, de forma que pudesse se casar com ela. Mas, infelizmente, não achava que fosse esse o motivo. Só não sabia qual poderia ser.

Quando o silêncio já se estendera um pouco, Cora soltou um pigarro.

– Tenho certeza de que o povo de Sanforth está muito satisfeito com sua administração de Armitage. Pelo que sei, seu tio era um libertino.

– Mamãe, por favor...

A mãe levantou o queixo.

– O quê? É verdade, e ele sabe disso. Mas tenho certeza de que o duque está fazendo tudo ao seu alcance para melhorar a sua herança.

Vanessa queria chorar. Cora estava sendo tão sutil quanto o jornal. Era quase o mesmo que se tivesse gritado aos quatro ventos que Sheridan precisava de dinheiro.

– Estou fazendo o melhor que posso – afirmou Sheridan, de modo evasivo, embora um músculo de seu maxilar tenha se contraído.

– E é por isso que o senhor está aqui, não é? – perguntou a mãe em um tom de voz que ela obviamente considerava recatado.

Vanessa deixou escapar um gemido. Como poderia fazer essa loucura acabar? Sua mãe nunca prestara atenção em tais assuntos.

– Não sei de que a senhora está falando – respondeu Sheridan, soando muito como um duque, em um tom de voz que ela nunca o vira usar. – Estou aqui para visitar a senhora e a sua filha. Isso deveria ser óbvio.

Ao ouvir a resposta fria dele, a mãe mudou de tática.

– Claro. E é muita gentileza da sua parte. Principalmente tendo coisas tão mais importantes para fazer. Como vender partes de sua propriedade para o meu sobrinho. Ao menos foi o que ouvi dizer.

Isso fez com que todo o corpo de Sheridan ficasse tenso.

– Para uma mulher que diz não ser fofoqueira, a senhora certamente espalha muitos boatos por aí – rebateu ele, inclinando-se. – Mas devo avisá-la: não gosto de pessoas que armam esquemas. O que significa que não vou permitir que a senhora tente arrancar de mim detalhes da minha situação financeira para se divertir. E se a senhora deseja me envergonhar na frente da sua filha, pense bem. Eu e Vanessa somos amigos, e a senhora não vai conseguir destruir nossa amizade.

As palavras dele fizeram com que Vanessa tivesse vontade de chorar. Amigos? Ele ainda a via apenas como amiga? Era melhor do que ser vista como inimiga, mas ela queria um pouco mais do que isso. Como poderia mudar a forma como ele a via? Ela ao menos *poderia* mudar isso?

Então Vanessa assimilou o restante das palavras dele. Ah, Deus, se Sheridan descobrisse que a tentativa dela de provocar ciúmes em Juncker era um "esquema" para levá-lo a pedir a mão dela em casamento, ele acabaria com a "amizade" deles sem nem olhar para trás.

Mas ela estava totalmente envolvida com aquilo agora e não sabia nem trocar de cavalo no meio da corrida, quanto mais de pretendente.

O relógio soou a hora na parede e Sheridan se levantou.

– Acredito que já tenha abusado da sua hospitalidade.

A julgar pela austeridade da postura e das palavras, Vanessa sabia que ele se sentia verdadeiramente insultado. Ainda assim, foi capaz de ser cortês com as duas, pois fez uma mesura e disse à mãe dela:

– Espero que goste da bebida, madame.

Então ele se virou para Vanessa, com uma postura um pouco mais leve, e disse:

– Obrigado pela conversa, senhorita. Tenham um bom dia.

E saiu da sala.

Vanessa não ia deixá-lo sair daquele jeito, então, ignorando os chamados de Cora, foi atrás dele.

– Volte aqui agora mesmo, mocinha! Não vou permitir que você corra atrás de Armitage como uma qualquer.

Felizmente, Vanessa não se importava em deixar a mãe falando sozinha. Conseguiu alcançá-lo no momento em que o criado estava lhe entregando o chapéu e o sobretudo.

– Sheridan, por favor, perdoe a minha mãe. Ela...

– Não precisa se desculpar por ela. Sei que você não tem nada a ver com isso.

– Mas...

– Não se preocupe.

E então, dando uma olhada para o criado, ele a puxou para o lado e falou baixinho:

– Ainda vou honrar nosso acordo sobre Juncker.

Aquilo a deixou tão chocada que, antes que ele saísse pela porta e descesse a escada, ela mal conseguiu dizer:

– Tu... tudo bem. Obrigada.

Alguns segundos depois, Vanessa mais sentiu do que viu a mãe parar ao seu lado.

– Pelo menos, sabemos de uma coisa agora – disse Cora, em um tom de voz satisfeito. – Ele definitivamente está atrás de uma fortuna para se casar. Do contrário, não teria ficado tão nervoso com o que eu disse.

Ainda furiosa com o comportamento da mãe, Vanessa a encarou e disse:

– Felizmente, eu tenho um dote um tanto generoso. Então isso não será um problema.

– Bom. Se ele deseja lhe fazer a corte, isso pode atrair outros cavalheiros mais ricos. Então acho que posso tolerar as visitas dele por um tempinho.

– Eu só espero que *ele* possa tolerar a senhora enquanto isso – rebateu Vanessa.

Então Vanessa subiu a escada, deixando que a mãe inventasse qualquer história que justificasse a indisponibilidade de Vanessa para receber outros visitantes.

Mas Vanessa tinha mentido para a mãe. Embora tivesse um dote generoso, não queria que Sheridan se casasse com ela por esse motivo. Não esperava que ele se casasse com ela por amor, nem tinha certeza se queria que houvesse amor em seu casamento. Depois de passar metade da vida tentando conquistar o amor da mãe, ou mesmo o carinho, sem nenhum sucesso aparente, Vanessa certamente não tinha a intenção de passar o tempo que lhe restava tentando conquistar o amor de um marido. O que queria era um companheiro com quem pudesse compartilhar ideias, encontrar conforto nos momentos difíceis, viver uma vida tranquila. Com quem pudesse aproveitar a parte física do casamento, ter filhos. Então a última coisa que queria era que Sheridan se casasse com ela à força, apenas para salvar sua propriedade, se é que seu dote seria suficiente para isso. Vanessa queria que ele a desejasse por ela mesma.

Porque se Sheridan só se casasse com ela por um senso de dever, de que adiantaria?

CAPÍTULO NOVE

Com o sangue ainda fervendo, Sheridan andava de um lado para o outro na sala de estar de Armitage House. Estava mais furioso consigo mesmo do que com qualquer outra coisa. Deveria ter controlado a própria raiva, encontrado um jeito de fazer com que lady Eustace revelasse o que ele estava tentando descobrir em vez de sair feito um... garoto despreparado e genioso.

– Não estou acreditando que ficou tão nervoso por causa disso – opinou Gwyn, sentada no lugar favorito da mãe deles. – Essa história de sair batendo o pé não é muito o seu jeito de resolver as coisas.

– Não estou batendo o pé, Gwyn, só estou andando de um lado para o outro. É isso que os homens fazem quando estão furiosos. Bater o pé... Falando assim, você faz com que eu pareça um...

Um garoto despreparado e genioso. Sheridan parou na frente dela.

– Você devia ter visto lady Eustace, Gwyn. Vou lhe dizer, aquela mulher estava rindo de mim. *Descaradamente!* Ela nem se deu o trabalho de tentar esconder que já esteve em Sanforth. Eu não ficaria surpreso se descobrisse que ela matou tio Armie e o papai com as próprias mãos.

– Nós dois sabemos que isso é pouco provável. Deve ter sido mesmo o tal Elias, cumprindo ordens de um mandante que ainda não descobrimos quem é. Além do mais, pelo que entendi da sua história pouco coerente da visita à casa dos Prydes – disse Gwyn –, lady Eustace devia estar muito confusa. E me parece que ela estava mais empenhada em conseguir se lembrar onde escutou sobre a corrida de touros, e que Vanessa estava tentando ajudá-la.

Sheridan balançou a cabeça.

– Você não está entendendo. Vanessa deu à mãe uma ótima razão para já ter ouvido falar do lugar, então, se lady Eustace estava confusa, poderia ter aproveitado a oportunidade. Em vez disso, ela disse na mesma hora que não tinha ficado sabendo por intermédio de Vanessa! E não deu nenhuma outra explicação. Juro, Gwyn, a mulher estava me provocando.

Gwyn deu um sorrisinho.

– Então você está dizendo que Vanessa não estava tentando encobrir a falsidade da mãe.

– Porque isso seria absurdo – disse ele, agitado diante da mera menção ao nome de Vanessa. – A coitada ficou mortificada com cada palavra que saía da boca da mãe. Não sei como ela consegue aguentar. Agora entendo por que Grey odeia tanto a tia. A mulher é uma… fofoqueira, uma pessoa grosseira e intrometida que ficou insistindo em zombar de mim por causa das dívidas que herdei.

– Ah, agora estamos chegando ao que o chateou de verdade. Você não gostou de ser exposto na frente de Vanessa.

– O quê? Isso é ridículo.

Não era nem um pouco verdadeiro. Podia ser? Ele não gostava tanto assim de Vanessa. Gostava?

Gwyn fez menção de se levantar do sofá, mas tombou de volta no assento.

– Cuidado – disse Sheridan, preocupado e estendendo a mão para segurá-la.

Com sete de meses de gravidez, Gwyn estava pesadíssima. Provavelmente estava gestando um pugilista. O marido de Gwyn tinha a largura de um touro, isso era fato.

Quando ela conseguiu ficar de pé, disse:

– Estou com fome. Você também? Vou pedir chá e bolo. E, talvez, uma maçã. Ah, sua cozinheira ainda faz aquelas tortas de maçã deliciosas? É isto que eu quero: chá, bolo e torta de maçã… e talvez um pedaço de queijo. Ah, e picles! Sim, com certeza quero picles.

– Comendo por sete, hein? – comentou ele, secamente.

– Você não faz ideia. Acho que devorei sozinha metade do jantar que Olivia serviu ontem à noite – disse Gwyn, e lançou um olhar inquisitivo ao irmão. – E por falar em ontem à noite, você e Vanessa pareciam bem próximos.

– Não tenho a menor intenção de discutir o que aconteceu ontem à noite. Você e mamãe parecem querer me casar logo, e isso não vai acontecer.

– Por que não?

Como Sheridan não respondeu na hora, Gwyn analisou o rosto do irmão.

– Espere um minuto. Você não está mais de luto por Helene, está? Já se passaram cinco anos.

Ele ficou tenso.

– Seis. E parece que foi ontem.

Ou ao menos *deveria* parecer. A morte não justificava deixar de amar alguém tão rápida e facilmente. Era errado.

– Não quero falar sobre Helene.

– Está certo.

Gwyn tocou um sino para chamar uma criada, a quem passou uma longa lista de comidas e bebidas.

Sheridan não podia acreditar. Todas as mulheres grávidas eram tomadas por essa fome voraz? Ou só as semelhantes à sua irmã, que no momento parecia ter engolido um presunto inteiro?

Do nada, uma imagem de Vanessa no estado de Gwyn tomou a mente dele: uma Vanessa rosada e resplandecente carregando o filho deles no ventre, depois balançando-o no colo.

Meu Deus! O que havia de errado com ele? Parecia desleal com Helene imaginar algo assim, especialmente por nunca ter imaginado nada parecido com ela. Então por que com Vanessa?

Enquanto a criada se afastava para cumprir as ordens que recebera, Gwyn acenou para ele.

– Então, já que não quer falar sobre Helene, continue o seu discurso contra lady Eustace, aquela fofoqueira grosseira. Estou começando a ficar feliz por nunca ter sido apresentada a ela.

– Acredite em mim, deve ficar feliz mesmo – disse Sheridan, cuja cólera, por maior que pudesse ser, arrefecera. – Eu só gostaria de saber qual é o jogo dela. Ela parece não gostar de mim, e mesmo assim insistiu em saber mais sobre a situação financeira do meu ducado.

– Um coro que Vanessa não engrossou.

– Não. Ela ficou horrorizada com a linha de interrogatório da mãe.

Perdida em pensamentos, Gwyn se sentou com cuidado.

– E você tem certeza de que Vanessa não tem nenhuma informação que possa incriminar lady Eustace?

– Se ela sabe algo, esconde muito bem – disse ele, dando de ombros. – Vou ter que voltar lá amanhã. Preciso descobrir se lady Eustace estava insinuando a verdade ou se é apenas uma criatura péssima, de um modo geral.

– Você deveria levar a mamãe com você.

– Pelo amor de Deus, por que eu faria isso?

– Elas já foram amigas, lembra? Ou, pelo menos, colegas. Lady Eustace foi cunhada da mamãe enquanto ela era casada com o pai de Grey. E mamãe teria o motivo perfeito para ir: conhecer melhor Vanessa depois da conversa que tiveram na festa de Thorn e Olivia.

Exatamente o que ele precisava: a mãe e Vanessa mancomunadas.

Gwyn se remexeu no sofá e indagou:

– Aliás, o que a mamãe sabe sobre os passos de lady Eustace nas duas festas? Você perguntou a ela?

Sheridan suspirou.

– É claro que perguntei. Na primeira festa, como você sabe, mamãe estava cuidando do filho e do marido doentes, então mal viu os convidados. Na segunda, estava em trabalho de parto, ou seja, não estava em posição de saber o paradeiro dos convidados.

– Para dizer o mínimo – comentou Gwyn.

– O quê?

– Não estava em posição de... esquece. Bem, eu ainda acho que você deveria levar nossa mãe. Se relembrarem juntas as ocasiões das festas, talvez ela leve lady Eustace a revelar algumas coisas de forma mais natural que você.

– Suponho que sim.

Ele nunca admitiria para Gwyn, mas não gostava da ideia de conversar com Vanessa tendo a mãe por perto. Já era ruim o suficiente que a mãe *dela* ficasse monitorando a conversa. Só que Gwyn tinha razão. O objetivo das visitas não era ver Vanessa, mas conversar com lady Eustace, se é que se podia chamar as interações daquela mulher de "conversar".

Talvez ele devesse inverter o jogo para Gwyn. Afinal, ela também tinha um papel a desempenhar nessas investigações.

– E você – disse ele, casualmente –, já falou com lady Hornsby?

Gwyn fez uma careta.

– Não, mas não por falta de tentativa. Ela não parou em casa um único dia desde que começamos isso.

– O que por si só é uma informação interessante.

– Também acho. Estava pensando em tentar de novo amanhã.

Antes que Sheridan pudesse fazer algum comentário, os criados chegaram com um banquete digno de um rei. Ou de uma rainha muito grávida. O rosto de Gwyn se iluminou, e ela mal os esperou sair para começar a encher um prato com a mais estranha combinação de ingredientes que se podia imaginar.

Sheridan se sentou em uma cadeira em frente a ela e, tendo se servido de uma fatia de torta de maçã, levou à boca uma garfada. Realmente uma delícia.

– Você acha que estou exagerando nessa investigação, Gwyn? Será possível que todas as mortes tenham sido exatamente o que pareceram ser por tantos anos, acidentes e fatalidades? Será que não têm conexão entre si além da estranha coincidência de todas envolverem alguém próximo à mamãe?

– Você não está exagerando nem um pouco – disse Gwyn, e em seguida comeu um pedaço de bolo e deu uma mordida em um picles. – Já temos provas de que o pai de Grey foi envenenado. Até onde sabemos, o assassino também envenenou Grey, mas ele sobreviveu. Também sabemos que o bilhete supostamente escrito por Joshua para o papai, que o levou à morte, não foi escrito por Joshua. E sabemos que Elias, que pode muito bem ter escrito o tal bilhete, foi contratado para cometer todos os crimes que quase nos mataram. Depois, o homem morre na prisão, envenenado. Isso é claramente um padrão, não uma mera coincidência.

– Bem, colocando dessa forma...

Gwyn assentiu com conhecimento de causa enquanto cortava duas fatias de bolo e um picles e fazia uma espécie de sanduíche.

– Isso ficou nojento – comentou ele.

– Ficou, não ficou?

Ela cortou um pedaço de seu "sanduíche" e comeu.

– Mas fica surpreendentemente delicioso – justificou ela, lambendo os beiços. – Sheridan, mamãe está certa? Você gosta mesmo de Vanessa?

Ele ficou tenso.

– É claro que gosto dela. Sempre gostei. É impossível não gostar. Ela é uma mulher encantadora.

E que tinha um beijo deveras sedutor...

– Não foi isso que perguntei, e você sabe muito bem.

– Talvez, mas é tudo que estou disposto a admitir.

Ao menos para Gwyn.

Agora só precisava se convencer disso.

⁂

Obediente a seu dever, por dois dias seguidos Sheridan foi à casa de lady Eustace em Queen Square na hora adequada. Em ambas as visitas, tentou investigar o paradeiro dela durante as festas, mas a mulher continuou sendo vaga e de pouca utilidade. As perguntas de Sheridan pareciam deixar Vanessa confusa. Ele temia acabar revelando seu propósito antes de descobrir a verdade.

Então, no terceiro dia, com relutância, seguiu a sugestão de Gwyn e pediu que a mãe se juntasse a ele na visita. Lydia concordou com tanta gentileza que Sheridan desejou ter pedido antes. O que ele tanto temera?

Nessa terceira ocasião, chegaram após as cinco da tarde, um horário adequado para visitas de família e de amigos próximos. Lady Eustace podia não ter tido nenhuma proximidade com Lydia nas últimas décadas, mas as duas ainda tinham um parentesco por causa do pai de Grey. Sheridan supunha que isso as tinha tornado íntimas para o resto da vida.

Ao chegarem ao local, descobriram que sir Noah estava visitando a irmã. *Ah, que ótimo.* Sheridan teria que assistir à mãe flertando com o tio de Vanessa. Pelo menos poderia se distrair conversando com ela. Assim como nos dois dias anteriores, falaram sobre tudo: de jardinagem – que ela apreciava, tendo conhecimento sobre espécies híbridas – a cavalos – Vanessa cavalgava bastante – e até livros. Embora Sheridan não soubesse, ela era uma leitora voraz e ambos gostavam de poesia. No entanto, não liam exatamente as mesmas coisas, já que Vanessa claramente tinha sido atraída para o gênero por Juncker.

O pensamento o deixou irritado. Ela era boa demais para um tipo teatral e brincalhão como Juncker. Vanessa usava um vestido alegre, em um tom que aprendera com Gwyn que se chamava "cor de prímula". Independentemente do nome, o amarelo-escuro iluminava o azul de seus olhos e realçava o tom de sua pele.

Ou, talvez, fosse apenas como Sheridan a via: brilhante e acesa. Definitivamente, ele precisava ter cuidado com isso. Ainda mais em face daquele sorriso atraente que o deixava rijo em todos os lugares errados.

Sheridan sabia que não devia pensar em Vanessa desse jeito, mas não conseguia evitar. Maldição.

A única solução era se concentrar no motivo da visita: fazer com que lady Eustace abrisse a boca. De fato, a anfitriã pareceu surpresa e satisfeita com a visita da mãe dele. Infelizmente, Lydia não se mostrou inclinada a relembrar o passado e estava demorando a conduzir o assunto na direção que ele queria. Algo que o próprio Sheridan teria feito, se tivesse encontrado uma brecha.

Então, quando as duas mulheres esgotaram os assuntos de interesse mútuo, um silêncio recaiu sobre a sala. Sheridan instruíra a mãe sobre o que dizer e perguntar para levar lady Eustace a tocar no assunto das festas, mas, como de costume, Lydia nunca seguia um plano proposto pelos filhos. Ela sempre fazia as coisas do jeito dela.

– Então, me diga, Cora – disse Lydia. – É verdade que você e Eustace maltrataram meu filho mais velho enquanto ele morou com vocês?

Sheridan teve vontade de praguejar. Aquilo estava indo muito além de "fazer do jeito dela". Aquilo era se jogar de um precipício. Ele olhou para Vanessa em busca de ajuda, mas ela estava claramente congelada de choque. Lady Eustace, por sua vez, estava boquiaberta, horrorizada com a abordagem tão direta. Sir Noah olhava para cima como se pedisse ajuda aos anjos para conduzir a conversa por águas mais calmas.

– Mãe – disse Sheridan com firmeza –, acho que esta não é a hora...

– É a única hora que eu tenho – respondeu ela ao filho. – Não tenho a menor intenção de voltar aqui, então estou diante da minha única oportunidade de obter uma resposta dessa mulher avarenta sobre o comportamento perverso dela com o meu primogênito.

Lady Eustace recuperou as palavras, finalmente.

– Eu não sei o que Grey lhe disse, mas...

– Levei anos para conseguir que ele me falasse alguma coisa – interrompeu Lydia, obviamente sem se importar com o fato de o rosto de lady Eustace assumir um tom peculiar de vermelho. – E, mesmo quando ele o fez, precisei deduzir a verdade completa interrogando criados e fazendo outras coisas do tipo. Mas isso não explica por que você me trairia desse modo. O que eu lhe fiz para justificar isso? Grey era só uma criança, merecia mais do tio e da tia.

Sim, Grey merecia, pensou Sheridan. E, embora a raiva de Lydia fosse justificada, foi dor o que ele viu escrito em letras garrafais no rosto dela. Aquilo abriu um buraco em seu peito, lembrou-o da dor que vira no rosto dos pais de Helene.

Certas questões de família tinham o poder de arrancar um pedaço do nosso coração.

Mas Lydia não tinha acabado. Ela se inclinou na poltrona.

– E você era minha *amiga*. Eu confiei a você meu filho de 10 anos de idade achando que seria bom para ele, para que aprendesse a administrar o ducado, mas também porque achei que o tio dele e minha amiga o tratariam com carinho. Mas hoje, ciente de como seu marido escolheu tratá-lo, vejo que me enganei. Meu filho passou fome, apanhou, quase teve roubado seu direito de primogenitura, e convivo com essa culpa todos os dias. Eu sei que, em tese, fiz o que achava ser o melhor para o futuro dele, e não tinha como prever como Eustace o atormentaria. Mas, ainda assim...

Sheridan se levantou.

– Mãe, é melhor nós irmos.

Lydia balançou a cabeça.

– Eu ainda não terminei – retrucou ela, fixando um olhar gélido em lady Eustace. – Como *você* convive com essa culpa? O que pode ter tornado o comportamento do seu marido aceitável do seu ponto de vista? Como você pode ter tolerado isso?

Enquanto perdurava o silêncio de lady Eustace, Lydia batia com o pé no chão, impaciente.

– Bem, você não tem nenhuma desculpa plausível, nenhuma resposta para me dar? Embora eu duvide que exista uma resposta para isso.

Lady Eustace abriu a boca, mas não saiu som algum. Sir Noah se levantou e estendeu a mão para a mãe de Sheridan.

– Está um dia tão bonito, duquesa. Que tal se fizéssemos um passeio pelos jardins de Queen Square?

– Seria muito agradável – respondeu ela, mas não pegou a mão dele. – Mas, primeiro, eu gostaria de obter uma resposta da sua irmã.

Lady Eustace se levantou e apontou um dedo trêmulo para a porta da sala.

– Saia da minha casa.

A mãe de Sheridan se levantou também, com um brilho impiedoso no olhar.

– Com prazer. Assim que responder à minha pergunta.

Com uma expressão triste, Vanessa se levantou.

– Ela não tem resposta, infelizmente, duquesa. Senão teria me respondido muito tempo atrás, quando fiz a mesma pergunta.

– De que lado você está, mocinha? – questionou a mãe dela.

– Do lado de Grey – respondeu Vanessa, calmamente. – Sempre. Porque ele não tinha ninguém que gostasse dele nesta casa, além de mim.

Ouvir aquilo partiu o coração de Sheridan. Ele sabia que Grey tinha sofrido, mas só naquele momento se deu conta da enormidade do que seu meio-irmão deve ter sentido, sozinho em uma casa em que tinha apenas uma criança como amiga. Agora ele entendia por que o irmão não quisera voltar para aquele lugar, por que não queria estar na presença da tia de novo. Como poderia?

Lydia se virou para sir Noah.

– Bem, acho que podemos fazer nosso passeio agora, já que essa provavelmente é a única resposta que vou ter da sua irmã.

Sheridan encontrou o olhar de Vanessa. Lydia estava certa a respeito de uma coisa: não tinha por que tentar arrancar nada de lady Eustace hoje.

– Quer nos acompanhar? – perguntou ele a Vanessa.

Vanessa assentiu, mas sua expressão era austera. Sheridan não podia culpá-la. Ele mesmo queria fugir da hostilidade entre as senhoras o mais rápido possível. Mas, verdade fosse dita, ele entendia, sim, a determinação da mãe em descobrir a verdade. O que tinha acontecido com Grey, de que ele só sabia uma pequena parte até aquele momento, havia sido injusto. E, mesmo depois de restaurar seu relacionamento com o filho mais velho – um relacionamento dilacerado por forças que ela nem sequer conhecia –, a duquesa ainda sofria por não ter conseguido evitar que tudo aquilo acontecesse.

Sheridan estava com um nó na garganta. O pai morrera sem nem saber por que Grey ficara tão distante de todos eles. Mais uma razão para descobrir quem o matara.

Saíram os quatro juntos, parando apenas para pegar chapéus e sobretudos com o lacaio, em silêncio, como se estivessem saindo de um funeral. Ora, *tinha sido* um funeral, ele achava. Morrera ali o que quer que restasse da amizade entre Lydia Fletcher e Cora Eustace.

Já na rua, sob a luz dos lampiões a óleo, caminharam rumo ao belo jardim usado pelos moradores da praça e seus convidados. Sir Noah e Lydia seguiram para a estátua da Rainha Ana, mas Vanessa pegou no braço dele para levá-lo por outro caminho.

Quando estavam em um lugar onde não podiam ser ouvidos, ela disse com ironia:

– Isso não foi divertido?

– Eu gostaria de pedir desculpas pela minha mãe e... – começou ele.

– Nem ouse. Admiro sua mãe. Ela é feroz na hora de defender os filhos, mas sem passar por cima daqueles que não merecem a raiva dela. Minha mãe mereceu, acredite em mim.

– Você era só um bebê quando Grey foi morar na sua casa. Como sabe o que ele passou?

– Da mesma forma que sua mãe: por intermédio de terceiros. No meu caso, nossos criados, e também lendo nas entrelinhas as conversas que meus pais tinham ou escutando as discussões quando achavam que eu não estava por perto. Também descobri algumas coisas a partir do próprio Grey. Primeiro, percebendo a forma cautelosa com que ele agia na presença do meu pai.

– Imagino que eles não se dessem bem, considerando o que minha mãe disse.

– De forma alguma. Apesar de Grey ter ido para um colégio interno aos 13 anos, ele ainda vinha passar férias e feriados aqui. Quando eu tinha idade suficiente para entender, ele me contou o que tinha sofrido antes de ir para Eton. Acho que precisava de alguém que o escutasse, que se importasse com ele. Depois que ele foi para o colégio, os castigos pararam, já que ele não ficava em casa por tempo suficiente, mas Grey só conseguiu se livrar da supervisão do meu pai aos 21 anos. Antes disso, sempre que estava em casa, ele me levava para passear no jardim, me ensinava a cavalgar, me tirava de cima das árvores que eu escalava...

– Você subia em árvores? – perguntou Sheridan, sem acreditar.

Ela riu.

– Nas baixinhas. Eu era bem traquinas até meus 12 anos, quando ganhei minha primeira boneca com roupinhas. Depois disso, Grey teve que começar a me levar às compras.

– Como todo irmão mais velho deve fazer.

– Exato.

Vanessa ficou com o olhar perdido, como se rememorasse o passado, mas logo afastou as lembranças.

– Grey sempre foi como um irmão mais velho para mim, e era mesmo, em todos os aspectos, menos no legal. Embora minha mãe quisesse que nos casássemos, nem eu nem ele jamais consideramos essa hipótese.

Vanessa deu de ombros.

– Só fico imaginando como isso teria sido desconfortável.

– Sem dúvida.

Sheridan os guiou para um banco, de onde não perderiam de vista o tio dela e a mãe dele.

– Mas, ainda sobre esse assunto, sua mãe vai descontar em você as acusações da minha?

Só de pensar que lady Eustace pudesse fazer isso, o sangue dele fervia. Vanessa não tinha culpa.

– Porque eu fiquei do lado da duquesa? Provavelmente. Mas minha mãe é do tipo que ladra mas não morde. Naquela época, o maior crime dela foi fazer vista grossa para o fato de o meu pai fazer o que bem entendia com Grey. Ela também queria as propriedades de Grey, mas nunca ousou levantar a mão para ele.

– Você tem certeza de que ela não vai machucá-la?

Vanessa pareceu ficar emocionada com a pergunta.

– A maior parte da ira dela vai ser direcionada à sua mãe. Sem dúvida, terei que aturar uma ou duas horas de reclamação, mas isso não é nenhuma novidade.

– Sinto muito se o incidente de hoje deixou você e seu tio desconfortáveis.

– Sinceramente, isso já estava para acontecer há muito tempo.

Vanessa apontou para onde a mãe dele e sir Noah conversavam, ao pé da estátua.

– Quanto ao meu tio, acho que sua mãe o está compensando por qualquer mal-estar que ele tenha sentido – disse ela, e os dois ficaram em silêncio por um minuto. – Quando trouxe sua mãe, você já sabia que ela planejava confrontar a minha com o passado?

– Meu Deus, não. Eu a teria deixado em casa sozinha se tivesse sequer imaginado.

Lydia tinha se esquecido totalmente da razão daquela visita. Não que Sheridan a culpasse por isso.

– Então – disse Vanessa, ainda olhando para onde os outros dois estavam. – Por que exatamente você a trouxe?

Droga. Agora ele estava pisando em um terreno perigoso.

– Ela quis lhe fazer uma visita, para agradecer por ter ido à festa de Thorn.

Ela levantou as sobrancelhas tão alto que quase chegaram ao couro cabeludo.

– Acho que nenhuma mulher solteira em juízo perfeito teria negado tal convite. Eu certamente não.

– Ah.

Sheridan não sabia o que mais poderia dizer.

– A questão é... Você tem vindo me visitar todos os dias desde aquela noite...

– É o que um homem deve fazer quando está cortejando uma mulher – disse Sheridan, apressadamente.

– Sim, mas a sua parte no acordo era que você me cortejaria para provocar ciúmes no Sr. Juncker. A minha, como eu a entendo, era assumir que você estava certo caso ele realmente não quisesse se casar.

Ela fitou as próprias mãos enluvadas.

– Nenhum de nós cumpriu a sua parte. E eu não posso concluir a minha sem que você conclua a sua, que você está ignorando por completo. Quero dizer, como posso deixar o Sr. Juncker com ciúmes se ele não está por perto para vê-lo me cortejar?

– Excelente pergunta.

Maldição. Sheridan sabia que após algumas visitas para interrogar lady Eustace Vanessa começaria a questionar suas intenções, mas precisava de mais tempo. Ainda assim, mesmo sem entender o que ele realmente queria, ela vinha sendo muito paciente.

– Eu entendo o que quer dizer. Como sugere que resolvamos o problema?

Vanessa o encarou, e suas bochechas levemente coradas despertaram uma forte sensação no peito dele, uma necessidade de possuí-la. Agora mesmo. De todas as formas possíveis. O que, claro, era uma loucura.

– Simples – respondeu ela. – Da próxima vez, traga o Sr. Juncker como seu acompanhante em vez da sua mãe.

– Mas que motivo eu poderia ter para convencê-lo a me acompanhar?

– Hum, vejamos...

Ela refletiu por um momento.

– Já sei! Você pode dizer que precisa de alguém para distrair a minha mãe enquanto você conversa comigo em particular e abre seu coração.

– Ah, isso pode funcionar.

Iria funcionar, ele só não sabia se gostava da ideia. Envolver Juncker era acrescentar uma imprevisibilidade. O homem poderia tratá-la mal. Partir seu coração. Ou colocar as mãos nela com más intenções. Não, quanto a isso ele não tinha o que temer porque jamais a deixaria a sós com ele.

Vanessa sorriu.

– Se o Sr. Juncker gostar de mim, ele vai tentar tomar o seu lugar e abrir o coração. Assim poderei verificar se ele me quer como esposa ou não.

– E se ele não morder a isca, você me dará razão?

– Sim – disse ela, encarando Sheridan. – Eu só preciso saber a verdade.

Sheridan entendia a situação, mas a fixação de Vanessa pelo homem o irritava. O sujeito era um vagabundo, arrogante sem ter motivo. O lugar dela não era ao lado de Juncker. O lugar dela era ao lado de...

Não, isso não era aceitável. Mesmo que a doçura de Vanessa o inebriasse e o levasse a querer tomá-la para si. Não estava em busca de uma esposa. Ela podia até ter um dote generoso, mas não seria suficiente para salvar o ducado de Armitage. E neste momento, isso e descobrir quem era o assassino de seu pai eram sua prioridade.

Mas o toque dos braços se roçando parecia tão certo, e aquele perfume de lírios deixava seus pensamentos tão anuviados, que Sheridan se esquecia do motivo pelo qual não devia se casar com ela. Mal conseguia se concentrar, perdido na gloriosa visão do vestido de Vanessa. Agora que a lua estava subindo, lançando um brilho romântico sobre o jardim, era fácil imaginá-la na cama dele, com os seios fartos nus, os cabelos negros e brilhantes como as botas engraxadas dele, negligentemente espalhados sobre o travesseiro enquanto ele...

Sir Noah e a mãe dele vinham caminhando na direção deles. Deus, Sheridan só podia torcer para que a escuridão e o sobretudo cobrissem a reação de seu corpo. Nenhum homem gostaria de ser visto naquele estado pela própria mãe. Ele torceu para que o desejo não estivesse à mostra em seu rosto. Mas era claro que sua mãe e sir Noah estavam distraídos demais para notar coisas do tipo.

– Vanessa – disse o tio dela ao se aproximar –, vou acompanhar a duquesa até a casa dela em minha charrete. Acho que não consigo encarar sua mãe neste momento. Diga que irei visitá-la amanhã.

Com uma cara feia, Sheridan se levantou e ajudou Vanessa a fazer o mesmo.

– Não se preocupe, sir Noah. Eu mesmo vou acompanhar minha mãe de volta a Armitage House. Além disso, a minha carruagem é bem mais segura à noite do que sua charrete, por ser fechada.

– Ficarei bem com sir Noah – disse a mãe dele. – E você não gostaria de ter mais tempo com Vanessa?

Vanessa suspirou.

– Ai de mim, mas creio que nenhum de vocês seja bem-vindo dentro da nossa casa agora. Só que, se eu não voltar, minha mãe vai ferver de raiva e descontar na criadagem. Então é melhor eu ir até lá para acalmá-la.

Lydia pareceu dividida.

– Sinto muito que tenha ficado no meio disso, minha querida.

– Eu não, duquesa.

O fraco sorriso de Vanessa mostrou que estava sendo sincera.

– Vossa Graça só falou a verdade. Sempre tenho esperança de que ela aprenda uma lição, embora, conhecendo a minha mãe, eu duvide disso.

Vanessa olhou para Sheridan.

– Preciso voltar.

– Vou com você – ofereceu sir Noah. – Mas não vou entrar, está bem?

– Ora, o senhor vai deixar que a sua sobrinha aguente o peso da ira da mãe sozinha? – perguntou Lydia, surpreendendo-o. – Não acho que isso seja justo.

Sir Noah suspirou.

– Certo, mas não estou nem um pouco feliz com isso.

Então ele ofereceu o braço a Vanessa, que olhou para Sheridan.

– Nós nos vemos amanhã.

– Virei à mesma hora que cheguei hoje – respondeu ele, e observou enquanto sir Noah e Vanessa voltavam para a casa dos Prydes.

Sheridan acenou para o lacaio que aguardava na escada da casa e o criado correu para pegar a carruagem dele.

– Você vai voltar amanhã? – perguntou a mãe.

– Vou. Eu prometi a Vanessa que traria Juncker comigo.

– Para que você e Vanessa possam provocar ciúmes nele.

– Exatamente.

Embora não fosse algo que ele estivesse ansioso para que acontecesse. E Sheridan ainda não tinha conseguido descobrir o que queria de lady Eustace.

– Vanessa não está interessada no Sr. Juncker, Sheridan, e você sabe disso. Ela quer você.

Ele balançou a cabeça.

– A senhora só acha isso porque não consegue imaginar que ela queira alguém que não seja seu filho.

A mãe dele bufou.

– Eu sei dizer quando uma mulher está apaixonada, e por quem.

– Acredite, ela não está interessada em mim. Muito antes de eu e ela ficarmos… amigos, ela contou a Grey sobre o interesse dela em Juncker.

– Se você diz… – comentou a mãe, soando cética.

Hora de mudar de assunto.

– O que a senhora e sir Noah estavam conversando? Posso perguntar?

– A maior parte do tempo, falamos sobre Cora. Ele queria uma explicação mais completa das minhas acusações contra ela, e eu queria saber onde ele estava quando isso tudo aconteceu.

– Ah.

Sheridan passou o braço em volta dos ombros da mãe, lembrando-se de como ela era pequena e frágil, apesar da fúria. O sofrimento de ver três maridos morrerem teria destruído qualquer pessoa.

– O que ele disse?

– Ele me lembrou de algo do qual eu já me lembrava vagamente, da época em que eu e Cora éramos amigas: a propriedade dele fica bem ao norte, em Cumberland, motivo pelo qual ele e a esposa raramente vinham a Londres antes da morte dela. O outro motivo era que ela vivia doente, e ele não gostava de deixá-la sozinha.

– Isso me parece razoável.

– Infelizmente, sir Noah não conseguiu explicar o comportamento da irmã com tanta facilidade. Por que ela é do jeito que é, o que faz com que seja tão má, e como conseguiu criar uma filha gentil como Vanessa.

– Na verdade, eu acho que Grey pode ter algo a ver com isso.

Resumidamente, ele reproduziu para a mãe o que Vanessa contara sobre a infância tendo Grey como um "irmão mais velho".

Lydia fungou.

– Acho que ele teve sorte com Vanessa. Mas cada vez mais acredito que Grey está certo a respeito de Cora. Ela é a pessoa com a melhor motivação para matar meus maridos, mesmo que apenas por ressentimento de mim. Eu me casei com o duque que ela cobiçava, então ela o matou. Eu tive sorte mais uma vez com o pai de Thorn. Depois que ela o matou, eu me casei com um homem que ela poderia ter visto como sem importância e que estava fora do seu alcance na Prússia. Até que ele *também* se tornou duque, mais uma vez dando a mim o que ela queria: prestígio e riqueza. Então teve de matá-lo.

Sheridan prendeu o riso.

– E o fato de ela ter sido cruel com um filho seu não tem nada a ver com essa sua teoria, suponho.

Lydia ergueu o queixo.

– Bem, isso mostra como ela é realmente má.

– Existem dois problemas na sua teoria. O primeiro é que o ducado de

Armitage há muitos anos não vai bem das pernas, graças aos gastos excessivos do tio Armie.

– Mas Cora não sabia disso.

– O que leva ao segundo problema: sua teoria não explica por que ela esperaria todos esses anos para, de repente, decidir matar tio Armie a fim de trazer o papai de volta para a Inglaterra, no papel de duque. O novo status dele não contribuiria para a inveja dela?

Lydia contraiu os lábios de forma severa.

– Bem, não sabemos ao certo se seu tio Armie foi assassinado. Apenas supomos que a morte dele tenha sido parte de um padrão. Mas pode não ser.

Isso fez com que Sheridan parasse para pensar. A mãe podia ter razão. Se tio Armie tivesse mesmo morrido porque estava bêbado e quebrou o pescoço ao cair do cavalo, o fato de o pai dele ter voltado e se tornado duque pode ter deixado lady Eustace furiosa porque a mãe dele mais uma vez estava tendo "sorte".

– É algo em que pensar, acho – opinou ele quando a carruagem estava se aproximando. – Vou mencionar isso aos rapazes.

A carruagem parou, o lacaio desceu os degraus e Sheridan ajudou a mãe a entrar. Quando estavam acomodados em seus assentos, voltando para Armitage House, a mãe perguntou:

– Você está com raiva de mim?

– Com raiva? Por quê?

– Por atacar Cora com tanta veemência. Sei que o meu papel era questioná-la sobre as festas, Sheridan, mas quando a vi ali sentada com aquele sorriso falso, minha vontade foi de arrancar os cabelos dela por tudo que fez com Grey.

– Como eu poderia ficar com raiva sua por isso? Ela mereceu.

– Mas sei que tornei a sua tarefa ainda mais difícil.

Sua mãe não fazia ideia. Ele teria sorte se conseguisse entrar na casa de Cora agora.

– Eu vou resolver isso, mamãe, não se preocupe. No mínimo, terei que manter a minha promessa a Vanessa e levar Juncker para visitá-la.

– Ah, sim. E como você vai convencê-lo?

– Eu e ela bolamos um plano. Só preciso encontrá-lo hoje ainda para colocar em prática.

– Entendo. Boa sorte, então. Vocês dois vão precisar.

Como aquilo era verdade. E o pior de tudo era saber que, em dois dias, ele não teria mais razão para ver Vanessa. Ou ela conseguiria finalmente laçar Juncker ou ele deixaria claro, de uma vez por todas, que não tinha interesse nela.

Você poderia cortejá-la. Casar-se com ela e tê-la na sua cama, onde a deseja.

Sheridan reprimiu a onda de calor instantânea que se apossou dele. Além de não querer ser o prêmio de consolação de uma mulher que perdeu seu objeto de afeto, ele precisava se casar com uma herdeira com uma grande fortuna. E o dote de Vanessa, por mais generoso que fosse, ainda não era suficiente.

Então, no dia seguinte, seria o fim do seu tempo com Vanessa, independentemente de quanta saudade sentiria dela. E, droga, ele sentiria muita.

CAPÍTULO DEZ

Ao voltarem para casa, Vanessa e sir Noah descobriram que Cora tinha ido para cama e "não queria ser perturbada". Essa era uma das muitas táticas no arsenal dela para evitar embates, e funcionara muito bem na infância de Vanessa. Quando a mãe ficava chateada com o comportamento da filha a ponto de ignorá-la, Vanessa costumava sentar do lado de fora da porta do quarto da mãe e implorar que não ficasse com raiva, perguntando o que poderia fazer para melhorar.

Ela demorou anos para entender que a mãe usava o silêncio como uma arma de persuasão, para levar Vanessa a acreditar que o mundo desmoronaria sem sua supervisão, que Cora gostava de ver a filha implorando. Ou o marido. Mas ele passara a implorar cada vez menos com o passar dos anos, preferindo sair e encontrar conforto em algum rabo de saia.

Quando a mãe estava infeliz, todos precisavam ficar infelizes também. Era como funcionava o tratamento do silêncio.

Felizmente, aos 17 anos, Vanessa percebeu que ignorar era a melhor tática. Não era possível castigar alguém com o silêncio se essa pessoa não visse isso como um castigo.

Ao que parecia, tendo sido criado com Cora, sir Noah também aprendera essa lição. Vanessa não pôde deixar de perceber o olhar aliviado dele quando soube que a irmã já tinha se recolhido para dormir.

– Provavelmente foi melhor assim – disse ele. – De manhã, ela estará mais calma.

Vanessa duvidava.

– Ao menos podemos ter uma noite tranquila – acrescentou ele.

– Esteja à vontade se o senhor quiser ir, tio. Ficarei bem.

Ele ficou ali parado no vestíbulo e olhou para a escadaria.

– Tem certeza? Posso ficar se você quiser.

– Não precisa. Pedirei que levem uma bandeja ao meu quarto, depois vou ler até dormir.

Além do mais, isso lhe daria muito tempo para se preparar para qualquer contingência no dia seguinte: a raiva e o mau humor da mãe, as ameaças de cortar a ligação de Vanessa com Grey e a família dele.

Tio Noah se inclinou para dar um beijo na testa dela.

– Tudo bem, então. Diga a sua mãe que virei vê-la de novo amanhã.

– Eu digo.

– Ah, e não descarte Armitage ainda. Se ele for o tipo de homem que você realmente merece, vai se dar conta disso sozinho. Porque está bem claro quanto ele gosta de você.

– Espero que o senhor esteja certo, tio, porque eu também gosto muito dele.

Era verdade. Durante as visitas anteriores, tinham conversado bastante. Vanessa havia imaginado que conhecerem-se melhor alimentaria o desprezo. Mas, em vez disso, percebeu que Sheridan era mesmo o tipo de homem que ela desejava: responsável, atencioso e inteligente. Não importava que ele também precisasse de dinheiro. Ela lhe daria de bom grado se ele a ajudasse a se livrar de tipos como lorde Lisbourne.

Depois que o tio foi embora, Vanessa subiu a escada, torcendo para que a mãe realmente tivesse se recolhido e não estivesse apenas esperando para pular em cima dela. Mas a mãe tinha mesmo pegado no sono ou bebido grande parte do destilado que Sheridan lhe dera e desmaiara. De qualquer forma, Vanessa teria uma noite para aproveitar a calmaria antes da tempestade. Porque certamente haveria uma, se não esta noite, amanhã.

⁂

Seguindo a tradição, Cora acordou às nove na manhã seguinte e ficou parada ao pé da cama de Vanessa, de braços cruzados, enquanto ela ainda esfregava os olhos de sono.

– Não receberei mais visitas daquela bruxa, está me escutando, mocinha?

– Está se referindo à duquesa de Armitage? – perguntou Vanessa, ainda tentando tirar as teias de aranha da mente.

A mãe bufou.

– Não darei àquela criatura horrorosa a honra de chamá-la de duquesa. Como ela ousa me caluniar dentro da minha própria casa? E pensar que já fomos amigas! Eu devia estar maluca ao permitir que aquela mulher frequentasse os mesmos círculos que eu.

Vanessa precisou se concentrar em sentar na cama para não dar uma gargalhada na cara da mãe. Ela duvidava que, algum dia, a duquesa de Armitage tivesse precisado de ajuda para acessar a sociedade, mesmo antes de se casar com o pai de Grey.

– E, certamente, Armitage também não é mais bem-vindo aqui – declarou a mãe.

O coração de Vanessa parou.

– Mas, mamãe, ele não tem nada a ver com...

– Não! Eu não vou escutar súplica alguma. Eu consigo enxergar o que você parece não conseguir: Armitage só está cortejando você porque está de olho no seu dote. Se ele se casar com você, terei um vínculo eterno com Lydia, e isso eu não vou permitir!

Cora se inclinou para continuar:

– E, considerando que ele provavelmente tem a intenção de visitá-la hoje de novo, já me certifiquei de que você não me desafie e instruí o mordomo a dizer que não estamos em casa a qualquer visitante que apareça. Talvez isso faça com que você pense duas vezes antes de ficar do lado dos inimigos da sua mãe de novo.

Vanessa suspirou.

– Sheridan não é seu inimigo, mamãe.

Ela conseguiu se segurar antes de dizer que a duquesa tinha boas razões para estar com raiva, mas não havia sentido em se envolver em outra discussão acalorada.

– Eu não me importo absolutamente com o que você pensa a respeito daquele jovem. Nenhum dos dois nunca mais colocará os pés nesta casa.

Cora se virou e foi em direção à porta, mas, antes de sair, parou e lançou um olhar para Vanessa.

– E da próxima vez que lorde Lisbourne vier fazer uma visita, você vai repensar essa sua recusa aos avanços dele. Você não está ficando mais jovem, mocinha.

O golpe final era típico, mas encheu o coração de Vanessa de medo. Durante anos, até que Grey se casasse, os dois evitaram ser pegos juntos por Cora, mas Vanessa não sabia se conseguiria isso com Lisbourne. Não se casaria com aquele homem ridículo, independentemente do que a mãe dissesse e de quantas vezes ela tentasse reduzir Vanessa a uma criança ao chamá-la de "mocinha".

Assim que a mãe saiu do quarto, Vanessa levantou da cama. Na noite anterior, temera que o Sr. Juncker pudesse revelar a Sheridan o que ela, de forma tão imprudente, revelara a ele na festa em Thorncliff. Mas, à luz do dia, constatou que ele nunca contaria nada a Sheridan. O Sr. Juncker via o duque como uma ameaça a seu próprio interesse romântico: Flora. Certamente ajudaria Vanessa a conquistar Sheridan, ao menos para tirar o duque de seu caminho.

Vanessa começou a planejar sua estratégia, refletindo se seria melhor mandar um bilhete para Sheridan pedindo que ele a encontrasse em algum lugar ou que voltasse no dia seguinte. Como não tinha certeza se ele receberia o bilhete a tempo, nem se a mãe usaria a mesma tática no dia seguinte, descartou as duas ideias.

Ela precisava de uma estratégia diferente. Enquanto sua criada pessoal, Bridget, desceu para pegar seu café da manhã, Vanessa observou suas roupas. Queria se vestir esplendidamente para os dois visitantes, mas se a mãe a visse bem-vestida, perceberia na hora que Vanessa pretendia desafiá-la. Isso significava que ela teria de se vestir como se não esperasse visitantes, com uma roupa normal do dia a dia.

Teria de contar com a ajuda de Bridget. Felizmente, a criada nunca a trairia. Na verdade, ela era a única aliada de Vanessa na casa dos Prydes desde que Grey se mudara. Os outros criados tinham medo de Cora, exceto Bridget, graças a Deus. Durante anos ela executara os planos de Vanessa para evitar ser pega sozinha com Grey, motivo pelo qual parte do dinheiro extra de Vanessa era sempre destinado a Bridget, a fim de complementar o que Vanessa sabia ser uma renda ínfima. A mãe nunca fora generosa com seus empregados.

Bridget entrou no quarto e Vanessa fez com que ela se sentasse.

– Bridget, escute só a última novidade desse drama ridículo em que a minha vida se transformou ultimamente.

Vanessa contou sobre as declarações da mãe. A criada já sabia das tentativas de Vanessa de despertar o interesse de Sheridan, usando o Sr. Juncker para deixar o duque com ciúmes. Ela também sabia das armadilhas que haviam se revelado depois que Vanessa colocara seu esquema em ação.

– Acho que tenho um plano para lidar com a visita dos cavalheiros hoje – explicou Vanessa. – Mas conto com sua mente brilhante de sempre para garantir que não deixe nada passar despercebido.

Bridget riu.

– Perdoe-me, senhorita, mas um dia desses seus planos vão acabar causando problemas maiores do que uma bronca da sua mãe.

– Eu sei – respondeu ela, claramente surpreendendo Bridget. – Eu juro que se este der certo, nunca mais farei nenhum esquema.

Vanessa tinha esperanças de não precisar. Porque se não desse certo... Não, melhor nem considerar aquela possibilidade. Seria ruim demais.

– Muito bem – concordou Bridget, embora parecesse cética. – O que a senhorita está tramando desta vez?

– Quero preparar uma cilada para Sheridan e para o Sr. Juncker antes mesmo de eles chegarem aqui.

– Como a senhorita sabe que vão chegar juntos?

– Porque Sheridan disse que traria o Sr. Juncker. E ele costuma ser um homem de palavra.

– Entendo.

– Eles devem entrar pela frente depois de desembarcarem da carruagem de Sheridan. Então, quando estiver chegando a hora, vou dizer ao mordomo que se a minha mãe perguntar por mim, estarei no jardim dos fundos. Uma vez lá, vou correr pela viela até a esquina para encontrar a carruagem de Sheridan. Assim, nós três poderemos seguir juntos até o jardim de Queen Square e ficar por lá pelo tempo quisermos. Isso vai dar certo, não vai?

Bridget levantou o olhar.

– Só se eles realmente chegarem juntos. E se não chover. E se sua mãe não imaginar que a senhorita pretende afrontá-la e não decidir olhar pela janela. Ela odeia o frio, então é pouco provável que saia, mas olhar é uma coisa totalmente diferente.

Vanessa coçou o queixo.

– Talvez eu possa falar para o mordomo que vou caminhar em Queen Square.

– Isso definitivamente levantaria as suspeitas dele e, por consequência, da sua mãe.

Bridget foi até a janela para olhar para fora, então sugeriu:

– Que tal isto: a senhorita vai para o jardim usando aquele casaco velho e o chapéu grande que costuma usar quando vai cuidar do jardim nesta época do ano. Eu estarei esperando na viela, onde a senhorita me entregará o casaco e o chapéu. Então poderá colocar o resto do plano em ação enquanto eu fico esperando no jardim fazendo... alguma coisa com as plantas.

Vanessa prendeu uma gargalhada. Bridget não era adepta de atividades ao ar livre.

– Certo, e se alguém for até você achando que sou eu? Não quero lhe criar problemas.

– Eu agradeço por isso, senhorita – disse Bridget, em seguida começou a andar de um lado para o outro na frente da janela. – Se alguém vier falar comigo, direi que não sei onde a senhorita está, que me deu o casaco e o chapéu. Ninguém vai questionar.

Era costume as damas darem suas roupas antigas para as criadas.

– O mordomo, talvez? Porque terei que estar usando o casaco e o chapéu quando descer, caso contrário ele não vai me deixar ir para o jardim dos fundos sem a permissão da minha mãe. Então, se ele a vir usando...

– Ele nunca vai ao jardim. O homem odeia ficar do lado de fora quase tanto quanto eu – disse Bridget, e então pareceu refletir. – Mas a senhorita também pode desistir de vê-los. Vai mesmo querer Armitage depois de precisar tramar tantos esquemas para conquistá-lo?

Vanessa suspirou.

– É, você tem certa razão... Bem, não sei, Bridget. Só sei que agora já fui longe demais e que se eu não fizer nada, minha mãe vai me obrigar a casar com Lisbourne. Então prefiro arriscar mais um plano e torcer para que dê certo.

– Esse Armitage é capaz de admitir que estava enganado e pedi-la em casamento?

– Acho que ele é capaz de admitir que estava enganado e me cortejar de verdade.

Bridget assentiu.

– Bem, se esse é o seu objetivo, então meu plano é melhor.

– Concordo. Com sorte, minha mãe nunca vai ficar sabendo de nada.

Bridget ficou séria.

– Eu espero, para o seu bem, que ela não descubra.

Vanessa também esperava.

A primeira coisa a dar errado foi totalmente inesperada. O mordomo, um homem que costumava aceitar tudo que ela dizia, questionou os planos de Vanessa de ir ao jardim.

– Sua Senhoria nos informou que a senhorita não deveria sair de casa – afirmou ele com firmeza.

– Eu não estou saindo de casa. Estou indo para os fundos dela.

A preocupação se espalhou pelo rosto dele.

– A senhorita tem certeza de que ela entenderia dessa forma?

– Não vejo motivo para que não entenda. Olhe só como estou vestida. Não acha que me vestiria melhor se fosse... sei lá... fugir ou algo parecido? Eu certamente não colocaria este chapéu horroroso para sair. O que me lembrou de que preciso do casaco que costumo usar para jardinagem.

Ele pareceu aceitar melhor a história.

– Mas por que a senhorita desejaria trabalhar no jardim com *este* tempo?

– Jardins não se podam sozinhos. E se "não estaremos" em casa para ninguém hoje, vou "trabalhar" no jardim.

Deus do céu, ela seria uma prisioneira dentro da própria casa a partir de agora?

A agitação deve ter transparecido no rosto dela, pois o mordomo assentiu.

– É claro – disse ele, e estalou os dedos para um lacaio pegar o casaco dela, então ajudou a dama a vesti-lo.

Ainda assim, Vanessa só conseguiu respirar quando já estava do lado de fora. Até aquele momento tudo correra bem. Um instante depois, ela entregou o casaco e o chapéu a Bridget e pegou o chapéu e o xale que a criada lhe deu. Com um sussurro de "Boa sorte, senhorita", Bridget foi em direção ao jardim, e Vanessa, para a esquina da viela, de onde poderia ver a carruagem de Sheridan se aproximando.

Foi quando se deparou com mais um gargalo no plano, bem mais significativo. Nenhuma carruagem passou por ela, em nenhuma das duas direções.

Algum tempo depois, ela avistou alguém. Não Sheridan. Ah, não. Mas Juncker. Vindo da outra direção. Sozinho. Vanessa enxugou impiedosamente as lágrimas que brotaram em seus olhos. Não podia continuar a ter esperanças assim. Toda vez tomava um balde de água fria.

Mas o Sr. Juncker viera de longe, então ela deveria, pelo menos, ser educada. Caminhou pela calçada na direção dele, contornando a grade da casa, esperando que ninguém olhasse para fora naquele momento. Notando a surpresa de Juncker ao vê-la, Vanessa colocou o dedo nos lábios em um pedido de silêncio e apontou para o outro lado da rua. Com um sorriso maroto, ele desviou para o jardim de Queen Square, onde ela se juntou a ele.

– Peço desculpas pelo comportamento estranho, Sr. Juncker – explicou ela, sem preâmbulos –, mas, em um ataque de nervos, minha mãe me proibiu de receber visitas. Como Sheridan tinha dito que traria o senhor hoje, eu quis avisar pessoalmente aos dois o que tinha acontecido.

Vanessa esperava soar indiferente quando acrescentou:

– Onde está Sheridan, afinal? Achei que viessem juntos.

– Também achei, mas parece que eu estava errado. Combinamos que ele me pegaria nos meus aposentos em Albany, mas ele me mandou um bilhete dizendo que me encontraria aqui e me deu seu endereço. Quando percebi que era a menos de dois quilômetros de distância, resolvi vir andando. Acredito que ele ainda não tenha chegado.

– Ou, se chegou, não deixaram que ele entrasse.

Embora Vanessa duvidasse disso. Não era típico dele tentar visitá-la antes do horário marcado.

Juncker olhou em volta da praça.

– Esta é uma linda pracinha, não? Vou passar a caminhar por aqui com mais frequência.

– Deveria mesmo...

Por algum motivo, Vanessa estava começando a flertar, apesar de não estar no clima. Mas se Sheridan aparecesse...

Ah, por que ela ainda tinha esperanças? Ele provavelmente não tinha a menor intenção de voltar depois do terrível confronto entre as mães deles. Sheridan dissera apenas que iria evitar que ela continuasse reclamando. Mas quem poderia culpá-lo por tentar se distanciar dela? A mãe dela sempre conseguia afastar os únicos pretendentes que Vanessa queria.

– A senhorita poderia me mostrar a praça, já que a conhece tão bem – pediu Juncker, oferecendo seu braço. – Odeio desperdiçar toda esta beleza.

Quando Vanessa aceitou o braço dele, percebeu que ele estava flertando com ela. Ah, Deus, ela não queria fazer isso sem que Sheridan estivesse por perto para ver. Mas não podia ser grosseira.

– Este jardim é realmente encantador. Às vezes venho aqui só para ler e observar os pássaros. Há pardais, melros, tordos, chapins-azuis, e, claro, pombos.

Deus, ela estava matraqueando sobre nada. Ele acharia que era uma tagarela.

– O que seria de Londres sem seus pombos, não é?

— E sem suas lindas damas para observá-los — comentou ele.

Sufocando um gemido, ela respondeu ao sorriso provocante dele com uma cara feia.

— Não precisa me bajular, Sr. Juncker. Sei muito bem que está aqui somente para me ajudar com Sheridan.

Ele balançou a cabeça, com ar de interesse em mais do que apenas o jardim.

— Não somente. Estou continuando o flerte que começamos na festa de Thorn na outra noite.

— Mesmo sabendo que estou interessada em Sheridan?

— Principalmente por isso. Eu já disse antes à senhorita, gosto muito de irritar o Santo.

— Bem, Sheridan não está aqui — destacou Vanessa, ácida de repente. — Então não sei bem como pretende irritá-lo. Espero que o senhor não seja um daqueles homens que gostam de se gabar de suas conquistas para os outros homens, mesmo que isso coloque em risco a boa reputação das damas em questão.

Juncker ficou sério.

— Eu nunca arruinaria a reputação de uma mulher para me gabar ou qualquer outra coisa — justificou ele, com os olhos brilhando. — Mas, como eu disse em Thorncliff naquela ocasião, ultimamente venho pensando em começar a procurar uma companheira mais respeitável.

— Como Flora, por exemplo.

Juncker contraiu os lábios.

— Como a senhorita.

Então conduziu Vanessa para um canto do jardim em que uma sebe alta e uma árvore convenientemente formavam um recanto privativo e a puxou para seus braços.

— Estou muito curioso para descobrir como uma dama respeitável beija.

Ela o fitou, incrédula.

— Aqui? Agora?

— Por que não? Armitage não está aqui, e nós dois achamos que ele não virá. Quem sabe? Talvez venhamos a descobrir que combinamos. Além disso, a senhorita deve estar ao menos um pouco curiosa para descobrir como um devasso sem remorsos beija, não?

Levantando uma sobrancelha, ela respondeu secamente:

— Eu o vejo mais como um patife do que como um devasso, para ser sincera.

– Isso é a mesma coisa que dizer que um sanduíche é diferente de uma fatia de presunto no meio de duas fatias de pão – disse Juncker, depois baixou a cabeça e sussurrou: – Mas se quer mesmo fazer a distinção... Podemos descobrir exatamente o que eu sou: devasso ou patife.

Ela fitou os olhos azuis gelados dele e pensou: "Por que não?" Era provável que não visse mais o homem que queria, exceto em eventos sociais. E precisava admitir que estava ansiosa para comparar os beijos do Sr. Juncker com os de Sheridan, que sempre seria seu parâmetro para avaliar todos os demais. Infelizmente.

Decisão tomada, portanto.

– Muito bem.

Vanessa levantou a cabeça, e Juncker interpretou o gesto como um convite e pressionou os lábios contra os dela. Foi um beijo casto, do único tipo que uma mulher respeitável deveria querer, e logo acabou. Nem sequer começou a lhe dar o suficiente para fazer uma comparação.

– Essa não parece nem remotamente a forma como um devasso ou um patife beijariam – disse ela baixinho.

Mas quando Vanessa fez menção de se afastar, ele a beijou de novo, dessa vez como muito mais paixão.

Foi um beijo perfeito. Juncker usou a pressão e a umidade ideais, e a abraçou de leve, mas não leve demais. O hálito dele era doce, e o perfume, agradável, embora não tão bom quanto o aroma apimentado de Sheridan. Mas, mesmo com tudo isso, o beijo parecia ensaiado, o tipo de beijo que um homem como ele estava acostumado a dar nas mulheres que permitiam ser beijadas por ele.

A percepção a fez gelar. Vanessa não sabia dizer exatamente por quê, mas o beijo não mexeu com ela, seu coração não acelerou e suas pernas não ficaram bambas, como se estivesse prestes a cair. Mas sabia que aquilo não se comparava aos beijos de Sheridan.

Sentiu vontade de chorar, já que, obviamente, Sheridan não ia...

Alguma coisa *arrancou* Juncker de junto dela. Ou, melhor, alguém. Vanessa abriu os olhos a tempo de ver Sheridan plantar um soco na cara do homem.

– Qual é o seu problema? – perguntou Sheridan, bufando enquanto Juncker o encarava, pasmo. – Como ousa se aproveitar de uma dama?

Sheridan se preparou como se fosse atingir o homem de novo.

– Ele não se aproveitou de mim! – clamou Vanessa.

Quando Sheridan congelou, ela se colocou no meio dos dois.

– Ele apenas roubou um beijo. Como certo cavalheiro já fizera uma vez.

Juncker limpou os lábios com um lenço.

– Você tirou sangue de mim, Armitage!

Sheridan abaixou as mãos, mas as manteve fechadas em punho.

– E vou fazer isso de novo se for preciso para que deixe a dama em paz.

– Deixá-la em paz! Mas eu pensei que...

Ele parou ao encontrar o olhar suplicante de Vanessa. Ela nunca o perdoaria se contasse a Sheridan a verdade sobre os sentimentos dela.

Juncker levantou o olhar para o céu.

– Você chegou atrasado, Sheridan. Eu não. Não pode me culpar por tentar.

– Tentar o quê? – questionou Sheridan. – Acabar com a reputação dela?

– Deus do céu, não – respondeu Juncker, com uma expressão ofendida muito convincente. – Não sou tão tolo assim. Nós dois estamos praticamente escondidos aqui! Mas confesso que não entendi direito o motivo da sua insistência em que eu viesse com você. Achei que estivesse inventando essa história ridícula de eu distrair a mãe dela enquanto você expressava seus sentimentos à Srta. Pryde em particular. Agora vejo claramente que interpretei mal a intensidade dos seus sentimentos.

– Claramente – concordou Sheridan.

Juncker fez uma mesura para Vanessa.

– Perdoe-me, Srta. Pryde, se a insultei sem querer, sim? Vou deixá-la nas mãos do seu pretendente mais persistente.

Vanessa engoliu em seco.

– Obrigada, senhor.

Uma resposta sem graça, mas Vanessa sinceramente não sabia o que dizer. Ainda estava tentando entender o que Sheridan queria.

Juncker mal tinha se afastado rumo ao portão do jardim quando Sheridan fixou um olhar sombrio nela.

– Ele a encurralou, a trouxe para um canto totalmente isolado. Eu quase não os vi aqui atrás. O que a senhorita tinha na cabeça para permitir que ele a deixasse vulnerável dessa forma?

Ela cruzou os braços.

– Ora, eu achei que o senhor não viesse! E como nos encontrou?

– Não que isso importe, mas vim na minha carruagem, esperando alcançar Juncker pelo caminho para que ele se juntasse a mim. Ao virar a esquina, vi vocês dois entrando no jardim, então desci da carruagem e os segui até aqui.

Um músculo na mandíbula de Sheridan se contraiu.

– Por que pergunta? Preferia que eu não os tivesse encontrado?

Ela estava começando a desejar isso. Sheridan agia como se ela tivesse feito algo errado, mas, se acreditava mesmo em sua paixão por Juncker, deveria supor que ela estava agindo corretamente, não?

– Não mude de assunto. Não é culpa minha se o senhor chegou atrasado.

– Parece que a senhorita ficou feliz com o meu atraso.

Ah, que vontade de estrangulá-lo ela sentia às vezes. Sheridan estava com ciúmes? Ou apenas bancando o irmão mais velho, como de costume?

– Não, não fiquei feliz, não depois de ser obrigada a sair escondida para encontrar com vocês dois.

– O quê? Por quê?

– O que o senhor acha? Depois do fiasco de ontem, minha mãe deu ordens ao mordomo e ao lacaio para dispensarem todos os visitantes. Ela não quer que eu volte a ver nem o senhor nem a sua mãe. Foi por isso que precisei encontrar um jeito de sair pelo jardim dos fundos e esperar a sua carruagem na esquina. Felizmente, avistei o Sr. Juncker chegando, embora eu acreditasse que viriam juntos na sua carruagem.

Vanessa não pôde evitar o ressentimento na própria voz.

– Suponho que duques sejam importantes demais para se importarem com assuntos mundanos como pontualidade.

Isso não fez com que ele mudasse a postura rígida.

– Houve um imprevisto.

– E, é claro, o senhor não vai dizer qual foi.

Vanessa tinha enganado os criados de sua mãe para ser repreendida por *ele*? Sheridan que fosse para o inferno! Como já dissera a ele antes, não precisava de outro irmão mais velho.

Mas, quando tentou passar por ele, Sheridan a agarrou pelo braço.

– Nada disso vem ao caso. A senhorita faz ideia do que Juncker poderia ter feito se eu não tivesse chegado a tempo?

Ela soltou o braço.

– Ele não teria feito nada além do que fez. Ele é um cavalheiro.

– Como a senhorita sabe?

– Da mesma forma que sei que o senhor é um cavalheiro.

Sheridan pareceu frustrado.

– Então estamos encrencados.

Quando ele se aproximou, Vanessa instintivamente recuou.

– Por... por quê?

– Porque está ficando cada vez mais difícil bancar o cavalheiro com a senhorita.

– Ora, e o que mais o senhor poderia ser? – arriscou ela, sentindo a esperança brotar em seu peito, por mais que tentasse evitar.

Os olhos dele cintilavam.

– Um homem que passa muitas noites desejando fazer isso.

Sheridan pegou o queixo dela e abaixou a cabeça, hesitando por um segundo, como se dando a ela a chance de recuar. Mas ela estava supressa demais para recusar, mesmo se quisesse. E não queria.

Então os lábios dele cobriram os dela e Vanessa sentiu a alma suspirar. Não foi perfeito de forma alguma. Nada ali havia sido ensaiado, nada fez com que ela achasse que aquele gesto era algo que Sheridan fazia rotineiramente. Não. Foi um beijo confuso e apaixonado e todas as coisas que o de Juncker não fora.

Foi puramente Sheridan. Vanessa teria que lhe dar um novo apelido: Sheridan, o Sedutor.

Porque o que ele estava fazendo com a boca era tentador, intoxicante... pecaminoso. Uma das mãos dele a segurava pela cintura, e a mão que estivera no queixo dela deslizou para a nuca, então Sheridan a prendeu para uma série de beijos longos e lascivos que causaram reações em lugares inesperados nela: seios, barriga, partes íntimas. Deus, aquilo era o paraíso. Nunca fora beijada com tanta intensidade. A boca dele acariciou e seduziu até que ela abrisse os lábios para que ele pudesse explorá-la com a língua, aquela língua ardente que parecia conhecê-la tão bem.

A pulsação de Vanessa estava enlouquecida, batendo desesperadamente em seus ouvidos. Ela segurou a cabeça dele para que ficasse exatamente onde estava, mas, com um suspiro, Sheridan interrompeu o beijo. Os olhos dele brilhavam sob a luz fraca do entardecer.

– A senhorita faz ideia de como me deixa louco vê-la com Juncker?

Aquelas palavras fizeram com que o coração dela disparasse.

– Como eu poderia saber? O senhor nunca pareceu interessado em nada além de me dar sermões e desaprovar qualquer coisa que eu faça.

– Ah, acredite em mim – disse ele com uma nota de autodepreciação. – Eu não aprovo isto aqui nem um pouco. Mas, aparentemente, nem esse fato está me impedindo.

E com isso ele a pressionou contra a árvore, colocou uma das mãos espalmadas no tronco, logo acima da cabeça dela, então se inclinou e tomou seus lábios de novo. Dessa vez, o beijo foi selvagem, faminto, um beijo que fez com que ela desejasse que ele bebesse para sempre de sua boca. Vanessa levantou a mão para acariciar os gloriosos cachos castanhos, descendo até a nuca de Sheridan, que ela agarrou da mesma forma que ele fizera com ela.

Ele pousou a outra mão na cintura dela, mas por pouco tempo. Em outro beijo ardente, a deslizou até as costelas dela, passando os dedos como se as contasse. Então Sheridan segurou o seio dela, deixando-a chocada.

Vanessa afastou a boca.

– Sheridan! O que você está fazendo?

– Estou lhe mostrando, minha doce menina atrevida, como é difícil ser um cavalheiro quando estou perto de você, uma vez que tudo o que quero é tocá-la e provocá-la, é ser uma tentação para você da mesma forma que você é para mim.

Meu Deus do céu, talvez Sheridan também fosse poeta. Ele certamente a deixava à beira de um desmaio. No entanto, se Vanessa desmaiasse, perderia tudo aquilo, e ela queria aproveitar cada gota carnal das carícias dele. Ele roçou seu seio através do tecido fino, levando a pele de Vanessa a se arrepiar. Então apertou o mamilo com uma destreza assustadora. Deus do céu... Aquele homem claramente sabia o que queria. Vanessa não tinha imaginado algo assim.

A respiração dele se acelerou e a dela o seguiu, como se tentasse alcançar o ritmo dele. Quando Vanessa soltou um gemido baixo e arqueou as costas para que seu seio ficasse mais firme na mão dele, ele levou a boca à nuca dela e sugou com força, o suficiente para enviar uma onda de prazer por todo o corpo de Vanessa e deixá-la na ponta dos pés.

– Você está... me transformando em... em uma devassa – sussurrou ela, arfando.

Ele riu, sem achar graça.

– Ou quem sabe apenas revelando a devassa que está escondida dentro de você.

Sheridan afastou o xale dela para fitar os montes formados pelos seios.

– Não que eu me importe. Você não imagina há quanto tempo venho querendo sentir o gosto deles.

E com isso ele mergulhou a boca entre os seios dela e começou a beijá-los e lambê-los ao mesmo tempo que os empurrava de baixo para cima, arrebitando-os para que a língua os alcançasse melhor.

Que Deus a ajudasse. Vanessa queria morrer. Queria voar. Mas, acima de tudo, queria se jogar nos braços dele e nunca mais soltá-lo. Poderia ousar ter esperança de que desta vez ele finalmente seria dela?

CAPÍTULO ONZE

Sheridan sabia que o que estava fazendo era errado, mas não se importava. Vê-la nos braços de Juncker despertara uma fome profana nele. Queria apagar qualquer rastro do outro, tomar Vanessa como sua... mesmo sabendo que seria uma medida desastrosa. Sua natureza imprevisível, que tanto o divertia, também a tornaria uma péssima duquesa.

Mas, inferno, como Vanessa mexia com ele. A boca, tão tenra e doce. A pele, macia como uma cama de plumas. E os seios fartos, que ele queria sugar tão desesperadamente que chegara a pensar em arranjar uma forma de colocá-los para fora do vestido e da combinação. Bem ali, no lusco-fusco do entardecer. Em um jardim público.

Sheridan estava perdido. Sentia que o pênis estava prestes a arrebentar as costuras das roupas íntimas e as mãos coçavam para levantar a saia dela. Uma delas até já começara a fazer isso, levantando-a com destreza, como se tivesse vontade própria e fosse independente de seu cérebro.

Como ele a desejava...

– Sheridan – sussurrou ela –, não podemos fazer essas coisas aqui.

– Eu sei – respondeu ele. – É que... parece que ainda não tive o suficiente de você.

Mais tarde ele se arrependeria daquelas palavras, mas naquele momento não se importava com nada além de lamber a pele sedosa dela, acariciá-la por baixo da saia para ver se ela o desejava tanto quanto ele a desejava. Porque se desejasse, talvez tivesse perdido o interesse em Juncker. Talvez Sheridan pudesse se intrometer.

Não que isso tivesse grande importância. Para ele, era apenas desejo, nada mais. Estava ajudando Vanessa a provocar ciúmes em Juncker, só isso.

Mentiroso.

Sheridan levantou a cabeça para beijar o pescoço dela. Gostaria de poder soltar seu cabelo, mas seria um gesto definitivamente insensato. Em vez disso, ele passou a língua pelo local que pulsava no pescoço dela, enquanto as mãos percorriam todo o corpo, tomando liberdades vergonhosas. Ele memorizou uma curva, uma parte sensível de pele, percebendo que Vanessa respondia com vontade a cada toque. Entre os suspiros dela e os gemidos dele, estavam fazendo bastante barulho. Talvez devessem...

– Eu sei que ela está aqui! – falou a voz de lady Eustace. – Estou vendo! Aquele miserável!

Sheridan se endireitou e soltou Vanessa em um movimento fluido, mas foi tarde demais. O som inconfundível de uma pistola sendo engatilhada quebrou o silêncio do jardim.

– Afaste-se da minha sobrinha, senhor, ou juro que não viverá para contar esta história.

Sir Noah. Inferno. Nada como o cano de uma arma para arrefecer o desejo de um homem. O que era uma pequena bênção, ele achava.

– Tio Noah, o senhor não pode... – começou Vanessa.

– Fique quieta, minha querida – pediu sir Noah com uma voz letal. – Eu e você conversaremos depois. Vá com a sua mãe.

– Faça o que ele está mandando – disse Sheridan. – Irei logo depois.

– Se ele não matar você primeiro! – exclamou Vanessa.

A preocupação de Vanessa foi um bálsamo na dignidade ferida de Sheridan. A dignidade que ele, de forma tão imprudente, deixara de lado para sentir o gosto dela.

Mas, por mais tolo que isso pudesse parecer, ele não estava arrependido.

– Vá – insistiu Sheridan.

– Escute o que Armitage está dizendo – aconselhou sir Noah.

Com um suspiro, Sheridan encarou o homem e lady Eustace se aproximou de Vanessa.

– Venha comigo, mocinha. Seu tio vai resolver isto.

Quando pareceu que Vanessa estava prestes a recusar, Sheridan disse:

– Prometo que não vou demorar. E não haverá duelo nem nenhum desses absurdos, se é isso que a preocupa.

– Você jura? – perguntou Vanessa.

Sua voz tinha um tom estranho de pânico, como se ela realmente se importasse com o que aconteceria com ele.

Talvez ela se importasse, ao menos um pouco.

– Juro.

Com relutância, Vanessa se permitiu ser puxada por Cora. Assim que as duas saíram, sir Noah disse, em um tom sombrio:

– O senhor parece bem certo de que não convocarei um duelo. Como sabe que não vou fazer isso?

– Porque somos cavalheiros civilizados. Não permitimos que as damas sofram por causa de nossas ações.

Aquilo pareceu pegar sir Noah desprevenido.

Mas Sheridan falava sério. Já tinha visto algo assim acontecer em sua família, com Gwyn. A interferência inconsequente do irmão gêmeo, Thorn, quase a arruinara publicamente. Sheridan só sabia pedaços da história, mas conseguira montar uma parte suficiente do quebra-cabeça para compreender o todo e não desejava o mesmo para Vanessa.

– Acredito que nenhum de nós atire mal – continuou Sheridan –, e se eu concordar com um duelo, ou eu o mato ou o senhor me mata. Se eu não concordar, serei chamado de covarde. Seja qual for o desfecho, isso envolveria minha mãe em outro escândalo, e não farei isso. E certamente não farei isso com Vanessa, também.

– Quanta nobreza da sua parte – disse sir Noah. – Uma pena que não tenha sido nobre assim quando estava tentando seduzi-la.

As palavras ditas com ousadia levaram Sheridan a estremecer. Ele não tinha justificativa para o que fizera. Não havia desculpas.

– Podemos acabar logo com isto, sir? Preciso espalhar a notícia do meu iminente casamento com Vanessa, e prefiro fazer isso logo.

Na esperança de que ela aceitasse, melhor seria se pedisse quanto antes.

A expressão pétrea de sir Noah se suavizou um pouco.

– Então o senhor pretende fazer o que é certo com a minha sobrinha.

– É claro que sim – garantiu Sheridan. – Meu Deus, que tipo de homem o senhor imagina que sou?

– Ora, eu não imaginava que era do tipo que tenta seduzir jovens damas em jardins públicos e claramente me enganei. Poderia muito bem estar enganado a respeito de suas intenções também.

Sheridan ficou tenso, não gostando de levar um sermão de um homem que passara a admirar.

– Temo que tenha dificuldade para resistir a Vanessa.

– Suponho que isso não seja um problema, já que o senhor se casará com ela quanto antes – afirmou sir Noah. – Rezo para que ela também ache difícil resistir ao senhor. Porque se Vanessa me disser que estava sendo forçada a alguma coisa, convocarei, *sim,* um duelo, quer isso cause um escândalo ou não. E não haverá casamento algum entre vocês, independentemente do resultado. Entendido?

– Entendido. Eu nunca forçaria Vanessa a nada.

Em uma fraca tentativa de humor, ele acrescentou:

– Além disso, tenho a curiosa sensação de que, se fizesse isso, ela me cortaria em pedacinhos e me comeria no café da manhã.

Sir Noah nem tentou sorrir.

– Ouso dizer que eu a ajudaria.

Deus do céu, aquele sermão não tinha fim? Vanessa ficaria mais e mais furiosa a cada segundo ao saber que teria de se casar com ele, não com seu precioso Juncker.

Só de pensar nisso, o sangue de Sheridan fervia. Que pesadelo. Ao tentar impor a Vanessa a sabedoria de não ficar sozinha com Juncker, Sheridan conseguira mostrar a ela que era imprudente ficar sozinha com *ele*.

Uma coisa era flertar com ela, outra bem diferente era arruinar sua vida. E possivelmente a dele. Sheridan nem sabia se combinariam e, se não combinassem, a culpa seria toda dele. Se a desejava tanto, deveria tê-la cortejado da maneira certa. A possibilidade de um bom casamento é exatamente o tipo de coisa que se descobre durante a corte.

Ainda assim, ele não se arrependia de nada. Queria acreditar que era porque finalmente estaria em posição de questionar lady Eustace a respeito do passado. Poderia, enfim, determinar se de algum modo ela estava envolvida com os assassinatos.

Mas a verdade era que, naquele momento, Sheridan não se importava com aquilo. Ou, melhor, se importava muito mais com a possibilidade de ter Vanessa em sua cama. Isso supondo que ela aceitaria se casar com ele. No momento, aquilo ainda não era uma certeza.

– Se não se importa que eu pergunte – arriscou Sheridan –, como nos encontraram?

Sir Noah bufou, depois começou a explicar como Vanessa fugira.

⸺

Vanessa espiava pela janela da sala de estar, tentando dar uma olhada no tio e em Sheridan. Mas não importava para qual direção virava o pescoço ou a altura a que conseguia chegar na ponta dos pés, os dois ainda estavam bem escondidos da estrada, da mesma forma que ela e Sheridan estiveram pouco tempo atrás, mesmo depois de os lampiões serem acesos. Se sua mãe não tivesse sido alertada, eles ainda poderiam estar lá.

O pensamento fez com que ela sentisse um delicioso calor em partes inesperadas do corpo.

– Está me escutando, mocinha? – perguntou a mãe.

Vanessa deu um pulo.

– Sim, mamãe – mentiu ela.

Isso fez com que a mãe começasse outro discurso, dessa vez sobre como Vanessa era uma filha ingrata, e como ela se arrependeria do dia em que se casasse com Sheridan. Mas quando a mãe afirmou que o interesse dele era meramente o dote, Vanessa não aguentou mais.

Afastou-se da janela.

– Ele pode ficar com cada centavo do meu dote se isso significar que vou sair desta casa. Eu não me importo com dinheiro, mamãe. Ficaria feliz em jogar tudo em cima dele. Eu só não quero... não quero...

Ah, de que adiantava dizer que essa era a última maneira no mundo que Vanessa usaria para conquistar Sheridan? Que ela podia suportar que ele a cortejasse e se casasse com ela pelo dote, mas que forçá-lo a se casar por causa de um pouco de diversão lhe parecia totalmente errado? Ainda mais tendo sido ela que o provocara. Se isso lhe ensinara alguma lição, era que manipular as pessoas para conseguir o que queria nunca acabava bem.

Não, a mãe não entenderia seus sentimentos. Da forma que Cora via o mundo, uma mulher jovem e elegível para casar deveria usar o dote como uma isca para fisgar o pretendente com a mais alta qualidade possível. Na verdade, sob circunstâncias normais, se Sheridan fosse um duque rico, ele seria justamente a ideia de Cora de pretendente perfeito.

Mas, supostamente, Sheridan não apenas estava sem recursos como também era irmão de Grey e filho da duquesa viúva, o que era um insulto a mais. Na cabeça de Cora, não havia como contornar essa situação. Principalmente depois dos contratempos do dia anterior. Sheridan não apenas seria forçado a se casar com Vanessa como também teria de convencer uma mulher que desprezava a *permitir* que a filha se casasse com *ele*.

Isto é, se Sheridan e o tio dela não tivessem ido em frente com a ideia de se matarem. Só de pensar na possibilidade, Vanessa sentia um aperto no coração.

– Escute bem, mocinha – continuou a mãe. – Se Armitage lhe pedir em casamento, é melhor que você aceite. Você está perigando ficar na prateleira, e esses últimos dias esgotaram a minha paciência. Se você recusar, juro que vou trancá-la no quarto até…

– Você não vai fazer nada disso, Cora – disse o tio dela, que estava parado na porta. – Eu não vou permitir.

Vanessa se virou e encontrou o tio Noah parado ali sozinho. Seu coração se apertou. Onde estava Sheridan? O que tinha acontecido?

Sir Noah encarou a irmã com seriedade.

– Preciso de um momento a sós com a minha sobrinha.

Cora abriu a boca como se fosse protestar, depois pareceu pensar melhor. Se havia alguma pessoa no mundo que ela tinha medo de desafiar, esse alguém era Noah.

– Muito bem – concordou ela. – Mas não demore muito. Terei que planejar o que fazer com essa garota, de um jeito ou de outro.

O comentário soou sinistro. Graças a Deus, tio Noah estava tomando as rédeas da situação. O problema é que, assim que a mãe saiu, o humor do tio pareceu ficar ainda pior.

– Eu só tenho uma pergunta a lhe fazer, minha querida. Não existe resposta certa ou errada, apenas a verdade. Qualquer que seja a sua resposta, quero que saiba que estou do seu lado.

Aquilo também soou sinistro.

– Tu-tudo bem. O que é?

– Armitage tomou liberdades com você contra sua vontade?

A pergunta em si a deixou perplexa.

– Não, de forma alguma. Por quê? Ele disse isso?

O tio relaxou o suficiente para abrir um sorriso arrependido.

– Vou repetir exatamente o que ele disse: "Tenho a curiosa sensação de que, se fizesse isso, ela me cortaria em pedacinhos e me comeria no café da manhã."

Vanessa riu, mas sem humor algum.

– Que macabro. Não parece Sheridan falando, mas… Começo a achar que não o conheço tão bem quanto achava.

Sir Noah suspirou.

– Você está em uma situação difícil, minha querida.

– Eu sei. Mas não é só porque ele não quer se casar comigo…

– O quê? Não, ele me disse na mesma hora que se casaria.

Vanessa se virou, com um nó no estômago.

– Então por que ele não está aqui?

– Ele está. Esperando no vestíbulo. Eu não queria que ele chegasse perto de você antes de determinar quanto desta situação é culpa apenas dele.

Vanessa sentiu os olhos arderem com as lágrimas. Seu tio era realmente muito generoso. Poucos homens se preocupariam tanto com seus sentimentos. Se seu pai estivesse vivo, teria atirado em Sheridan, independentemente de quanto ela protestasse. Tio Noah estava dando uma chance a eles.

– Obrigada por assumir o lugar do papai, tio. Tenho certeza que o senhor sabe que a mamãe teria tratado deste assunto de uma forma muito ruim.

– É verdade. Minha irmã não sabe o que fazer com você, nunca soube. Ela tem ciúmes da sua proximidade com Grey, que ela não consegue controlar, então tenta descontar isso em você. Eu me culpo por isso. Sinto muito por não ter vindo mais cedo para Londres para cumprir meu dever com você, Vanessa.

– O senhor precisava cuidar da sua esposa. Sempre entendi isso, tio.

– Aquilo não era desculpa. Mas agora estou aqui, e que Deus me castigue se eu não garantir que você se case com o homem certo.

– Posso entrar? – disse uma voz vindo da porta.

Sheridan.

Vanessa engoliu com força. Por sua expressão estoica costumeira, ela não conseguia adivinhar como ele se sentia com tudo aquilo.

– Tio, eu e Sheridan podemos ficar alguns momentos a sós?

O tio olhou dela para Sheridan.

– Tudo bem. Estarei no vestíbulo. Mas a porta ficará aberta.

Meu Deus. Ela realmente se colocara em uma "situação difícil", pelo menos no que dizia respeito a tio Noah.

– É claro – respondeu Sheridan antes dela. – Só precisamos... acertar algumas questões.

Consentindo, tio Noah os deixou.

Sheridan respirou fundo.

– Eu não sei se seu tio lhe contou, mas eu e você precisamos nos casar.

A palavra "precisamos" machucou. Deixava subentendido que ambos estavam sendo forçados, enquanto ela não se sentia assim.

– Não entendo por que *precisamos*. As únicas pessoas que nos viram juntos foram minha mãe e meu tio, e eles não contariam a ninguém.

Vanessa não revelaria as coisas cruéis que sua mãe dissera que faria se ela recusasse o pedido dele.

– Sua mãe não contou *como* nos encontraram?

– Não. Eu... nem pensei em perguntar.

Ela estivera preocupada demais com o que aconteceria.

– Sua mãe ficou vigiando o jardim para garantir que você não fugisse. Mas quando notou que você estava sempre de costas para a janela e que não estava fazendo nenhum trabalho no jardim, ela saiu e obrigou a criada a contar onde você estava. Claro, Bridget achou que eu, você e Juncker estivéssemos na minha carruagem, já que, aparentemente, era esse o plano. Quando sua mãe correu para a frente da casa e não viu a minha carruagem, não soube para onde ir.

Aquilo era ruim, muito ruim.

Sheridan continuou a história em um tom de voz sóbrio.

– Então seu tio chegou. A carruagem dele tinha cruzado com Juncker umas duas quadras atrás, e ele supôs que Juncker estava indo embora depois de visitá-la. Mas sua mãe o encontrou na porta e pediu ajuda para encontrá-la. Sir Noah alcançou Juncker e perguntou onde estava a sobrinha. Juncker hesitou um pouco em contar, mas não muito, como você pode imaginar. E foi assim que eles descobriram onde nós estávamos.

– Entendo.

– Não, você não entende. Eu contei tudo isso para ilustrar por que precisamos nos casar. Não foram só sua mãe e seu tio que viram. Juncker também...

– Que não vai contar para ninguém.

– Você tem certeza absoluta disso? Porque ele se mostrou bem disposto a contar para sua mãe e para seu tio onde você estava. O que o impediria de colocar esta história em uma de suas peças?

– Ele não faria uma coisa dessas.

– Vejo que tem muita confiança nisso – disse Sheridan. – Nele.

Ela não tinha. E podia ler na expressão dele que ele sabia que ela não tinha.

– Também há Bridget...

– Que não contaria para ninguém – protestou Vanessa.

– Meu bem, o que você acha que vai acontecer com Bridget agora que sua mãe sabe que ela lhe ajudou?

Vanessa começou a mexer na faixa do vestido, passando-a pelos dedos como uma carola rezando o terço. No mínimo, Cora demitiria Bridget sem dar referências, e a criada não merecia isso por ajudar Vanessa. A única forma de evitar esse infortúnio seria se casando com Sheridan. Nesse caso, Bridget poderia ir trabalhar para ela.

– Outros criados também sabem – afirmou Sheridan. – O meu cocheiro, o cocheiro do seu tio, o mordomo, provavelmente uns dois lacaios. O que quero dizer é que se eu e você não nos casarmos...

– Alguém pode vazar o boato para os jornais – completou ela –, e aí estarei arruinada.

– Exatamente. *Agora* você entendeu.

Ela podia sentir que Sheridan a observava, que ele pensava no que mais deveria dizer. Então, de olho na porta, ele se aproximou dela.

– Seria tão horrível assim se nos casássemos?

– Eu acho que você é quem deveria responder a essa pergunta – disse ela, cruzando os braços. – Foi você quem usou a expressão "precisamos nos casar", não eu. Não preciso de um homem que se sacrifique por mim.

– E eu não preciso de uma esposa apaixonada por outro homem. Só que nem eu nem você temos muita escolha, temos?

Vanessa desviou o olhar. Se admitisse que nunca quisera Juncker, Sheridan jogaria na sua cara que a pegara beijando o escritor poucas horas atrás... e de livre e espontânea vontade. Ou, pelo menos, teria parecido a ele.

Mesmo se conseguisse explicar e contar a verdade a Sheridan, ele a veria como uma "mulher ardilosa" que usara Juncker para provocar ciúmes nele... o que se podia dizer que era mesmo verdade. Principalmente considerando que Sheridan uma vez havia lhe dito que não tinha vontade de se casar. Ignorar uma afirmação categórica dele para conquistá-lo como marido definitivamente se enquadrava na categoria de ardil. Não era a melhor forma de começar um casamento.

Mas mentir também não era. Ou, melhor, ocultar a verdade. Sabendo quanto ele odiaria isso, seria bem ruim. Ah, Deus, o que fazer?

– Bem? – perguntou ele. – Você vê alguma saída que não vá arruiná-la?

– Nada que funcionaria – respondeu ela, com um suspiro.

E contar a verdade a Sheridan não mudaria isso. Vanessa teria que torcer para conseguir, com o tempo, transferir seus sentimentos de Juncker para Sheridan de forma crível.

– Então – disse ele – vamos nos casar, quer gostemos disso ou não.

Vanessa teve vontade de chorar ao ouvir a situação colocada daquela forma. Precisava fazer alguma coisa para que o arranjo desse certo.

– Eu não disse que não gostava. Eu não teria correspondido aos seus beijos se não... se não o tivesse em alta conta.

Deus, que jeito estúpido de falar. Soou como se ela mal o conhecesse.

Sheridan percebeu, pois contraiu seu maxilar.

– Suponho que isso seja o máximo que posso esperar nestas circunstâncias.

– Não quero que você se sinta forçado a fazer isso, Sheridan! – desabafou ela. – Eu sei que você nunca quis se casar e a ideia de colocá-lo em uma situação indesejada...

– Eu me aproveitei de você. Se lembra, meu bem? – disse ele de forma gentil, afastando uma mecha de cabelo do rosto dela. – Você só estava na hora errada, no lugar errado, com o homem errado.

– Você? Ou o Sr. Juncker?

– Certo. Com *os homens* errados. O que estou dizendo é que não deve se preocupar comigo – disse ele, soando amargurado. – Além disso, vou ganhar muito mais com esse casamento do que você. Seu dote vai ajudar a minha situação financeira.

– E eu vou ser uma duquesa – destacou ela. – Isso não conta?

– Espero que sim. Você será, infelizmente, uma duquesa falida. Então, se quiser se livrar disso, eu entenderia. Embora não ache sensato.

– Sim, e sempre devemos ser sensatos, não é mesmo? – questionou ela, secamente.

– É melhor do que a alternativa, não acha?

– Suponho que sim.

Como Sheridan franziu a testa, ela acrescentou:

– Sim, Santo Sheridan. Muito melhor.

– Posso lhe fazer um pedido?

– Que eu não o chame de Santo?

– Exatamente.

– Você pode pedir o que quiser – disse ela baixinho. – Isso não quer dizer que eu tenho que concordar. Além do mais, já venho criando uma lista de apelidos para você. Sheridan, o Silencioso. Sheridan, o Estudioso.

Vanessa abriu um sorriso maroto.

– Sheridan, o Sedutor.

Sheridan gemeu.

Vanessa achou graça e pensou que talvez aquilo pudesse dar certo, afinal. Ou, pelo menos, ela se divertiria no processo.

E isso significava que não precisava mais ter medo de ser empurrada na direção de lorde Lisbourne. Como Sheridan dissera, no fim das contas, ser forçada a se casar com ele era a melhor alternativa. Muito melhor.

CAPÍTULO DOZE

Sheridan, o Sedutor.

Sheridan nunca perdoaria Vanessa por esse último comentário, especialmente considerando que não tiveram chance de ficar sozinhos na última semana. Escutara essas palavras uma dúzia de vezes por dia e até durante o sono, junto da risada provocante que se seguiu. Vanessa com certeza sabia como deixar um homem à beira do abismo. Tudo em que ele conseguia pensar era que, em breve, poderia representar o papel de Sheridan, o Sedutor. Era normal ficar ansioso assim para a noite de núpcias?

Torcia para que ela sentisse o mesmo. Sheridan deveria ter dito a ela como tinha ficado ridiculamente contente por ela ter aceitado o pedido. Mesmo sabendo que não poderia ser o homem que ela queria. Mesmo sabendo que Juncker, aquele maldito, era o dono do coração dela. Ou talvez fosse apenas uma paixonite?

Por Deus, Sheridan torcia para que fosse só isso mesmo. Ainda mais naquele momento, caminhando ao lado de seus dois irmãos e do tio de Vanessa, saindo de Armitage Hall para a igreja de São José, em Sanforth, onde ele e Vanessa se casariam. As damas tinham ido na frente em duas carruagens: sua mãe, Gwyn, Cass e Olivia em uma, e Vanessa e a mãe em outra. Mas nenhum dos homens quis ir a cavalo para a cidade com suas roupas elegantes, então, em vez de esperarem as carruagens voltarem, Sheridan sugerira que fossem andando, sugestão que fora logo aceita por todos. Não era muito longe e Sheridan tinha o costume de caminhar até a cidade. Ou teria ido montado em Juno. Suspirou. Como sentia falta de suas cavalgadas matutinas.

Thorn caminhava a seu lado, Heywood e sir Noah logo atrás, envolvidos em uma conversa.

— Você já disse a ela?

— Já disse o quê, a quem? — perguntou Sheridan.

— Você sabe a quem. E deveria saber o quê — respondeu Thorn e, olhando para trás para se certificar de que os dois que os seguiam não escutariam, acrescentou baixinho: – Já contou a Vanessa sobre o motivo de vir questionando tanto a mãe dela?

– Você ficou louco? – sussurrou Sheridan. – Eu mal consegui convencê-la a se casar comigo, certamente não traria esse assunto à tona. Além disso, não consegui descobrir nada com lady Eustace, então não vou abrir o jogo até lá.

Thorn bufou.

– O que leva você a achar que vai conseguir interrogar lady Eustace sem contar a Vanessa?

– Confie em mim, Thorn – garantiu Sheridan, ríspido –, isso não será um problema. Do nada virei a pessoa favorita de lady Eustace. O que é irônico, considerando que, até eu pedir Vanessa em casamento, a mulher me odiava.

– É a licença especial – afirmou Thorn, olhando furtivamente para trás. – Isso sempre impressiona as mães.

– Parece que sim.

Mas no seu caso Sheridan não tinha certeza se era porque lady Eustace presumira que uma extravagância como aquela significava que ele não estava tão pobre assim. Ou quem sabe ela esperasse que a licença especial garantiria que o casamento fosse comentado nos mais altos círculos da sociedade, tornando-a o centro das atenções pelos próximos meses.

Sheridan não iria desiludi-la de suas ideias. Ele só comprara a licença especial para apressar as coisas, temendo que as pessoas que sabiam do ocorrido no jardim pudessem fazer fofoca antes que ele tornasse Vanessa uma respeitável mulher casada.

Sheridan não assumiria riscos. O véu do casamento encobria todos os pecados.

– Essa é uma situação delicada – disse Sheridan. – Não é prudente contar nada a Vanessa agora, afinal, é possível que eu descubra que lady Eustace não teve envolvimento algum com os assassinatos. Nesse caso, não seria melhor se Vanessa não soubesse nada sobre a investigação?

Se Vanessa ficasse sabendo do envolvimento de Sheridan nesse plano, se sentiria traída, forçada a se casar com um homem que não amava pela pior das razões: a incapacidade dele de segurar as próprias mãos enquanto investigava a mãe dela.

– Ela me parece uma pessoa sensata. Eu acho que deveria falar com ela.

– Thorn – falou Sheridan baixinho –, pode deixar que eu mesmo resolvo meus assuntos conjugais, certo? Além disso, você já não tem o suficiente com que se preocupar sem ter que ficar se metendo na minha parte da investigação? Ou já descobriu o bastante sobre o paradeiro de lady Norley para responder por ela?

Exatamente como Sheridan desconfiara, Thorn não gostou quando o assunto virou para ele.

– Eu... hum... pedi a Olivia que perguntasse à madrasta dela.

Sei.

– E ela perguntou?

– Ainda não – respondeu Thorn, ficando corado. – É difícil encontrar a hora certa, você sabe.

Sheridan abriu um sorriso irônico.

– Ah, eu entendo muito bem.

– Está bem, está bem! – disse Thorn. – Vou ficar fora disso. Embora eu ainda ache que Vanessa conseguiria resolver qualquer problema que você pedisse.

Sheridan gostaria de ter essa certeza. Principalmente quando se tratava de sua noite de núpcias. Maldição, por que não conseguia parar de pensar nisso?

Logo, Sheridan escutou risinhos e avistou um grupo de meninas vestidas de branco, com coroas de flores na cabeça. Uma delas estava parada, admirando os cavalheiros vestidos com tanta elegância. Sheridan a cumprimentou com um toque no chapéu. Tímida, a menina correu para a mãe que vinha andando pela calçada. Todas carregavam cestas decoradas com fitas.

– O que é isso tudo? – perguntou Thorn.

– É assim na vila local, principalmente se a cerimônia e o banquete não ocorrem no mesmo lugar. Por menor que seja o casamento, quando os convidados deixam a igreja, toda a vila se reúne para parabenizar e jogar arroz sobre os noivos. Ou seja, as pessoas vão nos seguir quase pelo caminho todo até a casa depois que o casamento acabar.

– Já que pediu a licença especial, por que não casou em Armitage Hall, Sheridan?

– Porque eu preciso dessas pessoas, e elas precisam de mim. Não quero uma cerimônia privada da qual não possam participar. E Vanessa concordou.

– Aposto que mamãe discordou.

– De fato – disse Sheridan, e avistou sir Noah se aproximando. – Lady Eustace preferiria que a cerimônia acontecesse no Castelo de Windsor.

– Ele não está brincando – comentou sir Noah. – Minha irmã ficaria contente em expulsar o rei dos seus aposentos se isso significasse que Vanessa poderia ter o casamento do século.

– E não apenas um "casamento de vila" – completou Sheridan. – Mas, felizmente, prevaleceu a minha vontade e a de Vanessa.

– Permita-me avisá-lo, Armitage – disse sir Noah –, garanti a lorde Heywood que fossem colocados pingos em todos os is no que se refere aos assuntos legais. Nossos respectivos advogados conseguiram chegar a um acordo adequado para a minha sobrinha, então ninguém precisa se preocupar.

Sheridan fitou o irmão mais novo, pasmo.

– Que diabos, Heywood! Você achou que eu não era capaz de mandar negociar um acordo para a minha futura esposa?

– Eu tive que fazer um também – contou Heywood enquanto olhava para sir Noah –, então achei que talvez, com o casamento tendo sido tão rápido... não que haja alguma coisa errada nisso... mas achei que o acordo pudesse ter ficado... em segundo plano.

– E você achou que a melhor hora para mencionar isso era a caminho da igreja? – perguntou Sheridan, balançando a cabeça. – Se você estivesse certo... Ah, a propósito, me sinto imensamente insultado por você ter achado que eu poderia ter deixado tal coisa em "segundo plano". Mas, mesmo se estivesse certo, o que eu poderia fazer agora? Puxar sir Noah para um canto e fazer um acordo rápido? Depois mandar Bonham redigi-lo nos fundos da igreja enquanto minha noiva e os convidados aguardavam?

Quando Thorn riu da ideia, Sheridan virou-se para ele.

– De que *você* está rindo? Você não é nem um pouco melhor, tentando me dar conselhos conjugais antes mesmo de eu assinar o livro na igreja – disse Sheridan, franzindo a testa para Heywood. – Vocês dois deviam cuidar da própria da vida, que tal? É do meu casamento, da minha propriedade e da minha futura esposa que estamos falando. Fiquem fora disso, está bem?

Thorn fez uma cara feia para Heywood.

– Viu o que você fez?

– Ei! – reclamou o irmão mais novo. – Era você quem estava dando conselhos conjugais a ele.

– Pelo menos eu tive o bom senso de não perguntar a sir Noah sobre o acordo de Sheridan. Acho que você esqueceu que Sheridan foi treinado na arte da negociação diplomática praticamente desde o berço, hum? Até onde me lembro, ele é muito bom nisso.

Foi a vez de sir Noah rir.

– Devo confessar que neste momento estou feliz por nunca ter tido um irmão – disse ele, e então, após uma pausa, perguntou: – Espere, quem é Bonham?

– Bonham foi o administrador dos últimos três duques de Armitage, inclusive do meu meio-irmão aqui – explicou Thorn antes de se virar para Sheridan. – Aliás, ele vai estar no seu casamento? Mamãe sabe?

O sorriso de sir Noah desapareceu.

– Por que importa se a duquesa sabe?

– Não importa – respondeu Sheridan, lançando um olhar furioso aos irmãos. – E, sim, ela sabe. Foi ela quem insistiu em convidá-lo, justamente por ele ter sido o administrador dos últimos três duques de Armitage.

Chegaram a Sanforth, mas nenhum dos irmãos percebeu até que sir Noah disse:

– Suponho que esta seja a igreja?

Sheridan parou e seu estômago começou a revirar.

– Sim.

– É maior do que eu esperava para uma vila tão pequena – comentou sir Noah. – Definitivamente adequada para o casamento de um duque.

Mesmo tomado pelo pânico, Sheridan assentiu. Ele e Helene não tinham chegado a esse ponto. Depois de semanas de dor e luta, ela morrera no dia em que o casamento aconteceria, deixando-o com uma ferida no coração que nunca cicatrizou totalmente.

Esse era outro momento significativo de sua vida que não compartilhara com Vanessa. Mas esse dia chegaria.

Os quatro entraram na igreja e Sheridan congelou. Não tinha visto as mulheres antes de elas saírem e deparou com a visão de Vanessa resplandecente em seu vestido de noiva, digna de reverência. Ela estava parada na frente, conversando com a mãe dele, e Sheridan sentiu que perdia todo o ar dos pulmões.

Bom Deus do céu, como ela estava linda. Em meio a tantos acontecimentos, ele se esquecera daquilo.

Mas, naquele momento em especial, Vanessa estava espetacular. O vestido de seda era de um azul tão claro que quase parecia branco, exceto quando o reflexo das velas incidia sobre ele. Só então Sheridan notou a renda caindo das longas mangas, e a cauda do vestido retorcida atrás dela, esperando que alguém a endireitasse.

Vanessa e Lydia pareciam ter uma conversa muita intensa. Sheridan tentou avistar lady Eustace e relaxou ao vê-la conversando com Gwyn do outro lado da igreja. Todas as mulheres da família tinham sido instruídas a manter as duas separadas a todo custo. Sheridan não queria que a cena que acontecera na semana anterior se repetisse.

Chegando à frente da igreja, ele viu a mãe colocando um colar de pérolas no pescoço de Vanessa e precisou alcançá-las em questão de segundos.

– Mãe, essas são...

– As pérolas de Armitage, sim – disse Lydia, olhando para Vanessa com carinho. – Eu sei que seu pai gostaria que a sua esposa ficasse com elas.

Vanessa olhou para ele e um rubor se espalhou por seu rosto.

O que só reacendeu o desejo de Sheridan. Estava pronto para o casamento e, depois, para ir direto para a noite de núpcias, embora ninguém fosse permitir isso. Haveria brindes e o bolo de casamento. Só Deus sabia o que mais as mulheres tinham conseguido planejar em tão pouco tempo.

Sheridan pensou que era uma boa coisa, porque, embora ele não fizesse questão de nada daquilo, Vanessa merecia um casamento decente. Ela não estaria se casando com Sheridan se ele não tivesse praticamente a devorado em praça pública. Graças a Deus, quando levasse Vanessa para os aposentos do casal, poderia, finalmente, aliviar seu desejo obsessivo por ela. Ele lidaria depois com as consequências de permitir que ela visse muito fundo dentro dele. Mas naquela noite sua intenção era aproveitar cada minuto de Vanessa em sua cama.

A mão de Vanessa tremia enquanto assinava o livro. Para sua surpresa, Sheridan pousou a mão dele sobre a dela e se inclinou para murmurar:

– Vai dar tudo certo. Juro que farei com que dê certo.

Ela sinceramente esperava que ele estivesse falando sério. Porque agora estava feito. Fim. Fato consumado. A cerimônia só levara meia hora, o que não a tornava menos permanente. Vanessa havia conseguido o que queria, mas não da forma que queria. Essa era a parte que estava presa em sua garganta. E se, com o tempo, Sheridan se ressentisse de ter sido forçado a pedir sua mão?

Só que Vanessa não fizera isso. Não era culpa dela se os dois se deixaram levar pelo desejo naquela ocasião no jardim. Era? De toda forma, a mão dele sobre a sua trazia uma sensação boa. E isso era o máximo que ela poderia esperar por enquanto.

Saíram do gabinete do vigário e voltaram à igreja, que agora estava vazia. Todos já estavam do lado de fora.

Sheridan parou antes de se juntar aos convidados.

– Está pronta?

– Já fui a um casamento de vila antes – respondeu ela, sorrindo. – Sei como é.

– Está bem, só quis me certificar.

Quando passaram pelas portas da igreja, Vanessa avistou toda a vila do lado de fora, todos brigando por uma posição para que pudessem ser os primeiros a ver o duque e sua esposa.

No segundo em que ela e Sheridan colocaram os pés para fora, todos começaram a bater palmas. À medida que percorriam o caminho, levaram um banho de arroz, sementes e pétalas de rosas de inverno. A carruagem aberta esperava por eles, enfeitada com fitas e mais rosas.

Tomada pelo entusiasmo das pessoas, Vanessa nem hesitou quando Sheridan a surpreendeu e a beijou antes de ajudá-la a subir na carruagem. Em meio às palmas, foram se afastando, e a multidão os seguiu por uma boa distância.

Embora tivesse agora um vínculo eterno com Sheridan, Vanessa se sentia inexplicavelmente livre da mãe, dos próprios medos, do passado. Aquele era o começo de sua vida longe da família. A partir de agora, seriam ela e Sheridan, com os filhos que conseguissem ter. A ideia era emocionante.

Enfim sozinhos na cabine, Vanessa percebeu que Sheridan a fitava de esguelha.

– O que você está olhando? – perguntou ela. – Meus ouvidos estão sujos ou algo assim?

– Estava só observando. Vejo que minha mãe também lhe deu os brincos de pérolas que fazem par com o colar.

Vanessa levantou o braço.

– E o bracelete e o pente também. O conjunto completo, acredito.

– Ah, sim, eu deveria ter percebido o pente. Mas, para ser justo, ele está na parte de trás da sua cabeça e eu só a vi de frente.

Constrangida, Vanessa tocou no brinco.

– Você não se importa, não é?

– Claro que não. Você é minha duquesa agora. Deve ficar com as pérolas da família. Só gostaria de ter mais joias para lhe dar.

Ela não teria acreditado que ele estava falando sério se não fosse pelo olhar faminto no rosto dele, que certamente parecia o do lobo da história da Chapeuzinho Vermelho. Lembrou-se de que o sobrenome de Sheridan era Wolfe, lobo, em inglês. Ah, Deus.

– Além disso – continuou ele com uma voz rouca que a levou a se arrepiar –, essas pérolas ficam bem em você. Muito mesmo.

Vanessa não tinha certeza se devia agradecer pelo elogio ou correr para as montanhas antes que seu marido-lobo a devorasse.

– Eu nunca desejei tanto estar em uma carruagem fechada – confessou ele.

– É? – perguntou ela, determinada a deixar o clima mais leve, implicando com ele. – Ora, por quê?

– Isso deveria ser óbvio. Eu quero...

Quando a gargalhada dela o interrompeu, Sheridan percebeu que ela sabia exatamente o motivo. E sabia exatamente o que ele queria também.

Ele se inclinou para sussurrar:

– Mais tarde, quero ver você usando nada além das pérolas.

Vanessa *achou* que sabia. Jamais imaginara que Sheridan era tão... travesso. A ideia de implicar com ele desapareceu, substituída pela imagem vívida de ser observada por ele enquanto usava nada além das pérolas de Armitage. Vanessa sentiu a boca ficar seca e a respiração acelerar. Começou a se sentir um pouco travessa também.

– Acho que agora estou entendendo o seu desejo por uma carruagem fechada – disse.

Sheridan soltou um gemido.

– Acho que esta vai ser a festa de casamento mais longa a que já fui na vida.

Infelizmente, Vanessa achava o mesmo.

CAPÍTULO TREZE

Sheridan andava de um lado para o outro, esperando Vanessa abrir a porta que separava os quartos. A criada dela, Bridget, preparava tudo para a noite de núpcias, embora ainda não fosse tecnicamente noite, já que o sol ainda descia no horizonte. Mas, como a festa de casamento tinha sido apenas para as famílias, que podiam ficar acordadas até tarde celebrando, ele não teve paciência de esperar que todos fossem embora.

Então, depois das tradições da cerimônia de casamento, levou Vanessa embora. Deixou os irmãos e seu cunhado dançando com as esposas. Sua intenção era se divertir de outra forma.

Sheridan brincava com a aliança de ouro em seu dedo, um objeto ainda estranho para ele, e as palavras que vieram à sua mente foram: "Vanessa parece uma pessoa sensata. Você deveria conversar com ela."

Sobre os assassinatos? Esta noite? Não havia a menor chance. Sheridan não só estava ansioso para tornar Vanessa sua esposa em todos os sentidos como também não queria arriscar a possibilidade de, ao contar a ela sobre a investigação, destruir a tentativa de companheirismo que compartilhavam. E, embora tivesse se sentido um pouco mal por deixar a mãe e lady Eustace no mesmo salão no andar de baixo, não deu para evitar isso. Elas teriam que encontrar um jeito de suportar a companhia uma da outra de vez em quando. Poderiam muito bem já ir começando.

A não ser que ele descobrisse que lady Eustace era a assassina. Aí teria que garantir que ela ficasse fora da vida deles para sempre. Acreditava que não deveria desejar tal coisa para sua nova sogra, considerando que isso significaria que sua família teria que suportar mais um escândalo, mas era difícil não pensar nessa possibilidade. A mulher era terrível e ele odiava a forma como ela tratava Vanessa.

Sheridan prendeu a respiração ao ouvir a porta se abrindo, mas era apenas Bridget.

– Pode entrar, Vossa Graça – disse a criada, desviando o olhar.

Meu Deus do céu, que exagero. Não era como se ele estivesse pelado.

Ainda. Estava vestindo camisa, calça e roupas íntimas por baixo de seu robe favorito. Faltava muito para ficar sem roupa no momento. Muito mesmo.

Ainda assim, ele resistiu à vontade de correr. Se caísse em cima de Vanessa como uma fera faminta, poderia assustá-la. Ela podia ser uma moça atrevida, mas ainda era inocente, e quem poderia saber como ela reagiria? A última coisa de que precisava na noite de núpcias era de uma mulher soluçando por ter sido deflorada com insensibilidade. Então Sheridan estava preparado para qualquer coisa. Embora tivesse imaginado o momento de estar com ela praticamente desde o instante em que a conhecera, ele ainda era capaz de se controlar.

Então, ao entrar nos aposentos de Vanessa e ver que Bridget tinha desaparecido, seu autocontrole aparentemente desapareceu junto com ela. Como ele poderia se comportar com Vanessa vestindo apenas uma camisola de linho que, apesar do modelo recatado, com gola alta, ficou quase transparente quando ela parou diante da lareira?

Será que ela sabia desse efeito? Será que estava fazendo isso de propósito para inflamar ainda mais o desejo dele? Porque não era necessário. O desejo dele já estava bem inflamado.

– Você está bem? – perguntou ela. – Está tão sério.

Ele se forçou a ficar mais descontraído.

– Estou tentando não agarrar você, embora eu consiga ver cada centímetro do seu corpo através dessa camisola quando você fica na frente do fogo. Não que eu me importe. Só achei que você gostaria de saber.

Vanessa meio que se virou para olhar para o fogo, como se o acusasse de estar mancomunado com Sheridan, o que, definitivamente, deixou claro que ela não fizera aquilo de propósito. Ele não sabia se isso era bom ou ruim. Não se importaria se ela fosse provocante. Na verdade, adoraria se ela fosse provocante.

Então, de novo, alguma coisa na resposta inocente dela atiçou ainda mais o desejo de Sheridan.

– Você quer que eu vista meu penhoar? – perguntou ela.

– De forma alguma.

Ele se aproximou dela, com o coração acelerado no peito. O que ele queria era que ela soltasse o cabelo. Tinha esperado encontrá-la com ele solto. Mas preferia ele mesmo fazer isso.

– Se você quiser, posso tirar meu robe – disse ele.

Ela riu.

– Daria no mesmo. Você está praticamente com todas as suas roupas por baixo.

Sheridan segurou uma gargalhada.

– Posso tirar minha camisa e minha calça, então?

Por favor, diga que sim.

– Se você quiser...

A resposta estava perto o suficiente de um sim, então ele contaria como se fosse. Mas a incerteza nos olhos de Vanessa o deixou hesitante.

– Você está nervosa.

– Você não?

– É diferente para nós, homens. Qualquer nervosismo some quando vemos uma mulher seminua.

Isso fez com que Vanessa abrisse um sorriso tentador, que era exatamente o que ele esperava.

Ele chegou mais perto para afastar uma mecha que havia caído em sua testa.

– Não precisamos fazer nada com pressa, está bem? Temos a noite toda.

– É verdade – disse ela, um tanto entusiasmada demais.

– Que tal se nos sentássemos para conversar um pouco?

Mesmo que isso me mate.

– Então vamos progredindo no ritmo que a deixe mais confortável.

Ela olhou para ele, desconfiada, e fez uma pergunta que o pegou desprevenido:

– Isso é algum tipo de teste?

– Teste? De quê?

– Não sei. Minha mãe disse que eu devo fazer o que você quiser. E, mesmo se eu não gostar, devo dizer que gosto.

Deus do céu. O conselho resumia exatamente o que ele *não* queria que ela fizesse.

– Você costuma dar ouvidos ao que ela diz?

– Geralmente não – respondeu Vanessa, e seu sorriso, que já era fraco, desapareceu. – Mas, neste caso, ela já foi casada, e eu não. Não tenho nenhum parâmetro para avaliar a veracidade das palavras dela.

Ele se aproximou e pegou a mão dela.

– Venha, vamos nos sentar.

Ele a conduziu até um sofá minúsculo.

– Nós dois não cabemos aí – afirmou ela.

Sheridan sorriu.

– Cabemos, sim. Em todo caso, achei que você deveria fazer qualquer coisa que eu pedisse, não?

Ela revirou os olhos.

– Certo. Você é quem manda.

Achando a irritação dela engraçada, Sheridan se sentou e puxou-a para seu colo.

– Eu disse que cabíamos.

Claramente tentando não rir, Vanessa balançou a cabeça.

– Eu deveria saber que você não faria o esperado.

– Você me chama de "Santo"... Essa não é exatamente a definição de fazer o que se espera?

– Se você realmente fosse santo, Sheridan – disse ela, secamente –, não teria nos colocado nesta confusão, para começo de conversa.

Sheridan riu.

– É verdade – disse, e logo voltou a ficar sério. – Bem, eu sei que isso pode ser um pouco constrangedor, mas você deve me dizer exatamente o que sua mãe disse que aconteceria esta noite.

Ela olhou para Sheridan como se ele fosse estúpido.

– Eu acabei de dizer o que ela falou.

– *Só isso?* Nada sobre as particularidades em si?

Sheridan viu um pouco de pânico nos olhos dela.

– Não. Por quê? – perguntou ela. – *Você* não sabe o que vai acontecer? Porque eu não sei o suficiente para ensinar sobre o assunto.

– Sim, eu sei o que vai acontecer – respondeu ele, se esforçando para não rir. – É que a maioria das mães...

Ansiosa, Vanessa o encarava.

– Bem, vamos deixar isso para lá – disse ele. – Que tal tentarmos assim: quando chegarmos à parte de... deitarmos na cama, não vou fazer nada sem prepará-la antes. Isso deixa as coisas menos assustadoras?

– Acho que sim. Mas, sinceramente, como posso ter certeza? Eu não tenho nem ideia do que deveria fazer.

Vanessa se remexeu no colo dele, como se procurasse uma posição melhor. O que o fez gemer.

– Bem, para começar, não faça isso por enquanto.

163

— Por quê? Machuquei você?

Parecendo horrorizada, ela tentou se levantar, mas Sheridan não permitiu.

— Não, não. Está tudo bem. É que, como estou excitado, quando você se mexe em cima de mim me dá vontade de deitar você no chão e possuir você imediatamente.

— Ah.

Vanessa voltou para o colo dele, com mais cautela.

— Eu o deixo excitado?

— Você sabe que sim. Se não fosse por isso, eu não teria nos "colocado nesta confusão", como você mesma disse.

— Eu não me importo muito com esta confusão — disse ela, dando um sorriso tímido.

Sheridan ficou aliviado e torceu para que isso significasse que ela não desejava estar sentada ali com Juncker.

— Se fizermos isso do jeito certo — disse ele, com a voz grave por causa do esforço de se conter —, você não vai nem se lembrar de confusão alguma. Com sorte, vai acabar gostando.

— Como você sabe? Já fez isso antes?

— Uma dama não deveria perguntar isso a um cavalheiro — disse ele.

Vanessa pareceu desconfiada.

— Um cavalheiro não deveria fazer essas coisas com ninguém, exceto a esposa.

— Bem colocado.

Ele passou a mão de leve pelas costas dela, que ainda estavam cobertas pela camisola.

— Digamos que algumas vezes eu não me comportei como um cavalheiro. Definitivamente, nem um pouco como um santo.

Sheridan começou a desabotoar os minúsculos botões da camisola. Havia vários, descendo até a cintura, e abri-los com apenas uma das mãos era mais difícil do que ele havia imaginado. Principalmente porque a respiração dela estava ofegante e trêmula, ressoando bem embaixo do cós da calça dele.

— Com que frequência é... algumas vezes? — perguntou Vanessa, observando o movimento da mão dele. — Você já... teve uma amante?

— Não. Não tenho dinheiro para isso.

— Ah, acredite em mim — disse Vanessa, tensa —, se um homem quer uma amante, ele dá um jeito de pagar por ela.

Um punhal de gelo atingiu o coração dele em cheio e Sheridan parou de desabotoar a camisola.

– Você sabe disso por experiência própria?

Suspirando, Vanessa assentiu e ele se esforçou para manter a calma.

– Quem? Juncker?

Ela piscou.

– Do que você está falando?

Por um momento, Vanessa apenas o encarou. Então seu rosto ficou vermelho de raiva e ela pareceu compreender o que ele havia pensado.

– Eu não quis dizer... eu nunca...

E então pareceu furiosa.

– Por que diabos você pensou que eu estava me referindo a mim? Como se minha mãe fosse permitir uma coisa dessas. Como se *eu* jamais fosse consentir com uma coisa dessas. Meu Deus, o que você deve pensar de mim?

– Não faço ideia. Confesso que estou totalmente confuso. Você disse que sabia por experiência própria sobre pagar por uma amante. O que mais eu poderia pensar?

– Bem, não isso.

Como ele ainda parecia confuso, Vanessa acrescentou:

– Eu estava falando do meu pai. Ele teve, pelo menos, uma amante.

– Como você sabe?

Ela deu de ombros.

– Eu fazia a contabilidade dele. Havia contas de modistas, costureiras, luvas e nenhuma correspondia a gastos meus ou da minha mãe. Era óbvio que tudo isso ia para outra mulher. Ficou especialmente óbvio depois que ele morreu, quando uma mulher que nenhuma de nós conhecia veio nos dar as condolências. Minha mãe se recusou a recebê-la. Não precisei de muito para descobrir quem ela devia ser.

– Ah.

Sheridan ergueu a mão para acariciar o rosto dela.

– Sei exatamente o que você quer dizer. Desconfio que nem sempre meu pai tenha sido fiel à minha mãe. O casamento deles era um arranjo entre amigos. Eles não estavam apaixonados e todos nós sabíamos disso.

– Os dois brigavam muito?

– Não. Quase nunca, na verdade. Só levavam vidas separadas. Meu pai se casou com a minha mãe para poder produzir um herdeiro e mais um filho.

E, provavelmente, para que pudesse avançar na carreira. Ser casado pode ser uma vantagem para um diplomata, principalmente quando a esposa é uma duquesa viúva. Depois que minha mãe deu à luz a mim e Heywood, os dois passaram a ser apenas educados e amigáveis um com o outro, mas nunca nada além disso. Meu pai era o melhor amigo do pai de Thorn e de Gwyn, então ele sabia que o coração dela sempre pertenceria ao segundo marido. E nós também sabíamos.

– Isso o incomodava?

– Na verdade, não. Eu não conhecia uma realidade diferente.

Vanessa assentiu.

– Eu acho que meus pais também não se amavam. Eles brigavam o tempo todo, era horrível.

– Isso é compreensível.

Eles ficaram em silêncio, cada um provavelmente pensando a mesma coisa. Os dois viveriam em conflito? Ou levariam vidas separadas?

Sheridan afastou aquelas perguntas. Aquilo não importava. Ele e Vanessa tinham acabado de se casar, e, contanto que fosse capaz de vê-la apenas como sua companheira na cama, ele não precisaria temer sofrer por amor outra vez.

Hora de parar de falar e começar a seduzi-la.

– Você se incomoda se eu soltar o seu cabelo?

Ela pareceu inexplicavelmente confusa.

– Não. Mas você teria que tirar o pente de pérolas.

– Isso é um problema?

– Você disse que queria me ver usando nada além das pérolas.

Vanessa abriu um sorrisinho e completou:

– Não consigo fazer as duas coisas. Ou fico nua com as pérolas ou tiro as pérolas e solto o cabelo.

As duas ideias o deixavam excitado e Sheridan sorriu ao ver o brilho travesso nos olhos dela.

– Que mulher mais cheia de regras é você, não? Mas, como eu nem notei que o pente era de pérolas, prefiro ver seu cabelo solto – disse ele, e então sussurrou em seu ouvido: – Eu logo a verei nua, de qualquer forma.

– Espero também ter a chance de ver *você* nu.

Aquilo bastou para acabar com todo o autocontrole dele. Sheridan beijou Vanessa com uma intensidade que não poderia mais deixá-la em dúvida quanto às intenções dele. Ao mesmo tempo, ele deslizou a mão por dentro da camisola desabotoada para acariciar um dos seios fartos, apreciando como a pele sedosa do mamilo se retesou ao toque. O gemido que Vanessa emitiu, vindo do fundo da garganta, só aumentou o prazer dele.

Sheridan estava dolorosamente duro.

Ele interrompeu o beijo, pensando que precisava ir mais devagar, que deveria ser o amante galanteador que ele sabia que ela desejava em sua primeira noite.

– Você precisa se levantar, meu bem.

– Tudo bem.

Os dois ficaram de pé. Sheridan não tentou ocultar a ereção, embora duvidasse que Vanessa a perceberia.

Ele pediu então que ela virasse de costas e começou a soltar seu cabelo.

O que, Deus do céu, não aliviou a situação em nada. A massa de cachos brilhantes caindo em uma cascata implorava para ser tocada. Como ela – ou, mais provavelmente, Bridget – conseguia prender tudo aquilo em um penteado comportado era uma incógnita para ele.

Sheridan sempre achara que cabelos negros tinham um só tom, por isso ficou surpreso ao descobrir a profusão de nuances em Vanessa, desde o mais escuro castanho até um preto suave, e depois um preto quase azul. O todo parecia depender da luz e da posição dos fios. Enchendo as mãos com o peso deles, Sheridan ficou maravilhado com a textura e o movimento. E com o comprimento também, longo, chegando quase até a cintura.

– Já terminou de me descabelar? – perguntou ela, irritada.

Ele riu.

– Por quê? Estou demorando muito na sedução?

– Sedução? – perguntou ela, encarando-o. – É isso que você está fazendo? Porque eu podia jurar que você estava se divertindo procurando meus defeitos.

– Que defeitos? Se você está se referindo ao seu cabelo, definitivamente não é um defeito.

O comentário chamou a atenção dela.

– Está claro que você nunca precisou fazer um penteado nele.

– Não. Graças a Deus. Porque, se eu fizesse do meu jeito, seu cabelo nunca mais veria um penteado. Ele ficaria solto para sempre.

– Assim, eu seria uma mulher desmazelada.

167

Ele balançou a cabeça.

– Você só estaria sendo a feiticeira que é. Esse cabelo incrível é uma das coisas que a tornam justamente isso.

O brilho súbito no rosto dela fez com que Sheridan notasse que Vanessa não fazia ideia de como era atraente, não apenas para ele, mas, muito provavelmente, para vários homens. Sheridan estranhou o fato de ela não ser vaidosa como um pavão. Porque tinha todo o direito de ser.

– Vamos ver se você vai continuar me achando uma feiticeira depois que eu fizer isto.

E, com um movimento fluido, Vanessa deixou a camisola cair no chão.

Sentindo a boca seca, ele deu um passo para trás para digerir tudo aquilo. Que Deus o protegesse. Com o cabelo caindo pelos ombros e braços, Vanessa era uma maravilha da criação.

– Não sei o que *você* está tentando provar, meu bem – disse ele, com a voz rouca –, porque ver você apenas com as pérolas prova que *eu* estava certo.

Ele estendeu o braço para pegar os dois seios, suficientemente fartos para preencherem suas mãos e coroados por mamilos rosados. Ela era uma verdadeira Vênus, e as pérolas acentuavam o tom pálido da pele e o corpo voluptuoso, cheio nos lugares certos, tentando um homem a provocá-lo, acariciá-lo, devorá-lo. Assim como Marte, o deus romano da guerra, seduzira a deusa do amor, Sheridan queria seduzir sua Vênus particular. Não poderia esperar nem mais um minuto.

Pegando-a de surpresa, ele a tomou nos braços e levou-a para a cama, deitando-a sobre os lençóis. As cobertas já tinham sido puxadas pelas criadas, antecipando esse momento. Mas quando Sheridan ajoelhou na cama, ela se apoiou sobre um cotovelo e disse:

– Ah, não, marido, você prometeu que eu também poderia ver você sem roupa. Agora é sua vez.

Vanessa estendeu o outro braço para ele, o que exibia o bracelete.

– Posso emprestar as pérolas de Armitage, se Vossa Graça quiser.

– Muito engraçado – comentou ele, secamente. – E, pelo que me lembro, eu não prometi ficar parado, nu, na sua frente. Acho que posso ignorar seu equívoco, mas só desta vez.

Dito isso, Sheridan começou a se despir e rezou para conseguir terminar a tarefa antes de se jogar sobre ela como um lobo faminto em um banquete.

CAPÍTULO CATORZE

Vanessa jamais conhecera um homem tão audacioso. Todos eram assim tão ansiosos em se despir para uma dama? Porque ela se sentia muito estranha em estar ali deitada, nua, diante dele, com as pérolas pesando em seu pescoço e seu pulso, como correntes que a tornavam dele para sempre.

E não ajudou o modo como Sheridan a fitou enquanto tirava o robe e chutava os sapatos para que saíssem dos pés. Ele a devorava com olhos quentes e famintos. Um arrepio feroz tomou conta de Vanessa ao pensar em Sheridan possuindo-a, embora não soubesse o que isso significava exatamente. E se ela fizesse papel de boba em sua ignorância?

Ele havia tirado a gravata bem antes de entrar no quarto dela, e o trecho de pescoço à mostra, acima da camisa quase totalmente desabotoada, a deixara hipnotizada. Sheridan abriu os botões restantes e arrancou a camisa, revelando a parte superior do corpo em toda a sua glória carnal.

Céus, que visão... Os ombros que ela acreditara parecerem grandes por causa da roupa eram de fato tão largos quanto ela imaginara. E o peitoral! Ah, Deus. O único peitoral nu que Vanessa já vira era o da estátua de mármore de Adônis, então a visão de um homem de verdade era de tirar o fôlego.

O peitoral de Sheridan não apenas era tão musculoso quanto o do Adônis em mármore como também possuía detalhes que faltavam na estátua. Como mamilos. Quem poderia saber que, assim como as mulheres, os homens também os tinham? Mais do que isso, os de Sheridan eram circundados por pelos curtos, um pouco mais escuros do que o tom de seu cabelo.

Vanessa estava morrendo de vontade de tocar neles, tanto nos mamilos quanto nos pelos, e, como se pudesse ler a sua mente, ele se aproximou da cama e colocou a mão dela em seu peitoral bem desenhado. Na mesma hora, ela começou a acariciar a pele de Sheridan. A sensação era como tocar em uma pedra revestida de veludo. Quanto mais ela acariciava, mais rápido o peito dele se movia, à medida que o ritmo de sua respiração acelerava.

Ela o deixava excitado, certo? Isso certamente a encorajava. E também a motivou a se sentar e colocar as mãos sobre a pele que respondia a cada toque com surpreendente velocidade.

Quando Vanessa deslizou as mãos para baixo para acariciar o abdômen de Sheridan, ele gemeu.

– Se está querendo que eu implore, minha duquesa, está indo pelo caminho certo.

– Estou? – perguntou ela, provocando-o antes de se dar conta de como ele a havia chamado. *Minha duquesa*. Agradou Vanessa o modo como aquilo soou permanente. Foi quando ela notou, enfim, a protuberância na calça dele.

– Ah, querido. Eu machuquei você naquela hora.

– Não, é assim que um homem fica quando está excitado – explicou Sheridan, começando a desabotoar a calça. – Aqui, vou lhe mostrar.

Vanessa afastou as mãos dele, chocada com o próprio atrevimento.

– Deixe que eu abro.

Sheridan soltou uma gargalhada gutural.

– Por que não? Eu deveria saber que você seria uma dama voraz na cama.

– Ora, você deveria ter imaginado que eu estaria curiosa. Nunca estive com um homem, não desta forma.

Ela desabotoou a calça dele e encontrou outra calça por baixo.

– O que é isto?

– Isto, meu bem, é o ponto em que o homem assume o controle na hora de se despir antes que... faça algo de que se arrependa depois.

Sheridan tirou toda a roupa de baixo e ficou completamente nu. Vanessa tinha uma visão bem na altura dos olhos da anatomia das partes íntimas dele. Principalmente da protuberância grossa e longa que se projetava do ninho de pelos entre as pernas dele. Era um tanto impressionante.

– Vanessa – disse ele, rouco –, que Deus me ajude, porque se você continuar olhando assim para o meu membro, vou acabar passando vergonha.

– Seu membro?

Ela levantou o olhar para fitá-lo, tentando imaginar de que ele estava falando. Como assim, passar vergonha, se ele nem corado estava?

– Espere, isto aqui é como um tapa-sexo que usam no teatro? Só que maior? E mais... protuberante?

– Toque nele. Quero sentir suas mãos em mim...

Vanessa fez o que Sheridan pediu, e deslizou um dedo por todo o comprimento. O gesto só pareceu deixá-lo mais agitado, porque ele logo pegou a mão dela e fechou-a em volta do seu "membro".

– Assim.

Sheridan foi conduzindo a mão de Vanessa por toda a extensão e ela sentiu que ele literalmente se movimentava dentro da mão fechada, como se tivesse vontade própria. Que fascinante! Mesmo maravilhada com a textura macia e com a pele vermelho-escura, Vanessa só teve chance de repetir o movimento algumas vezes antes de Sheridan murmurar algo que soou como um xingamento e retirar a mão dela.

Então ele a deitou de volta na cama e afastou as pernas dela, de modo a se ajoelhar entre elas, com a protuberância dura chegando perigosamente perto de suas partes íntimas.

Talvez fosse esse o propósito.

– Ah!

A intenção dele era colocar aquilo dentro dela? Isso fez com que Vanessa se lembrasse...

– A minha mãe me disse uma coisa... que ser deflorada pode doer.

– Não se eu fizer com cuidado – revelou ele. – E prometo que farei. Você está segura comigo, meu bem.

– Se você diz...

Enquanto isso, a mente de Vanessa parecia protestar, dizendo que ele era grande demais para caber dentro dela. Mas como podia ser? Mulheres faziam esse tipo de coisa o tempo todo. Será que fariam se doesse sempre?

Possivelmente. Só Deus sabia quantas coisas dolorosas as mulheres faziam pelos homens. Como ter filhos.

Sheridan deve ter visto a preocupação no rosto dela, porque inclinou-se para beijá-la, com a coisa rígida presa entre a barriga dos dois. Ela relaxou na mesma hora. Gostava de beijá-lo. Toda vez que ele enfiava a língua em sua boca, ela girava.

Algum tempo depois, Sheridan desceu para lamber seus seios, o que foi ainda mais excitante. Ela agarrou os braços dele para que ficasse ali, para poder continuar sentindo aquela sensação deliciosa e tão inesperada. Ela o queria ainda mais perto, precisava experimentar mais das sensações que ele estava despertando não apenas em seus seios, mas em lugares que nem sequer estava tocando, como na barriga e entre suas pernas.

Aquela história de ir para a cama com um homem tinha suas vantagens.

Quando se deu conta, Sheridan estava com a mão entre as pernas dela, acariciando suas partes íntimas. Suas partes *íntimas*! A própria Vanessa mal as tocava, e agora ele a estava acariciando e provocando e...

Meu Deus do céu! Que sensação maravilhosa! Sheridan olhou para ela como se soubesse o que ela estava pensando, e a respiração dele saía em arfadas que a excitavam quase tanto quanto as carícias. Isso significava que ele desejava tocá-la, que ele queria a atenção dela, que talvez até a quisesse para mais do que momentos íntimos.

Assim ela esperava. Porque Vanessa também o queria. Desesperadamente. Mesmo negando, parecia incapaz de evitar o sentimento, então achou que era melhor ir com calma. Caso contrário, acabaria exatamente em uma posição na qual havia jurado jamais estar: à mercê de uma pessoa que não a amava.

Embora Sheridan, com certeza, parecesse gostar de inflamar os desejos dela.

– Você está gostando disto, não está? – perguntou ele, com um tom de triunfo na voz.

– Estou...

Vanessa estremeceu um pouco enquanto ele roçava suas partes íntimas da forma mais deliciosa do mundo. A respiração de Sheridan foi ficando mais ofegante e, quando ele deslizou um dedo para dentro dela, Vanessa quase saiu da cama na ânsia de que ele a acariciasse ainda com mais intensidade.

– Você está tão molhada para mim, minha linda esposa. Tão quente e úmida e maravilhosa – disse ele, se aproximando para sussurrar: – Amo ver você se desfazendo em minhas mãos...

– É isso que estou fazendo? É assim que se faz?

Sheridan franziu a testa. Ele estava com dois dedos dentro dela e a sensação era gloriosa.

– Que se faz o quê? – perguntou ele.

– Você sabe. Deflorar.

Porque se fosse aquilo, não tinha doído, o que era um alívio. Talvez Vanessa estivesse errada quando imaginou o que ele pretendia fazer com aquela coisa excitada que tinha no meio das pernas.

– Ah, não, menina atrevida – disse ele, rindo. – Nós estamos só começando. Haverá mais, muito mais.

Um músculo na mandíbula dele se contraiu, como se Sheridan estivesse se impedindo de... fazer alguma coisa.

– Eu vou lhe mostrar.

Ah, Deus. Aquilo parecia preocupante. Notando que ela ficou tensa, Sheridan disse:

– Confie em mim. Juro que vou tornar as coisas mais fáceis para você, está bem?

Vanessa assentiu, embora não tivesse gostado da parte do "mais fáceis".

– Se você quiser fazer uma pausa ou interromper tudo a qualquer momento, é só me dizer. Não quero começar o nosso casamento com você tendo medo de mim.

Sheridan estava em cima dela, uma presença tanto prazerosa quanto alarmante. Ele forçou um sorriso.

– E eu não sou tão assustador assim, sou?

– Eu nunca achei que você fosse assustador – respondeu ela, olhando bem nos olhos dele. – Mas as aparências enganam.

Por alguma razão, isso fez com que ele risse, embora tenha soado forçado.

– Eu só peço uma chance – murmurou ele. – Uma chance para que eu lhe mostre que as aparências realmente enganam, mas não da forma que você pensa. Apenas se segure em mim.

Ela então passou os braços ao redor do pescoço dele e Sheridan removeu a mão do meio das pernas dela para pegar o membro e guiá-lo para o mesmo lugar onde estiveram seus dedos. Com todo o cuidado, foi enfiando o pênis intumescido dentro dela, e Vanessa não achou tão assustador quanto previra.

A julgar pela expressão tensa de Sheridan, *ele* estava achando aquilo mais assustador do que ela.

Então Sheridan começou a se mexer. Empurrando e tirando em investidas lentas para seduzi-la. Ele fechou os olhos e ela fez o mesmo. O que foi bem melhor. Em vez de ficar ansiosa com o que estava por vir, Vanessa relaxou e se deixou conduzir pelos movimentos dele, como uma folha flutuando em um rio.

Estar conectada a Sheridan daquela forma era estranho e totalmente inesperado, mas também prazeroso. Eram um corpo só. Marido e mulher. Aquele momento era a realização de tudo que ela havia desejado ter com ele.

Bem, não tudo, mas ela não pensaria nisso naquele momento.

– Melhor assim? – perguntou ele com a voz rouca e baixa, como se estivesse sendo difícil continuar.

Talvez a dificuldade estivesse em continuar indo devagar, quem sabe? Vanessa não tinha certeza.

– Aham.

Vanessa sentia um calor cada vez mais intenso em suas partes íntimas e um formigamento bem satisfatório. Estava até achando prazerosa aquela sensação de ser preenchida... Exceto nos momentos em que era, de fato, um pouco desconfortável.

– Muito melhor.

– Coloque as pernas em volta da minha cintura e prenda um calcanhar no outro – instruiu ele.

Normalmente, ela teria se recusado a obedecer a uma ordem de Sheridan, mas ele estava incontestavelmente no comando daquela situação, já que Vanessa não tinha a menor ideia do que estava fazendo. Assim que ela encaixou a posição, o formigamento se transformou em algo absurdamente prazeroso.

– Ah! – exclamou ela, abrindo os olhos. – Ah, meu Deus... Assim é... muito... melhor.

– Imaginei... – disse ele, rindo.

Sheridan era dela agora. Para sempre. Seu marido. E poderiam fazer aquilo sempre que quisessem. Vanessa sorriu para ele, acariciando seu cabelo cacheado.

Sheridan gemeu de prazer e beijou a testa dela.

– Ah, Vanessa. Você vai ser a minha ruína... E agora eu... Eu nem me importo mais, contanto que possa ter isto... com você.

Minha ruína. As palavras poderiam ter machucado, mas, em vez disso, a deixaram exultante. Sheridan não era imune a ela e isso era bem melhor do que previra.

Sheridan começou a se mover com mais rapidez, e seus olhos inflamados a incendiavam enquanto o membro fazia o mesmo lá embaixo. Ele começou a roçar um ponto específico da carne dela com a ponta do dedo, intensificando as sensações que já eram maravilhosas e que a dominavam.

– Ah, Sheridan... – gemeu ela. – Meu querido... Você é... *magnífico.*

– Você... também – murmurou ele.

Agora, Vanessa era a folha sendo levada pela corrente do rio, cada vez mais veloz. Ela o segurava pelos ombros surpreendentemente largos e musculosos como se estivesse se agarrando à própria vida. Alguma coisa estava prestes a acontecer, ela podia sentir isso lá embaixo, e quanto mais Vanessa se prendia a Sheridan, mais percebia que estava chegando. Ela ouvia o próprio sangue correndo, da mesma forma que o rio corre na direção de um precipício. Deixou que fluísse.

– Minha esposa... – disse ele. – Minha duquesa... minha *deusa*.

E, com isso, Vanessa se atirou no vazio, em direção às águas turbulentas abaixo. Ao submergir, sentiu o corpo estremecer e se deixou tombar para trás, quase perdendo os sentidos, enquanto Sheridan investia uma última vez para dentro dela e soltava um grito rouco.

Glorioso.

Sheridan ficou deitado ao lado de sua esposa, tentando colocar seus sentidos em alguma coisa parecida com ordem. *Inferno*. Ele realmente a chamara de "deusa" no final? Não tinha previsto que perderia a cabeça tão completamente.

Na verdade, não tinha previsto *Vanessa*.

Agora que ela estava ali, aninhada nele, de olhos fechados e com as cobertas puxadas embaixo dos braços e um sorriso satisfeito no rosto, ele só conseguia pensar em como estava linda, com os cachos rebeldes caindo sobre os ombros e a pele de alabastro cintilando.

Ou, talvez, essa última parte fosse fruto de sua imaginação, um efeito da febre que o atingia sempre que estava perto de Vanessa. Ela ainda estava usando as pérolas, e isso também o excitava. Para ser sincero, tudo nela o excitava.

Sheridan riu ao se lembrar de como ela insistira em que ele se despisse na sua frente, bem no meio da grande estratégia de sedução dele. *Aquilo*, definitivamente, o excitara. O olhar dela fixo nele com tamanho fascínio...

Deus do céu. Toda vez que Sheridan se virava, Vanessa dizia ou fazia alguma coisa para provocá-lo. E ela sempre o pegava desprevenido.

Agora estava claro por que a sociedade comparava as mulheres a diamantes. Vanessa tinha mais facetas do que uma pedra preciosa bem lapidada e a todo tempo revelava uma nova. Sheridan tentou imaginar quanto tempo levaria para conhecer todas. Naquele momento mesmo, a posição em que ela estava deitada mostrava curvas que ele ainda não tinha acariciado, pontos macios que não havia beijado, e mil outros detalhes que levaria uma vida para catalogar.

Irritado consigo mesmo, Sheridan sentou-se. Estava se tornando o homem mais sentimental de todos os tempos. Vanessa nem precisaria se esforçar para dominá-lo. Ele estava se submetendo *voluntariamente*.

De repente, ela abriu os olhos sonolentos.

– Posso lhe pedir um favor?

– Que tipo de favor? – perguntou ele, desconfiado.

Considerando o modo como vinha pensando nela, se Vanessa pedisse a lua, ele provavelmente tentaria sequestrá-la do céu.

Quando colocou a mão sobre o peitoral dele, Vanessa estava com a testa franzida de preocupação.

– Você acha que poderia... bem... me prometer que nunca fará com outra mulher o que acabamos de fazer juntos?

Ela lançou um olhar tímido para ele.

– Que você não terá amantes enquanto eu estiver viva?

O pedido o surpreendeu. Por que Sheridan precisaria de uma amante? Vanessa era mais do que suficiente para ele.

– Nada de amantes. Eu prometo.

Quando o alívio resplandeceu no rosto dela, ele acrescentou:

– Você me promete o mesmo?

– Com certeza. Prometo nunca ter uma amante – disse ela, e soltou uma gargalhada, dissipando qualquer tensão entre eles.

Ele levantou o queixo dela com a ponta do dedo.

– Muito engraçado, sua safadinha. Saiba que mais tarde vou pegar você por isso.

– Ah, assim espero... – disse ela, com uma risadinha. – Mas, por favor, garanta que seja alguma coisa *bem* travessa. Acabei de descobrir que gosto disso. Com você, pelo menos.

Quando o sangue dele começou a acelerar de novo, Sheridan se esforçou para lançar um olhar sério a ela. Além de estar deixando-o excitado de novo sem querer, ou, mais provavelmente, querendo muito, Vanessa não respondera à sua pergunta.

– Você está evitando o assunto. Promete que nunca vai ter um amante? Principalmente Juncker.

O olhar dela ficou misterioso.

– Nada de amantes. E, definitivamente, nada de Juncker. Prometo.

Ela estava escondendo alguma coisa, mas Sheridan conseguia imaginar o quê. Vanessa era casta até o encontro deles, isso ele podia afirmar. Ela realmente tinha se maravilhado com cada novo aspecto das relações conjugais. Nenhuma mulher era capaz de fingir inocência de forma tão convincente.

Ainda assim, isso não significava necessariamente que ela não tinha intenção de procurar Juncker, agora que sabia o que fazer na cama. Só o fato de pensar em Vanessa apaixonada por aquele almofadinha cretino, na possibilidade de ela desejá-lo como homem, o despedaçava por dentro. E se Juncker algum dia tentasse se aproveitar dos sentimentos dela... Sheridan certamente convocaria o bastardo para um duelo.

Felizmente, Sheridan desconfiava de que, qualquer que fosse a arma escolhida – pistola ou espada –, ele seria melhor do que Juncker. Afinal, o sujeito passara a vida escrevendo poesia e fingindo ser um dramaturgo. Sheridan, por outro lado, tinha sido treinado pelo pai para estar preparado para tudo: abundância ou fome, paz ou revolução. E quando Sheridan viu que a investigação da família poderia colocá-los em perigo, passara a fazer aulas de tiro.

Às vezes, a única forma de manter a paz era ameaçar com o uso da violência. Como seu pai sempre dizia: "A paz vem a um preço pago pela espada." E Sheridan ficaria muito feliz em enfiar a lâmina no coração de Juncker se fosse necessário.

Ao ouvir o estômago roncar, ele se deu conta de que não comera nada desde o café da manhã. Era possível que Vanessa também não.

– Está com fome? – perguntou ele.

– Hummm... muita...

Ela estava pegando no sono! Sheridan não sabia se deveria se sentir ofendido por tê-la entediado ou satisfeito por tê-la deixado exausta. Tinha sido uma longa semana planejando e organizando o casamento. A única parte que coubera a ele tinha sido se encontrar com os advogados. Vanessa – junto de sua irmã grávida, sua cunhada grávida, sua cunhada-ainda-não-grávida e sua mãe, que já estava envelhecendo – fizera todo o restante. Não podia culpá-la por estar cansada. Era surpreendente que não tivesse dormido *antes* que ele sequer a tivesse tomado.

Bem, ele providenciaria para que algo fosse servido ali mesmo, no quarto, assim ela poderia comer quando acordasse. Em vez de tocar o sino e chamar um criado, Sheridan decidiu descer para ver o que tinha sobrado da festa.

Deveria haver comida nas mesas da cavernosa sala de jantar. E talvez uma garrafa de champanhe fechada.

Depois de encontrar e vestir a cueca de seda que tinha o hábito de usar por baixo da calça, ele vestiu o restante das roupas, inclusive o colete e o casaco. Devia estar um pouco desgrenhado, mas pelo menos estaria apresentável caso encontrasse alguma das damas da casa, o que sinceramente esperava que não acontecesse.

Antes de sair, Sheridan parou ao lado da cama e puxou as cobertas sobre os ombros dela, segurando o riso quando ela murmurou algo sobre "comida safada" e "champanhe de ostras".

Assim que ele pisou no corredor, deu de cara com Thorn, é claro. Devia estar com sorte por Heywood não estar junto.

– Você não deveria estar aproveitando o leito conjugal? – perguntou Thorn, que carregava um prato cheio de comida.

– Já aproveitei com bastante vontade, obrigado. Vanessa está dormindo, então eu resolvi descer para pegar alguma comida – explicou Sheridan e, com um sorriso maroto, pegou o prato de Thorn. – É muita gentileza sua trazer um prato para mim e para minha esposa. Estamos famintos.

– Eu estava levando para nossa mãe – informou Thorn.

– Ela não consegue comer tudo isso – disse Sheridan. – Felizmente, é suficiente para mim e Vanessa.

– Achei que depois da sedução bem-sucedida você já tivesse colocado a mocinha para dormir – disse Thorn.

Sheridan deu uma mordida em uma coxa de frango que estava por cima da pilha.

– Um cavalheiro nunca fala desses assuntos.

– Entendo isso como um sim.

– Nada disso! – disse Sheridan, revirando os olhos. – Não que seja da sua conta, mas saiba que deixei minha esposa exausta justamente com minha "sedução bem-sucedida" e... Ora, você não entenderia. Pobre Olivia, tendo que aturar suas trapalhadas.

– Trapalhadas? Você tem inveja da minha técnica, isso sim.

– Até parece.

Sheridan deu mais uma mordida na coxa de frango.

– E não chame a minha esposa de mocinha. Ela é uma mulher adulta, como acabei de apurar completamente.

Sheridan escutou vozes vindas da sala de estar. Quando ele e Vanessa se "recolheram", as pessoas ainda bebiam e comiam na sala de jantar.

– Que vozerio é esse?

– Estamos em reunião para avaliar o progresso da investigação. Não queríamos incomodar você em sua noite de núpcias, mas se quiser participar...

– Claro que eu quero participar – disse Sheridan, em seguida olhou em volta e falou baixinho: – E os outros hóspedes? Lady Eustace? Sir Noah? Lady Norley e Hornsby? Bonham?

Thorn começou a contar nos dedos.

– Lady Eustace foi dormir. Parece que fica cansada rápido. Sir Noah foi para Sanforth em busca da taverna mais próxima com algum carteado, já que nenhum de nós quis jogar com ele. Bonham voltou para Londres, pois tinha assuntos a resolver, provavelmente em *seu* nome. Lady Norley se recolheu para ler em seus aposentos, e lady Hornsby saiu logo após a cerimônia para voltar para... onde quer que ela esteja hospedada nessa última semana. Você notou que ela não estava no banquete do casamento?

– Eu estava bem preocupado na hora, não sei se percebeu. Ainda assim, isso é curioso, não acha?

– Com certeza. Mas esse problema não é meu. É tarefa de Gwyn interrogar lady Hornsby.

– O seu problema é interrogar a sua sogra – disse Sheridan –, coisa que eu acho que você ainda não conseguiu fazer. Boa sorte, aliás.

Em vez de ficar na defensiva, Thorn abriu um sorrisinho.

– E, agora, o *seu* problema é interrogar a *sua* sogra. Boa sorte para você também. Prefiro mil vezes lady Norley a lady Eustace – disse Thorn, e passou o braço pelos ombros de Sheridan. – Venha. Vamos ver o que os outros descobriram.

Assim que entraram na sala, os comentários começaram. Os irmãos fizeram piadas por ele ter passado tão pouco tempo no leito de núpcias. As respectivas esposas reviraram os olhos e balançaram a cabeça, como se os maridos *não* fossem um bando de brincalhões e palhaços.

Lydia foi a única que lançou um olhar reprovador para cada um dos filhos.

– Deixem Sheridan em paz, todos vocês. Ele e Vanessa vão fazer do jeito deles, mas não graças a vocês, rapazes.

Heywood riu.

– Rapazes! – disse ele aos irmãos, e então virou-se para a mãe: – Somos homens adultos e casados, mãe. Além disso, até nosso Santo Sheridan consegue aguentar algumas piadas por causa da noite de núpcias.

– O termo "piada" pressupõe que sejam comentários engraçados – disse Sheridan ao se encaminhar para o *decanter* de conhaque e largar o prato por tempo suficiente para se servir de uma taça. – Até agora, só ouvi baboseiras juvenis.

Isso fez com que os irmãos começassem a tentar superar uns aos outros com insultos espirituosos. Não demorou muito para o primo de Sheridan, Joshua, que também era major da Marinha Real e, tecnicamente, também seu cunhado, se colocar no meio da sala e gritar:

– Basta! – Quando todo mundo se calou, Joshua acrescentou: – Devo lembrar a todos que nosso tempo é curto? Sir Noah pode voltar a qualquer minuto, ou uma das damas suspeitas pode descer para averiguar qual é o motivo de toda essa comoção. Vamos continuar, mas sem essa algazarra toda, certo?

A família murmurou alguma coisa em concordância, então Joshua disse a Sheridan:

– Quer esperar Vanessa para discutirmos a investigação a respeito de Cora? Droga.

Sheridan procurou uma cadeira perto da mesa para que não precisasse equilibrar o prato e o copo no colo.

– Então, Sheridan, quer? – perguntou Thorn de forma presunçosa. – Ou você ainda não contou nada a Vanessa?

– Eu me casei hoje, Thorn – justificou-se Sheridan. – Não tive tempo ainda.

Olivia o encarou.

– Thorn me contou antes de ficarmos noivos.

– Vocês estavam apaixonados – disse Sheridan, colocando o prato na mesa. – É diferente.

– Na época, não – disse Thorn. – Pelo menos não tínhamos admitido um para o outro ainda.

– Bem, para ser justa – disse Olivia –, Thorn meio que deixou escapar as suspeitas que tinha sobre a minha madrasta. Mas, se não fosse por isso, talvez eu ainda não soubesse.

– Isso não é verdade – disse Thorn. – Eu teria dito antes de nós nos casarmos, com certeza.

Ela levantou uma sobrancelha e se virou para Sheridan.

— Eu fiquei chateada quando descobri que ele suspeitava dela.

— É exatamente esse o ponto.

Sheridan tomou um gole do conhaque. Ele *precisava* de álcool para ter aquela conversa.

— Gostaria de ter pelo menos uns dois dias da euforia de recém-casados antes de trazer à tona um assunto que pode causar discórdia. Além do mais, Vanessa não tem nada a ver com este assunto.

Quando os irmãos e Joshua bufaram e as esposas pareceram furiosas, ele respondeu:

— O quê? Ela não tem mesmo. Vanessa nasceu uns dez anos depois. Só estou protegendo minha esposa da verdade a respeito da mãe.

A própria mãe dele discordou.

— Você não tem como proteger Vanessa *disso*. Até porque, de certo modo, ela já sabe a verdade sobre Cora. Você está protegendo Vanessa de descobrir o verdadeiro motivo pelo qual ela teve de se casar com você, isso sim. Porque todos nós sabemos que se não fosse por essa investigação, que você realizou se valendo do falso pretexto de ser amigo dela, vocês nunca teriam chegado até aqui.

— Isso não é verdade — protestou ele.

Só que era, e Sheridan sabia. Então uma voz veio da porta:

— De que investigação sua mãe está falando?

Ah, Deus, não. Vanessa entrou na sala usando o robe dele, que a engolia. Com o coração martelando no peito, Sheridan se levantou.

— Nada com que você precise se preocupar, Vanessa. Volte para a cama. Irei logo em seguida.

— Eu não vou a lugar algum.

A frieza nos olhos dela fez com que o sangue dele congelasse.

— Não até entender de que vocês estão falando e que diabos isso tem a ver com a minha mãe.

CAPÍTULO QUINZE

Com todos os olhos fixos nela, Vanessa se sentiu exposta, vulnerável. Seu único consolo era que não estavam olhando para ela como se a achassem uma tola, mas com solidariedade. Tinha aliados ali, graças a Deus.

Embora provavelmente Sheridan não fosse um deles.

Fazia realmente só alguns minutos que acordara de um delicioso cochilo e não o encontrara a seu lado? Que saíra para procurá-lo, achando que ele deveria estar em alguma despensa, não cercado por toda a família? Ora, aqueles momentos pareciam ter sido séculos atrás.

– Alguém, por favor, pode me contar o que eu não estou sabendo?

Vanessa sentiu um nó na garganta, causado pelas lágrimas que tentava conter. Sabia que Sheridan não tinha se casado com ela por amor, nem esperava isso. Mas achara que o fato de estarem passando algum tempo juntos para provocar ciúmes em Juncker significava que ele gostava dela. Porque eram "amigos".

Estava errada. Ele não gostava *tanto* dela assim. O que não o impedira de levá-la para a cama, não é?

Como ninguém respondeu, Vanessa pressionou o restante do grupo, incapaz de sequer olhar para ele naquele momento.

– Vamos ver se eu entendi direito. Todos vocês vêm investigando algo que tem a ver com a minha mãe. E Sheridan era o encarregado de interrogá-la enquanto fingia ser meu amigo. Estou certa?

Por um momento, a sala ficou completamente em silêncio, dando a ela a chance de se lembrar de todas as ocasiões em que Sheridan parecera mais interessado em Cora do que nela, todas as perguntas estranhas que fizera e, pior ainda, as muitas formas que a mãe usara para evitar respondê-las.

– E então? – perguntou ela, impaciente agora. – Estou?

A sala explodiu em explicações, muitas para que ela conseguisse assimilar. Mas apenas Sheridan se aproximou dela, inexplicavelmente segurando um prato de comida e uma taça de conhaque, como se fossem uma oferta de paz.

– Acho que eu e você devemos ir para um lugar mais reservado para que eu possa explicar, meu bem.

Ela o fuzilou com o olhar.

– De jeito nenhum. Preciso que a sua família esteja presente para que você seja sincero.

Os olhos dele transbordaram sofrimento antes que conseguisse esconder.

– Você acha que eu mentiria?

– Você vem mentindo para mim por todo esse tempo, não vem?

– Não. Só... omitindo certos detalhes.

– Como, por exemplo, por que você tem reuniões secretas sem mim, mesmo agora que somos casados? Ou você ainda me vê como uma menina frívola e burra que não tem a menor capacidade intelectual para participar dos esquemas da sua família?

– Eu, com certeza, não vejo você ass...

– Você chegou bem no olho do furacão, a propósito – disse Thornstock com uma gargalhada.

– Não se meta, Thorn – ordenou Sheridan –, senão eu juro que vou quebrar a sua cara.

Vanessa prendeu a respiração. Será que, de alguma forma, não percebera o lado violento da personalidade de Sheridan? Havia imaginado que ele só batera no Sr. Juncker por causa dela, mas agora já não tinha certeza se *alguma coisa* havia sido por causa dela.

Thornstock bufou.

– Certo. Sheridan, o Santo, vai brigar comigo.

– Não o provoque – disse Vanessa. – Ele já deu um soco em um homem antes. Eu mesma vi.

Quando todos da família encararam Sheridan com perplexidade, ele disse baixinho:

– Só fiz isso por você, meu bem.

Ela ignorou o frisson de prazer que o comentário a levou a sentir. Claramente, Sheridan era melhor em bajular do que ela imaginara.

– Em quem você bateu? – perguntou Heywood.

– Juncker.

– Ah! – exclamaram todos em uníssono, como se isso explicasse tudo.

– Sem dúvida, ele mereceu – acrescentou Thornstock.

Foi a vez de Vanessa fazer uma cara feia para ele.

– Achei que o Sr. Juncker fosse seu amigo.

Thornstock deu de ombros.

– Ele é. E é por isso que sei como às vezes ele pode ser um cretino.

– Principalmente quando está perto das damas – acrescentou Sheridan.

– Vocês não vão me distrair falando sobre Juncker!

Vanessa olhou para todos na sala.

– Alguém que não seja o meu marido pode, por favor, me dizer o que está acontecendo? Obviamente, todas as outras esposas foram incluídas na discussão. Por que eu não fui?

– De fato, é um questionamento muito justo – disse Lydia, e se aproximou para pegar a mão de Vanessa. – Venha se sentar comigo, minha querida, vou responder a todas as suas perguntas.

Enquanto conduzia Vanessa para a cadeira ao lado, Lydia aproveitou para pegar o prato das mãos de Sheridan.

– Acho que essa comida era para mim, filho.

Pegando a taça, ela a entregou a Vanessa.

– E todos sabemos que a sua esposa vai precisar de um pouco de conhaque para sobreviver a esta discussão.

Se Vanessa não estivesse com tanta raiva de Sheridan, teria achado divertida a expressão que ele fez quando a mãe tirou dele a comida, a bebida e a esposa. Mas Vanessa não estava com humor para achar graça de nada naquele momento. Encarando Sheridan de forma desafiadora, ela tomou um longo gole de conhaque. Foi como engolir fogo. A sogra lhe deu um lenço para conter o acesso de tosse.

– Ah, meu Deus! – exclamou Vanessa, quando pôde falar de novo. – Como alguém consegue beber essa coisa? É horrível.

Olivia opinou:

– Na verdade, é delicioso depois que a pessoa se acostuma.

Como Sheridan pareceu surpreso com o comentário de Olivia, ela acrescentou, na defensiva:

– Bem, é verdade. Mas, pela minha experiência, é melhor beber em pequenos goles.

Sheridan disse alguma coisa baixinho, mas Vanessa o ignorou. Dessa vez, ela tomou um golinho e descobriu que Olivia estava certa. Desse modo a bebida esquentava sem sobrecarregá-la.

A duquesa viúva deu um tapinha na mão dela.

– Se isso fizer com que se sinta melhor, minha querida, eu só fiquei sabendo de tudo há um mês. O que você quer saber primeiro?

Depois de tomar mais um golinho, Vanessa colocou a taça em uma mesa de canto.

– Eu gostaria de saber qual é o papel da minha mãe em tudo isso, duquesa. Mas parece que a história é bem maior, então talvez alguém possa me contar do começo.

Quando Sheridan abriu a boca, ela disse:

– Você não.

Praguejando, ele se recostou e cruzou os braços. O olhar ameaçador que lançou a ela era um aviso de que teriam de se entender mais tarde. Mas, primeiro, Vanessa precisava entender a história.

Todos na sala, com exceção de Sheridan, olharam para o major Wolfe, e ele suspirou.

– Bem, parece que sou o observador mais objetivo entre todos aqui. Além disso, há algumas coisas que preciso reportar a todos, então posso começar.

Reportar? Ora, quando usaram o termo *investigação*, não estavam exagerando.

Distraidamente, o major Wolfe passou a mão pelo joelho.

– No último ano, senhorita... hum... desculpe...

– Pode me chamar de Vanessa – pediu ela. – Considero todos da minha família, mesmo que meu marido pareça não achar que *eu* seja.

Agora, Sheridan realmente a fuzilava com o olhar.

– Muito bem – disse o major. – Fique à vontade para me chamar de Joshua, é como todos me chamam. Continuando, bem, nós chegamos à conclusão de que os três maridos da duquesa viúva podem ter sido assassinados.

Vanessa achou que tinha escutado mal.

– Assassinados? Três duques? Ora, certamente alguém teria notado.

– As mortes foram disfarçadas como doenças ou acidentes – disse Joshua, olhando rapidamente para Sheridan. – Na verdade, seu marido foi o primeiro a perceber as inconsistências.

– Depois que nosso tio *e* nosso pai morreram com apenas alguns meses de diferença, ambos em acidentes suspeitos – acrescentou Heywood.

– Para ser sincero – prosseguiu Joshua –, no início, todos nós achamos que Sheridan estava maluco. Então coisas misteriosas continuaram acontecendo...

– Como um sujeito chamado Elias tentando sabotar a carruagem de

Thorn – contou lady Gwyn. – Quando eu, Thorn, mamãe e Joshua estávamos viajando para Londres nessa mesma carruagem! Então também descobrimos que o pai de Grey não morreu de uma doença, mas envenenado com arsênico décadas atrás – contou ela, e então sorriu para Olivia. – Foi Olivia quem descobriu.

– Não graças a Elias – acrescentou Olivia –, que foi quem explodiu meu laboratório pela primeira vez para me impedir de chegar a essa conclusão.

Um arrepio percorreu todo o corpo de Vanessa, que começava a achar que deixara o conhaque de lado prematuramente. Não podia acreditar no que estava ouvindo!

– Pela *primeira* vez? Houve mais de uma explosão? E quem é Elias?

– Um bandido de aluguel, achamos – respondeu Olivia com surpreendente indiferença. – Ele foi envenenado na prisão antes que pudesse contar tudo. Mas isso foi depois de Thorn me levar para o campo e montar um novo laboratório inteirinho para que eu pudesse voltar a fazer meus experimentos.

Deus do céu. Explosões, envenenamento por arsênico, experimentos em laboratório e "acidentes" forjados. Com o que mais aquela família estava lidando, pelo amor de Deus? O modo como Sheridan a tratara parecia irrelevante comparado a tudo aquilo.

Vanessa levantou o queixo. Não, não poderia deixá-lo se livrar tão facilmente.

Você também mentiu sobre seus sentimentos por Juncker. Vocês não teriam se casado se tivesse contado a verdade a ele.

Afastando aquele pensamento incômodo para um lugar escondido dentro da mente, Vanessa bebeu mais um gole de conhaque.

– Sei que é muita coisa para absorver de uma só vez – disse o major, obviamente percebendo o consumo de conhaque. – Mas acho que agora dá para entender por que estamos tentando investigar.

– Por conta própria – acrescentou lady Gwyn –, já que não sabemos em quem podemos confiar fora da família.

– Embora já tenhamos reduzido nossas suposições a três possíveis suspeitos – disse Joshua.

– Você quer dizer três possíveis *suspeitas*, certo? – corrigiu Sheridan.

O olhar dele estava fixo nela agora. Vanessa levou um momento para compreender por quê. Então fez uma cara feia e disse:

– Você acha que a minha mãe tem alguma coisa a ver com isso?

— Grey certamente acha. Era ele quem deveria interrogá-la. Mas, como a sua mãe não gosta dele, e com Beatrice tão perto de dar à luz, ele achou melhor ficar junto dela, e então...

— Ele pediu que você fizesse isso — disse Vanessa, completando a frase por ele, mesmo que isso partisse seu coração.

Como ela poderia suportar descobrir que a mãe era uma assassina? Cora não era a pessoa mais fácil para se conviver, era verdade, mas Vanessa não queria vê-la presa ou, pior ainda, enforcada. Era compreensível que Grey a considerasse capaz de matar, mas ele estava errado. Ele *tinha* que estar.

Outra coisa lhe ocorreu. Se Grey não tivesse pedido a Sheridan que interrogasse sua mãe, Vanessa não estaria casada com ele. Embora, naquele momento, ela não tivesse certeza se seu primo tinha lhe feito um favor.

— Esperem — disse ela, ao digerir a palavra "suspeitas" —, vocês suspeitam de *três* mulheres?

E então, dando-se conta da possibilidade de ser uma das outras, ela fitou Joshua.

— Minha mãe e mais quem?

— Minha madrasta e lady Hornsby — respondeu Olivia, de forma áspera.

Deus do céu. Todas eram respeitáveis damas da sociedade.

— Suponho que não suspeitem de que tenham conspirado juntas para fazer isso.

— Não, de jeito nenhum — respondeu Joshua. — Embora lady Hornsby e Cora tenham debutado com a duquesa viúva. A primeira suspeita que eliminamos foi a minha sogra, porque na ocasião de um dos assassinatos ela estava em trabalho de parto, e fora do país quando Armie morreu. E, embora achemos que a pessoa que cometeu os dois primeiros provavelmente tenha contratado alguém para cometer o terceiro, Elias, talvez, não parece possível que tenha arranjado isso de tão longe. A família da duquesa viúva estava em Berlim na época, muito longe para fazer tal coisa.

Vanessa tentou analisar o que ele estava dizendo, mas nada fazia sentido.

— Por que essa "suspeita" esperaria décadas para matar alguém de novo... ou mandar matar?

Joshua deu de ombros.

— Achamos que tio Armie foi assassinado para forçar os pais de Sheridan a retornar para a Inglaterra para que então o pai de Sheridan pudesse ser morto.

Isso fazia algum sentido. Exceto por uma coisa.

– Sim, mas por que somente no ano passado? Deve haver uma razão para que seu tio Armie não tenha sido assassinado dez ou mesmo vinte anos atrás.

– Bem – respondeu Joshua –, a morte dele não teria necessariamente trazido o pai de Sheridan de volta, a não ser que tio Armie já tivesse herdado o título. Se o avô de Sheridan ainda estivesse vivo, não faria muita diferença. E a morte da esposa do tio Armie também poderia ter engatilhado tudo, já que havia a chance de ela estar à espera de um herdeiro.

– Sim, mas isso aconteceu dez anos antes de tio Armie morrer – comentou Sheridan. – Temos de admitir, Joshua, que essa é a única falha da nossa linha de raciocínio. Por que a assassina esperou tanto? Ela só pode ter tido uma razão.

Ao ouvir a palavra "ela", Vanessa encarou Sheridan.

– Eu ainda não entendi por que vocês suspeitam de mulheres. Não faria mais sentido desconfiar de homens? Eles certamente cometem muito mais crimes do que mulheres.

Joshua assentiu.

– É verdade. Mas quem quer que tenha cometido os dois primeiros crimes precisava ter acesso ao pai de Grey e ao pai de Thorn. Nas duas ocasiões, estavam acontecendo festas nas residências e os únicos hóspedes presentes em ambas foram essas três mulheres.

Vanessa franziu a testa.

– Não entendo. Por que vocês estão supondo que o assassino era um hóspede?

– Os criados trabalhavam nas casas onde as festas aconteceram – explicou Thorn. – Não poderiam estar nas duas festas.

– A não ser que fossem criados pessoais – presumiu Vanessa. – Tenho certeza de que lady Hornsby viaja com uma criada e alguns lacaios, não? Minha mãe sempre insiste em levar nosso médico de família. Ela tem várias doenças. Só não o trouxe desta vez porque ele não estava na cidade.

A duquesa viúva se inclinou para a frente.

– Lady Norley disse que ela sempre traz a criada dela também. Vocês consideraram os criados pessoais?

Os homens se entreolharam.

Vanessa balançou a cabeça.

– Não consideraram, não é? Homens... – disse ela, com uma bufada de escárnio. – Eles nunca consideram os criados.

Joshua se endireitou, claramente chateado por alguém ter que lhe mostrar esse ponto de vista.

– Tem razão. Mas não temos certeza se os mesmos criados estavam trabalhando para os mesmos patrões em ambas as festas. Além disso, precisamos eliminar as mulheres antes de partirmos para essa linha de investigação.

– É verdade – concordou Thorn.

– E talvez, agora que Vanessa está a par de tudo, possamos esclarecer eventos mais recentes – disse Joshua. – Sheridan, você descobriu alguma coisa com lady Eustace?

Ele a fitou com cautela, mas Vanessa apenas bateu com os dedos no joelho coberto por seda e tentou ignorá-lo. Gostaria que as mulheres tivessem robes como aquele que vestia. Era muito menos revelador. Mas também gostaria que aquele robe em particular não estivesse com o cheiro tão tentador da colônia de aroma picante que era a preferida dele. Isso fez com que se lembrasse de como ele fora carinhoso ao deflorá-la.

Desgraçado. Toda vez que ela queria sentir raiva dele, se lembrava de alguma... alguma coisa boa que ele tinha feito. Perversamente, perceber isso fez com que ela o encarasse.

– Suponho que você tenha conseguido fazer com que minha mãe confessasse enquanto eu não estava por perto.

– Não – respondeu ele. – Não consegui sequer fazer com que ela falasse sobre as duas festas.

– Isso é porque você está fazendo tudo errado – afirmou Vanessa. – Minha mãe só se lembra de alguma coisa se a memória em questão colocá-la sob um ponto de vista positivo. Você tem que fazer com que ela acredite que tudo está relacionado a ela. Melhor ainda é deixar que *eu* a interrogue.

Sheridan estreitou o olhar.

– De forma alguma. Ela é sua mãe. Como podemos confiar que você será objetiva?

Vanessa fungou.

– Posso ser muito objetiva em relação à minha mãe, o que você descobriria se permitisse que eu a bajulasse para tirar a verdade dela.

Olivia se endireitou na cadeira e indagou:

– Se Vanessa pode interrogar a mãe dela, por que não posso interrogar a minha madrasta?

Joshua lhe lançou um olhar severo.

– Isso significa que Thorn ainda não falou com a sua mãe?
– Bem, não.
Olivia olhou para o marido como se pedisse desculpas.
– Mas nós dois faremos o possível para descobrir alguma coisa. Ela é uma pessoa bem razoável depois que você a conhece.
– É verdade – concordou Thorn. – Tirando a tentativa dela de me chantagear nove anos atrás.
– Thorn! – protestou Olivia.
– Eu mereci, meu amor. Está tudo bem.
– Humm – resmungou Olivia, e então se dirigiu ao grupo. – Posso garantir que minha madrasta faria praticamente qualquer coisa para proteger a família, mas não acredito que mataria alguém sem propósito, e eu nem era nascida quando os dois primeiros assassinatos aconteceram, então ela não teria motivo. Por outro lado, a mãe de Vanessa...

Ela hesitou, como se percebesse que estava prestes a dizer algo desagradável. Vanessa, contudo, não se importava, porque, pelo pouco tempo que conhecia Olivia, já percebera que ela costumava ser direta.

– Olhem – disse Vanessa, correndo o olhar por todos na sala –, eu sei que minha mãe pode ser difícil, até cruel. Ela certamente foi horrível com Grey. Mas matar duas pessoas e mandar matar mais duas? A impraticabilidade disso já a elimina. Minha mãe não foi capaz de organizar o meu baile de debutante sozinha, precisou da ajuda de Grey. Acreditem em mim, ela jamais poderia ser a mandante de um crime como o que vocês estão descrevendo. Isso exigiria muito esforço.

Lydia, muito séria, concordou.

– Isso se parece mais com a Cora que eu conheço. O que desperta a crueldade dela é a fraqueza. O alvo dela são crianças indefesas e a própria filha, que só quer seu amor. Mas matar três duques poderosos e um duque que acabara de assumir o título? Eu ficaria chocada se soubesse que ela correu esse risco. E por quê? Por que ela mataria os duques, afinal?

– Na esperança de que o marido dela herdasse o ducado? – sugeriu Joshua.

– Isso só justificaria o primeiro assassinato – disse Sheridan, franzindo a testa. – Embora nós não saibamos se ela também envenenou Grey quando ele era bebê. Ele ficou doente na mesma época que o pai, lembram?

– Mas, se minha mãe tivesse dado arsênico a ele – ponderou Vanessa –, ele não teria morrido? Não consigo imaginar um bebê sobrevivendo a esse tipo de envenenamento. Mas, mesmo que tenha sido esse o caso, mesmo que minha mãe tenha sido responsável pela morte do pai de Greycourt, que motivo ela teria para matar o pai de Thorn e Gwyn?

– Para ser sincero – disse Joshua –, ainda estamos um pouco perdidos quanto ao motivo ou aos motivos dos dois primeiros assassinatos. A única coisa com a qual todos nós concordamos é que isso envolve a duquesa viúva.

Todos olharam para ele, afrontados.

– Não como suspeita, mas como vítima.

– Lady Eustace tinha pelo menos um motivo para matar o pai de Grey – concluiu Olivia. – Mas a minha madrasta não tinha motivo algum para cometer nenhum dos assassinatos. Ter acesso aos possíveis locais do crime, sem ter motivação, não prova nada. A não ser que possamos colocar arsênico na mão dela.

A duquesa viúva olhou para Olivia.

– E o segundo assassinato, se é que foi um assassinato, foi cometido de forma a parecer um acidente de carruagem. Não consigo acreditar que sua madrasta seja capaz de sabotar uma carruagem. Você consegue?

– É claro que não – respondeu Olivia. – Ela nem saberia como.

– Vocês estão dizendo que a assassina então é lady Hornsby? – perguntou Joshua, olhando para Olivia. – Ou algum dos criados pessoais de uma das três suspeitas?

– Eu não eliminaria lady Hornsby – opinou Gwyn. – Ela tem me evitado. É quase como se soubesse o que eu quero.

– Ela saiu do casamento antes mesmo que eu pudesse falar com ela – comentou Lydia. – Embora não seja raro que ela saia de eventos mais cedo. Ela tem uma vida social bem agitada.

Após mais um ligeiro gole de conhaque, Vanessa fez mais uma pergunta:

– E qual seria o motivo *dela*?

– Ela queria meu primeiro marido – contou Lydia. – E nosso casamento a deixou contrariada.

– Também existe um boato de que lady Hornsby andava se encontrando com nosso pai sem que a senhora soubesse – disse Thorn baixinho.

– Eu já disse que isso é ridículo – retrucou Lydia.

Vanessa bebeu mais. Olivia estava certa. Era uma delícia quando tomado em pequenos goles.

– Vossa Graça, a senhora também disse que o marido de lady Hornsby morreu de uma doença – comentou Olivia. – Parecida com a do seu primeiro marido? É possível que ela tenha envenenado o *próprio* marido?

– Suponho que seja possível, mas muito pouco provável. E se ela quisesse conquistar o pai de Thorn e Gwyn, por que, então, não matar a *mim*? Por que matar meu segundo marido? Não faz sentido.

– Realmente não faz – concordou Gwyn. – Lady Hornsby não tem um bom motivo. A única pessoa que ela talvez tivesse uma razão para matar era o falecido marido dela.

Sheridan assentiu.

– E ele era velho, então ela poderia muito bem esperar que ele morresse.

– Ou talvez ela simplesmente odeie homens e apenas queira livrar a si mesma, e as melhores amigas, deles sempre que possível – supôs Thorn.

Vanessa achou o comentário tão ridículo que tomou mais um gole de conhaque. Ao fazer isso, percebeu que Sheridan estava com uma expressão cética. Pelo menos não era a única a achar a ideia de Thorn absurda.

– Vamos deixar o motivo de lado por um momento – sugeriu Joshua. – Não temos informações suficientes para ter certeza de nada. Primeiro, precisamos determinar se essas mulheres tiveram algo a ver com os assassinatos. Desconfiamos que o pai de Sheridan tenha sido atraído para a casa em que eu e minha irmã morávamos para ser empurrado da ponte, possivelmente por Elias. Eu mostrei a um perito o bilhete usado para chamar o duque e a carta que Elias escreveu para lady Norley. Ele disse que podem, sim, ter sido escritos pela mesma pessoa, mas não há como garantir.

– Falando em Elias – disse Thornstock –, temos alguma ideia de quem pode tê-lo envenenado na prisão?

– Infelizmente, não – respondeu Joshua. – Eu conversei com todos os guardas e todos os funcionários. Ou eles não sabiam de fato ou não quiseram dizer. É notório que existe muita corrupção dentro das prisões, então quem trabalha lá tem mais medo dos superiores do que de alguém como eu, um mero fuzileiro, não um oficial do tribunal. Talvez eu conseguisse descobrir a resposta se tivesse mais tempo, se fizesse uma pesquisa mais completa das conexões de cada um deles... mas, no momento, essa linha de investigação terá que ser adiada. Entretanto...

Joshua se aproximou de uma escrivaninha onde havia uma pilha de papéis.

– Por sorte, eu pedi que fizessem um retrato de Elias no necrotério. Gwyn desenhou algumas cópias para todos nós.

– Bem diferente de edifícios, não? – implicou Thorn.

Gwyn era apaixonada por qualquer coisa que envolvesse arquitetura.

– Muito engraçado – retrucou Gwyn. – Você só está com inveja porque eu sei desenhar, enquanto seu único talento é...

Vendo que Thorn ficou tenso, ela parou.

– Ser insuportável.

Joshua revirou os olhos e continuou falando:

– De toda forma, os únicos a verem o sujeito fomos eu, Thorn, Olivia e Gwyn, então pode ser que algum de vocês o reconheça de algum outro contexto. Também pensei que Sheridan poderia mostrar o desenho em Sanforth para ver se alguém o reconhece. Porque se Elias estivesse por perto...

– Poderia ter sido ele quem matou os dois – concluiu Heywood.

– Exatamente – disse Joshua.

– Eu não sei – opinou Thornstock. – Elias não me pareceu o tipo de sujeito que mata por dinheiro. Ele esperou Olivia sair do laboratório antes de explodi-lo.

– Mas Olivia é mulher – destacou Joshua. – Talvez ele tivesse outra opinião em relação a matar duques. Principalmente se estivesse sendo bem pago para isso.

– É verdade – concordou Sheridan. – E também acho que devemos mostrar o desenho por aí. Mas eu não posso fazer isso, precisa ser outra pessoa.

– Por quê? Está planejando estender a lua de mel? – perguntou Thorn.

– Está? – repetiu Vanessa.

Ela estava achando a discussão fascinante. Ou talvez fosse apenas o conhaque.

– Infelizmente, não – respondeu Sheridan, evitando o olhar dela. – Vou me encontrar com Bonham em Londres para discutirmos algumas questões relacionadas à contabilidade do ducado. Preciso revisar os livros antes da reunião. Eu, Vanessa e Cora partiremos amanhã de manhã.

– Ah, é? – perguntou Vanessa.

Porque ninguém pedira a opinião *dela* em relação ao assunto, o que a levou a beber outro gole de conhaque. Era de fato *bem* tranquilizante.

– Perfeito! – exclamou Gwyn. – Você pode interrogar lady Eustace no caminho.

– Vou tentar – disse Sheridan. – Mas ela não é tão receptiva.

– Isso é verdade – concordou Vanessa. – Nem um pouco receptiva.

Joshua foi se servir de uma taça de conhaque.

– Achei que você só bebesse rum – disse Thorn.

– De fato, prefiro rum, mas, como se diz no convés, qualquer vinho é porto em dia de tempestade.

Joshua tomou um longo gole da bebida.

– Ele deveria ir com calma, é melhor ir bebendo de golinho em golinho – sussurrou Vanessa para Lydia, mas o comentário saiu bem alto.

Joshua riu, mas Sheridan se aproximou para pegar a taça quase vazia de Vanessa.

– Quantos "golinhos" você tomou?

Vanessa levantou o queixo.

– Quantos eu quis, muito obrigada.

– Viu o que a senhora começou? – perguntou Sheridan à mãe.

– O que eu comecei?! Foi você quem a enganou sobre suas intenções.

– Exatamente! – concordou Vanessa, falando um pouco arrastado. – Isso mesmo. Você a... *me* enganou.

Ela acenou para a mãe dele e concluiu:

– Isso aí que ela disse.

– Podemos continuar? – perguntou Joshua.

– É claro – respondeu Lydia. – Mas acho que vou levar Vanessa para se deitar, tenho certeza de que ela está bem cansada.

– É assim que chamamos agora? – murmurou Gwyn para Thorn.

Sheridan fuzilou os dois com o olhar. Quando a duquesa viúva ajudou Vanessa a se levantar, ele se prontificou a seguir as duas.

– Vou com vocês.

– De forma alguma – disse Lydia. – Você precisa ficar aqui para esta discussão. Já eu, não. Vou levar Vanessa para a cama, depois volto.

– Certo – concordou ele.

A última coisa que Vanessa viu antes de ser levada embora pela sogra foi Sheridan fitando-a com preocupação. O que aliviou um pouco sua mágoa.

Lydia passou o braço pela cintura de Vanessa e as duas foram subindo a escada em silêncio. Assim que entraram no quarto, porém, a sogra a soltou para puxar a colcha da cama. Vanessa vacilou um pouco, mas o que ela mais queria era dormir.

No entanto, quando Lydia respirou fundo ao olhar para a cama, Vanessa percebeu que teria de esperar.

– Ah, querida, terei que encontrar a sua criada. Onde está Bridget?

– Lá em cima, acho. Eu a dispensei pelo restante da noite – disse Vanessa, franzindo a testa. – Não imaginei que meu marido teria uma reunião de família em nossa noite de núpcias.

Lydia sorriu.

– E todos sentimos muito por isso. Também não esperávamos que ele participasse. Mas parece que ele estava indo buscar comida e encontrou Thorn. Você sabe como são os homens e seus apetites.

A duquesa se aproximou para desamarrar o robe de Sheridan, que Vanessa ainda usava.

– Vou mandar chamar sua criada. Os lençóis estão sujos de sangue. Tenho certeza que você não quer dormir em cima dele.

– Sangue?

Vanessa fechou os olhos. Estavam tão pesados.

– Sua virgindade perdida, querida – esclareceu a sogra, aproximando-se por trás para tirar o robe pelos ombros dela.

– Ah, sim. Bridget me falou sobre isso.

Ela também dissera que, se Vanessa não sangrasse, haveria um grande rebuliço.

– Isso é... bom, certo?

– Sim, é. Mas também significa que precisamos trocar esses lençóis. Espere aqui um momento. Não se mova, eu já volto – disse Lydia, e saiu do quarto.

Vanessa estava tão cansada. E a cama estava *bem ali*. Por que não podia deitar nela? Alguma coisa a ver com sangue? Talvez estivesse confusa. Sinceramente, não se lembrava.

Então ela simplesmente subiu na cama, encostou a cabeça no travesseiro e pegou no sono na mesma hora.

CAPÍTULO DEZESSEIS

Assim que as duas saíram, Joshua sugeriu que todos talvez quisessem um refresco. Então chamou um criado e pediu que lhes trouxesse chá, vinho e cerveja, além de maçãs e laranjas cortadas. Sheridan e o restante da família conversaram sobre amenidades enquanto a mesa era posta. Quando enfim os criados saíram, Joshua tomou um último gole de conhaque e baixou a taça.

– Onde estávamos?

Sheridan recostou-se na cadeira, com sua taça de vinho na mão.

– Você estava nos atualizando sobre as investigações. E sugerindo que eu interrogasse cidadãos de bem em Sanforth.

– Se você não puder, eu me encarrego disso – sugeriu Heywood.

– Cass vai concordar? – perguntou Joshua.

– Claro – respondeu Heywood. – Ela só não está aqui agora... bem, porque tem dormido muito.

– É de esperar – disse Joshua. – O bebê pode nascer a qualquer momento, certo?

Heywood riu.

– Certo.

Sheridan se deu conta de que, em breve, Vanessa poderia estar carregando um filho dele. Esse pensamento lhe deu tanto prazer que ele mal conseguiu se concentrar no que os outros estavam dizendo. Mas se estivesse furiosa demais por causa da mentira e não o recebesse mais em sua cama...

Não, isso não iria acontecer. Ela gostara de fazer amor com ele. Sheridan tinha certeza disso. Ela podia estar com raiva, mas logo entenderia que ele tivera bons motivos para agir como agiu.

Mentindo para ela. Enganando. Ela não verá da mesma forma que você vê.

– Gwyn? – chamou Joshua. – Por que não nos conta o que descobriu sobre lady Hornsby?

Gwyn colocou mais açúcar no chá.

– Eu já contei.

– Sim, para mim. Por que não conta aos demais presentes, que não são casados com você?

Gwyn suspirou.

– Ah, sim. Bem, não descobri muita coisa, infelizmente. Não consegui ficar sozinha com ela em momento algum, nem no casamento. Lady Hornsby pareceu decididamente desinteressada em falar sobre qualquer coisa que não fosse como a cerimônia estava perfeita e como Vanessa estava linda.

– Minha esposa estava mesmo linda – concordou Sheridan. – Ela sempre está.

Quando os outros riram, ele acrescentou:

– Bem, mas é verdade.

– E você não está nem um pouco apaixonado, não é mesmo? – comentou Thorn, secamente.

Sheridan não estava apaixonado, ora essa. Não ousaria estar. Isso seria como colocar o coração em uma bandeja e oferecê-lo para que a vida o massacrasse.

Gwyn sorriu.

– Bem, seja como for, pretendo visitar lady Hornsby assim que eu e Joshua voltarmos para Londres, o que não será muito depois de Sheridan. Com um pouco de sorte, a condessa não estará viajando. Nunca se sabe… Ela pode ter algo a dizer sobre as outras damas que possa ser útil.

– Não vamos perder as esperanças – comentou Joshua, e então observou todo o grupo. – Algo a acrescentar, meus caros? Não sei vocês, mas eu já disse tudo que sei.

– Excelente! – exclamou Thorn. – Ainda temos presunto, pão e queijo na sala de jantar. E tortas.

Os olhos de Olivia se acenderam.

– De maçã?

– Mais alguém? – perguntou Gwyn, já caminhando para fora da sala. – Contanto que haja picles, eu acompanho vocês.

Heywood balançou a cabeça.

– Graças a Deus Cass não gosta dessa combinação grotesca, senão eu nunca conseguiria chegar ao final de uma refeição.

– Você se acostuma – comentou Joshua.

Quando o major começava a seguir a esposa, com a bengala na mão, Sheridan o interceptou.

– Joshua, posso falar com você a sós por um momento?

– Vou logo em seguida, meu amor! – disse ele a Gwyn, e então se virou para Sheridan, bem sério. – É sobre sua esposa?

– Na verdade, não. É sobre William Bonham. Eu não consigo entender se a minha mãe o convida para os eventos porque há uma corte acontecendo entre eles ou se só está tentando ser educada. Gostaria que você o investigasse.

Joshua piscou.

– Até onde sei, ele trabalha para a sua família há muito tempo, não?

– Sim, desde que tio Armie se tornou duque, quinze anos atrás. Meu pai não usava muito os serviços dele, a maioria de seus negócios se dava em Berlim. Mas eu só queria garantir que Bonham não tem esqueletos no armário. Principalmente se ele e minha mãe tiverem algum envolvimento.

– Eu entendo. Mas tenha em mente que sempre será difícil para você ver a sua mãe sendo cortejada, já que sempre a viu com seu pai.

Joshua tinha razão. E exceto por Thorn, que achava que todos os pretendentes não estavam à altura da mãe, os outros não pareciam tão incomodados quanto Sheridan com… Com o quê? Com a amizade? Com a corte? Sheridan não gostava de não saber definir.

– Provavelmente você tem razão. Sei que minha mãe merece um pouco de felicidade também. Só não tenho certeza absoluta de que isso seria possível com Bonham.

– Então quer que eu investigue sir Noah também? – perguntou Joshua.

– Ele parece igualmente interessado em sua mãe, a julgar pela forma como ele e Bonham se entreolharam durante a cerimônia.

– Eu percebi. E certamente não machucaria saber um pouco mais sobre ele. Talvez seja bom perguntar a Grey sobre ele também. Nunca ouvi meu irmão mencionar o nome de sir Noah – disse Sheridan, e suspirou. – Talvez seja necessário fazer esse tipo de investigação por algum tempo, afinal minha mãe parece estar atraindo todos os viúvos. Eu não fazia ideia de que havia tantos solteirões viúvos elegíveis.

– Contanto que sejam só os dois – comentou Joshua, rindo. – Consigo investigar o passado deles. Mas tente não investigar sozinho paralelamente, certo?

– Eu não investiguei nem um pouco esses dois, pode acreditar. Só que os homens parecem ursos atrás de mel quando veem a minha mãe. Sempre foi assim, pelo que sei.

– Não me surpreende. Sua mãe é uma alma generosa, Sheridan. Você sabe que nós, homens, percebemos isso acima de qualquer outra coisa – disse Joshua e, com um olhar carinhoso, acrescentou. – Eu certamente vi isso na sua irmã.

– Gwyn? Generosa?

– Irmãos nem sempre veem as irmãs da mesma forma que os maridos delas. Falando nisso, se já tivermos acabado...

Sheridan assentiu e os dois se separaram na porta, com Sheridan se dirigindo para a escada, e Joshua, para a sala de jantar.

Sheridan ignorou o estômago roncando. Já tinha ficado tempo suficiente com seus irmãos e suas esposas para uma única noite. Queria a esposa *dele*.

Pensou no que Joshua dissera. Vanessa podia, *sim*, ser generosa às vezes. Mas também podia ser impetuosa, charmosa e cheia de surpresas. Todas essas coisas poderiam atraí-lo, mas todas elas juntas a tornavam irresistível. Pensar nisso fez com que ele acelerasse o passo.

Além do mais, não tinha certeza se queria deixar Vanessa sozinha com a mãe dele por tanto tempo depois do que acontecera. Sem falar nos segredos que Lydia poderia revelar. Ele mesmo queria fazer isso por Vanessa.

Quando chegou ao corredor que levava aos quartos principais, viu a mãe saindo do quarto e vindo na direção dele, como se para emboscá-lo.

– Vá chamar a criada de Vanessa. Na verdade, qualquer criada serve. Os lençóis precisam ser trocados.

– Por quê?

– Não é óbvio? Estão sujos de sangue, Sheridan.

– Óbvio? Eu garanto que eu nunca machucaria Vanes...

Um segundo de silêncio enquanto ele ligava os pontos.

– Ah. Certo. Eu... acho que não percebi o sangue.

– Não me surpreende nem um pouco, considerando o que vocês dois estavam fazendo.

Sheridan sentiu o calor subir pelo seu rosto.

– Juro que não fiz nada que qualquer homem não faria na noite de núpcias.

– Eu sei. E se você a tivesse machucado durante o ato, tenho certeza de que ela não estaria sorrindo enquanto dorme, como estava quando eu a deixei.

Ele revirou os olhos.

– Não acredito que estamos realmente falando sobre isso.

– Só estou tentando ajudar, querido. Infelizmente, Vanessa estava tão cansada que deitou na cama, em cima do próprio sangue, antes que eu conseguisse chamar alguém. Acho realmente que você precisa contratar mais empregados agora que está casado.

Levantando uma sobrancelha, ele murmurou:

— Cansada? Ou de porre por causa do conhaque que a senhora a obrigou a beber?

— Porre? Com uma taça? Não seja ridículo. E eu não a forcei a tomar nada, embora eu deva admitir que seria melhor ter oferecido depois que ela estivesse de estômago cheio e mais descansada. Mas ela vai acordar bem amanhã. Antes disso, porém, vá chamar um lacaio para ajudar a levantá-la.

— Nenhum lacaio vai carregar a minha esposa para lugar nenhum — respondeu Sheridan. — Pode deixar que eu mesmo me encarrego de levantá-la. E, enquanto faço isso, chame uma criada, sim?

— Certo.

Lydia pareceu feliz da vida, como se essa tivesse sido sua intenção o tempo todo, então correu para a escada usada pelos criados.

Deus do céu, como ele queria não ter vendido a casa de contradote para Grey por uma ninharia, um dinheiro que fora todo revertido para manter a propriedade funcionando. Quem sabe Grey pudesse alugá-la para ele? Porque ter a mãe por perto o tempo todo, apesar do tamanho da casa, seria difícil. Por outro lado, poderia ser bom para Vanessa ter outra mulher na casa além de Bridget. Vanessa e a mãe pareciam se gostar, afinal.

Isso fez com que ele se lembrasse de que precisava tirá-la da cama. Sheridan entrou no quarto e encontrou Vanessa deitada, com o robe dele jogado sem a menor cerimônia no chão. Ele quase odiava ter que incomodá-la, mas a mãe estava certa. Ela ficaria mais confortável em uma cama limpa.

A cama dele.

Uma onda de possessividade o levou a pegá-la no colo com o máximo de cuidado para não acordá-la. Com a proximidade, ele reparou que Vanessa estava com olheiras. Fruto do trabalho executado a todo o vapor desde que concordaram em se casar. Isso, somado às atividades da noite de núpcias e à emoção de ficar sabendo da investigação, devia tê-la deixado exausta.

E, como o marido insensível que era, só de carregá-la nos braços, Sheridan já estava ficando excitado de novo. O que era totalmente inaceitável.

Quando chegaram à porta que unia os quartos, ele a mudou de posição para que pudesse girar a maçaneta. Vanessa murmurou algo ininteligível e aninhou o rosto no pescoço dele. O que só o deixou ainda *mais* excitado, maldição. Vanessa estava ainda mais encantadora do que antes, se é que isso era possível. O cabelo caindo pelo braço, os cílios longos como as franjas pretas de um xale, os mamilos delineados contra a camisola de linho enquanto ele a carregava para o quarto dele, que era mais frio. Tudo que Sheridan desejava era fazer amor com ela de novo.

Ele se repreendeu. Sentiu sua respiração quente no pescoço. Vanessa era como uma rosa de estufa e ele estava se comportando como um sedutor barato que queria arrancar suas pétalas.

– Deixe-me ajudar – disse Lydia, que estava atrás e correu para puxar as cobertas.

Sheridan deitou a esposa e a cobriu. Quando se demorou ali um momento a mais, admirando-a, a mãe disse:

– Ela está dormindo profundamente. É melhor deixá-la sozinha esta noite.

– Obrigado pelo conselho – retrucou ele. – Mas a esposa é minha e posso cuidar do assunto a partir de agora.

O comentário, porém, não espantou Lydia.

– Você já contou a ela sobre Helene?

Com um gemido, ele desviou o olhar para Vanessa, mas ela de fato parecia estar em um sono profundo, aninhada sob as cobertas, como se não desse a mínima para o que se passava no mundo. Ainda assim, ele não se arriscaria. Puxou a sua mãe para perto da porta aberta que unia os quartos. Dentro do outro aposento, duas criadas estavam ocupadas trocando lençóis e olhares de quem sabia o que tinha acontecido.

Esse era um dos aspectos que ele mais odiava em ser duque. Todos os empregados da casa fofocavam sobre ele e se sentiam parte de seu sucesso. Sheridan sempre achava que qualquer fracasso arrastaria para o fundo do poço não apenas ele, mas todos os que orbitavam à sua volta.

Ele fechou a porta por um momento.

– Não que seja da sua conta, mãe, mas não, eu ainda não mencionei Helene. Vou mencionar quando chegar a hora.

– Se eu fosse você, faria isso logo. Você não vai querer que Vanessa saiba sobre Helene por um de seus irmãos ou, que Deus não permita, por Gwyn.

Lydia começou a abrir a porta para entrar no outro quarto, mas se deteve.

– Você deveria ter contado a Vanessa o que queria de Cora, se não durante a investida, ao menos nessa última semana, depois que ficaram noivos.

Sheridan passou a mão pelo cabelo antes de responder baixinho, como se não quisesse acordar Vanessa:

– Eu não contei porque não queria correr o risco de alertar lady Eustace, caso ela seja mesmo a culpada.

Lydia bufou com escárnio.

– Você não contou a verdade por temer que ela não se casasse com você.

E, com isso, a mãe entrou no outro quarto e fechou a porta.

Sheridan quis chamá-la de volta, negar as palavras dela, afirmar que ele e Vanessa foram forçados a se casar por causa da imprudente atração física que ele sentia por ela. Mas não conseguiu. Porque a mãe estava certa. Bem no fundo de sua alma, Sheridan sentia um desejo por Vanessa que era impossível ignorar.

Se ele não tomasse cuidado, acabaria tão apaixonado por ela como fora por Helene. E esse era um caminho que só levava à dor e à ruína.

CAPÍTULO DEZESSETE

O barulho das cortinas sendo abertas e a luz do sol entrando pela grande janela de muitos painéis atingiram os ouvidos e os olhos fechados de Vanessa, despertando-a de súbito. Onde ela estava? Seu quarto na casa de Londres não tinha janelas tão grandes quanto aquela...

Espere, aquele não era seu quarto.

Bridget foi depressa até a mesa de cabeceira mais próxima da cama e pousou sobre ela uma bandeja com torradas, chá e todos os acompanhamentos.

– Perdoe-me por acordá-la, senhorita... quero dizer, Vossa Graça... mas Sua Graça disse que pretende partir para Londres dentro de uma hora, então achei que a senhora precisaria de tempo para se arrumar.

Isso fez com que Vanessa se sentasse, ereta, na cama.

– Não precisa ficar toda formal comigo, Bridget. Posso ter virado duquesa, mas ainda sou a mesma patroa que você passou a conhecer e temer.

Exatamente como Vanessa sabia que aconteceria, o comentário arrancou uma gargalhada de Bridget.

– A mesma de sempre, mas acho que é melhor eu me acostumar a usar seu título quando estivermos perto de outras pessoas.

– Sim, é verdade. Ainda mais da minha mãe. Infelizmente, ela vai ficar esnobando para cima de todo mundo e ao mesmo tempo lamentando por eu ter tido que me casar com um duque pobre.

– Isso é mais do que provável.

– Mas onde está meu marido, afinal? Este não é o quarto dele?

O quarto – que Vanessa vira durante um passeio no começo da semana para conhecer Armitage Hall – era tão bem decorado quanto o restante da casa. Só as cortinas das janelas precisavam ser remendadas, e as da cama, trocadas, além de alguns outros itens que precisavam ser revistos.

– Quando Sua Graça se vestiu a senhora ainda estava dormindo. Nem se mexia!

Bridget serviu o chá de Vanessa com muito creme e um pouquinho de açúcar.

– Imagino que estivesse exausta. E o valete dele é muito silencioso.

Vanessa tomou um longo gole de chá.

– Estão todos esperando por mim?

– Não exatamente. Os baús já estão sendo carregados para a carruagem dos criados. Mas a sua carruagem está sendo totalmente examinada por dois ou três lacaios fortes. A carruagem de Sua Graça costuma quebrar?

Era mais provável que a carruagem de Sua Graça tivesse sido sabotada em uma tentativa de assassiná-lo... Ela e a mãe dela também, já que estariam todos lá dentro. O pensamento despertou Vanessa na mesma hora. O que quer que estivesse acontecendo com a família da duquesa viúva provavelmente a deixava vulnerável também, por associação. Não havia pensado nisso na noite anterior, quando soubera da história de todos os acidentes e assassinatos.

Bridget examinou o relógio de bolso que Vanessa lhe dera.

– Agora a senhora tem exatos cinquenta minutos para se arrumar.

– Ah, tudo bem.

Vanessa foi comendo uma fatia de torrada com manteiga enquanto entrava em seus aposentos, e Bridget seguiu atrás dela com a bandeja. Não foi nenhuma surpresa encontrar as roupas esticadas em cima da cama. Nunca tivera o que reclamar de Bridget. A criada estava sempre preparada para qualquer contingência.

Faltando dez minutos, Vanessa desceu a escada, calçando as luvas e amarrando o chapéu do mesmo tom de azul, com detalhes em vermelho. Esse era seu conjunto favorito do enxoval que Grey insistira em lhe dar como presente de casamento: um vestido simples de viagem azul, um casaco de lã vermelho forrado com pele branca e chapéu e luvas combinando.

Quando passou pela porta, Sheridan levantou o olhar e parou de falar com um dos lacaios, com inconfundível admiração em seus olhos. O que a aqueceu muito mais do que o casaco de lã forrado com pele. Principalmente quando ele a ajudou a entrar na carruagem, recusando-se a soltar sua mão até que tivesse a chance de beijá-la.

Ela engoliu em seco. Esperava que esses sinais indicassem que nem tudo estava perdido entre eles. Embora ainda não estivesse pronta para perdoá-lo. Primeiro precisava que ele respondesse a algumas perguntas. Mas, antes que ela pudesse fazer qualquer abordagem, Sheridan se virou para olhar para a escada e disse:

– Sua mãe está atrasada.

Vanessa assentiu.

– Isso é típico dela, infelizmente. Só podemos torcer para não precisarmos viajar muitas vezes com ela.

Ele consultou o relógio, com a testa franzida.

– Presumo que tenha dormido bem? – perguntou ele, então olhou para ela e sua testa não estava mais franzida. – Certamente está com uma ótima aparência esta manhã.

– Ora, obrigada. De fato, dormi bem – respondeu Vanessa, ajeitando o casaco. – Sua cama é muito confortável.

Ele se inclinou para dentro da carruagem, através da porta aberta.

– E ver você deitada nela me deixou muito feliz – comentou ele baixinho.

Vanessa estremeceu em seu assento com a lembrança da deliciosa brincadeira deles na cama *dela* na noite anterior. Embora não soubesse por que ele não tinha tomado nenhuma liberdade enquanto estava na cama dele.

– Obrigada por me colocar na cama – agradeceu ela.

– Minha mãe é quem merece os agradecimentos. Eu nem tinha percebido que você estava deitada sobre o próprio sangue.

– Para ser sincera, nem eu. Ainda assim, eu me lembro vagamente de você ter me levado para a sua cama.

Ele fixou o olhar nela.

– Achei que não estivesse acordada.

– Eu não estava. Só despertei o suficiente para perceber que alguém que tinha o seu cheiro estava me carregando. Você tem um perfume muito característico.

– Ah...

– Sinto muito por ter apagado. Não costumo ingerir bebidas alcoólicas.

– Deu para perceber – disse ele, rindo.

– Eu estava chateada por...

– Eu sei. Tinha todo o direito de estar. E tenho certeza que tem mais perguntas, mas podemos discutir o assunto a sós hoje à noite, quando estivermos na hospedaria em Cambridge.

Sheridan assentiu na direção da escada, por onde Cora vinha descendo e ao mesmo tempo brigando com algum pobre criado.

Vanessa suspirou, desejando ter mais tempo com ele. Mas queria saber mais uma coisa antes de partirem, algo que achava, ou esperava, ter sonhado.

– Quem é Helene?

O olhar surpreso de Sheridan mostrou que ela não tinha sonhado.

– Nós... nós discutiremos esse assunto hoje à noite também.

– Ela não é sua amante, é?

– Deus, não – respondeu ele, baixando o tom de voz. – Eu já lhe disse. Nunca tive uma.

– Uma o quê? – perguntou a mãe dela ao se aproximar dele.

Como Sheridan ficou tenso, Vanessa respondeu:

– Uma cachorrinha. Eu estava dizendo a ele que devíamos ter uma poodle.

Ele levantou uma sobrancelha para ela enquanto ajudava a mãe a subir na carruagem.

– E eu disse à sua filha que se tivermos um cachorro, e não sou contra isso, não será uma poodle.

A mãe se acomodou ao lado dela, virada para a frente, como era adequado para mulheres viajando com homens em uma carruagem.

– Não posso imaginar por que ia querer uma dessas criaturas imundas na sua casa, Vossa Graça. Eu nunca permiti na minha.

Sheridan trocou um olhar solidário com Vanessa enquanto se sentava exatamente na sua frente.

– Um cachorro, lady Eustace? Ou um poodle?

A mãe dela balançou a cabeça.

– Os dois. Se comprarem qualquer tipo de cachorro, logo vão perceber que trazem muito problemas.

Vanessa ignorou a mãe.

– Qual raça você prefere, Sheridan?

– Gosto de setter. Quando éramos mais novos, tínhamos dois.

– Ah, eu tinha me esquecido disso – disse Vanessa, sorrindo. – Grey me contou que teve que deixar os setters dele para trás. E vocês, os outros irmãos, acabaram herdando.

– Exato. Eles morreram uns cinco anos depois que Grey foi embora. Mas foram meus companheiros fiéis até o último momento.

– Nunca mais teve outro?

– Não. Minha mãe concordava com a sua sobre cachorros serem criaturas imundas. É por isso que ela preferia ter um gato. Eles mesmos se limpam.

– Ah, eu amo gatos!

Vanessa sempre quisera ter um. Mas a mãe proibira também. Nada de animais de estimação para ela.

Agora que estava casada, porém, teria qualquer bichinho que quisesse. Algo que não tinha lhe ocorrido até aquele momento. É claro que precisaria consultar Sheridan primeiro, o que era um pouco melhor do que precisar consultar o pai, a mãe ou um administrador antes de tomar qualquer decisão. A verdade é que, mesmo quando conseguiam o que queriam, as mulheres nunca conseguiam tudo.

A conversa parou naquele momento. Com Sheridan observando-as, como se tentasse pensar em uma forma de começar a interrogar a mãe dela. Vanessa se virou para a janela, admirando a bela paisagem. Ela sabia que precisavam descobrir onde Cora havia estado durante as duas festas, mas Vanessa não estava com vontade.

Na noite anterior, deveria ter feito as perguntas que queria. Talvez quando sentira que ele a fitava, como se estivesse perguntando a si mesmo se deveria acordá-la ou não. Mas havia faltado disposição. Vanessa estava cansada, sem falar na exaustão de discutir a respeito do que ele escondera dela. Entre a hipótese de sua mãe ser uma assassina e Sheridan ser a pessoa encarregada de levá-la a confessar, Vanessa precisara de tempo para processar o que dizer a ele. Afinal, Sheridan escondera dela um baita segredo. E ela também queria perguntar o que mais ele poderia estar escondendo.

Ela acabaria fazendo suas perguntas, mesmo que apenas para aliviar seus temores. Mas, com a mãe na carruagem junto deles, seria obrigada a adiar a conversa. Cora tinha a capacidade de virar qualquer conversa de modo a parecer que tudo era sobre ela.

– Não entendo por que precisamos ir embora tão rápido do campo – comentou a mãe, com um tom de voz impertinente. – Armitage Hall era uma residência impressionante. Tenho certeza de que ficará ainda mais encantadora quando as reformas forem feitas.

– As únicas reformas que farei no momento serão nas casas dos meus arrendatários – disse Sheridan, seco. – Meus... nossos arrendatários já esperaram por muito tempo que fizéssemos essas reformas tão necessárias.

– Suponho que o senhor vá usar o dote da minha filha para isso, então?

Cora fungou antes de prosseguir:

– Embora as pessoas possam achar que deveria primeiro melhorar a sua própria casa em vez de desperdiçar dinheiro com...

– Eu concordo com meu marido – interrompeu Vanessa. – Os arrendatários são a espinha dorsal de uma propriedade e por isso merecem nosso cuidado.

Percebendo que tinha sido concisa demais, Vanessa acrescentou:

– Além disso, mamãe, a senhora não ia gostar de ter apenas uma aldeia tão pequena como Sanforth para se divertir. Infelizmente, já passou o dia de São Brice para que pudesse assistir à corrida de touros.

Sheridan abriu um sorriso de gratidão para Vanessa.

– Eu mesmo ainda não vi a corrida de touros, e olhe que moro lá. Mas no ano passado eu estava de luto e não podia comparecer a eventos, e este ano eu estava em Londres na ocasião.

Vanessa também sorriu antes de se virar para a mãe.

– Que é onde a senhora prefere ficar, não é mesmo, mamãe? Não posso imaginar por que iria querer ficar no tédio do bom e velho campo.

Sheridan obviamente percebeu o sarcasmo nas palavras dela, pois se segurou para não rir. A única razão de Cora ter sido levada embora de Armitage Hall havia sido para evitar uma nova briga com a duquesa viúva.

Felizmente, lady Eustace não percebeu isso.

– Você tem razão, minha querida. Mas será difícil ficar na cidade sem você – disse ela, pegando um lenço com o qual deu batidinhas nos olhos totalmente secos. – Vou sentir muitas saudades suas. Londres realmente tem muito mais oportunidades de diversão, mas qual é a graça de sair sozinha? Agora que está casada, nós três devíamos ir a alguns eventos juntos.

Que Deus a ajudasse. A última coisa que queria era que sua mãe considerasse seu casamento como um clube do qual deveria participar.

Enquanto Vanessa tentava encontrar uma forma de desencorajar a mãe, Sheridan piscou para ela.

– Infelizmente, eu e Vanessa não poderemos ficar muito tempo na cidade. No máximo alguns dias.

Como ele fora esperto em responder tão prontamente. Estava se provando um bom marido em alguns aspectos e, ao que parecia, mais do que capaz de lidar com a mãe dela. O que era uma arte.

– Depois que eu me encontrar com Bonham – continuou Sheridan –, nós voltaremos para Armitage Hall para começar as reformas que mencionei. Infelizmente, a senhora terá que contar com suas amigas para acompanhá-la aos lugares. Ou seu irmão.

– Noah? Suponho que ele possa estar disposto a isso, sim. Ele disse que pretendia ficar com a família na propriedade até eles partirem para a cidade amanhã. E, falando em propriedade, creio que o senhor tem a intenção de melhorar seus estábulos também. Ora, nem havia cavalos de montaria suficientes – disse Cora, e lançou um olhar recatado a ele. – Precisa resolver isso imediatamente, Vossa Graça.

Foi difícil não perceber a expressão de sofrimento de Sheridan, embora ele a tivesse escondido rapidamente.

– Espero poder resolver isso quanto antes – respondeu, fitando a mulher com grande interesse. – Gosta de andar a cavalo, lady Eustace?

Cora deu uma gargalhada juvenil.

– Bem, claro. Na minha juventude, eu andava muito bem.

Ele assentiu e falou:

– Acho que minha mãe já mencionou isso. Ela comentou que a senhora tinha uma boa postura de montaria na festa do batizado de Grey em Carymont tantos anos atrás.

– Ela comentou? Que simpático da parte dela.

A palavra "simpático" saiu carregada de desdém.

– Mas ela deve ter esquecido que só me viu montar no primeiro dia, quando todos saímos para conhecer a propriedade. Uma lebre passou e assustou meu cavalo, me jogando no chão.

Ela usou as mãos para descrever o acontecido, com o lenço voando a cada movimento.

– Minha perna bateu em uma pedra e eu fiquei mal a ponto de não poder me mexer pelo resto da estadia! Passei o restante dos dias sentada na frente da lareira com a perna esticada sobre uma almofada. Bem, todos os dias até a tragédia.

Sheridan desviou o olhar para Vanessa, e uma mensagem tácita foi trocada entre eles. Cora não podia ter envenenado o pai de Grey. Com certeza, teriam de confirmar a história com os criados de Carymont e talvez com Lydia, que provavelmente se lembraria do ocorrido. Mas Cora parecia não fazer a menor ideia de que acabara de tirar o próprio nome da lista de suspeitos de ter matado o pai de Grey.

Vanessa ficou profundamente aliviada. Ah, graças a Deus não tinha sido sua mãe! Cora podia deixá-la exasperada, mas Vanessa não queria perdê-la. Além disso, se sua mãe provasse ser a assassina, Vanessa nunca mais conseguiria encarar Grey.

Por outro lado, exonerá-la significava que Vanessa e Sheridan tinham se casado por nada. E se ele se ressentisse disso? E se ele se arrependesse de ter se casado com ela? Se não tivesse tomado o lugar de Grey naquela parte da investigação, Sheridan não teria começada a flertar com Vanessa, nem a teria beijado...

Minha esposa... minha duquesa... minha deusa...

Aquelas palavras certamente tinham sido uma completa mentira, não? Mas ele devia sentir um pequeno afeto por ela para tê-la iniciado nas relações conjugais com tanto carinho.

Como ela gostaria de já ter feito a ele a pergunta para a qual precisava tanto de uma resposta. Porque agora teria um dia inteiro pela frente antes de poder perguntar. E com a mãe por perto, seria um dia bem longo.

⁂

Quando chegaram a Cambridge, Sheridan já estava ficando inquieto. Só para se certificar de que lady Eustace não estava envolvida nos assassinatos, ele perguntou a ela como tinha sido a segunda festa. Ela descrevera uma animada apresentação de teatro amador para divertir sua amiga Lydia durante o confinamento. Quando ele perguntou sobre os criados, ela fez uma cara feia. A quem importava quais criados estavam lá?

A ele e sua família importava. Mas essa era uma pergunta que teria que deixar para Vanessa. Não queria mostrar as cartas que tinha na mão, e Vanessa poderia questioná-la com mais naturalidade.

Ainda assim, ele tinha quase certeza de que lady Eustace não cometera nenhum assassinato. Vanessa estava certa, a mãe podia ser cruel, mas não tinha a ambição necessária para elaborar um esquema desses. E realmente também não tinha um motivo.

Uma vez que chegaram à hospedaria, lady Eustace estava mais do que disposta a se recolher, depois de pedir que levassem uma bandeja para o quarto dela, como cortesia do duque, é claro.

Sheridan teria pago por cinquenta bandejas se isso significasse que não teria que passar mais um minuto na presença da sogra. Claro, agora teria que enfrentar a esposa e explicar por que a enganara... se é que conseguiria justificar isso de forma satisfatória. Não sabia se seria capaz.

Mas precisaria tentar. Só o fato de vê-la tirar o casaco vermelho e expor um vestido de musselina diáfana, fina o suficiente para deslizar sobre suas curvas, fez com que ele tivesse vontade de rasgá-lo para se deliciar com a pele sedosa. Sua intenção era possuí-la de novo naquela noite, supondo que ela desejasse o mesmo. De alguma forma, precisava convencê-la de que poderiam formar um bom casal, apesar do começo conturbado.

Felizmente, o crédito de Sheridan ainda era bom naquela hospedaria em Cambridge: os aposentos estavam bem arrumados, com lareiras nos dois cômodos da suíte. Um era um quarto com uma grande cama com dossel e espaço de sobra para os dois baús pequenos que tinham trazido com os itens de viagem. O outro era uma espécie de sala de estar, que tinha não apenas um sofá e uma mesa de canto como também uma mesa de jantar com quatro cadeiras antigas e robustas.

Assim que chegaram, o jantar foi servido na suíte: um farto ragu de carneiro com cogumelos, batatas e cenouras, e uma garrafa de vinho Madeira. Mas, uma vez sentados, Sheridan percebeu que Vanessa apenas remexia na comida e nem tinha tocado no vinho.

– Não está com fome? – perguntou ele. – Você mal comeu no almoço.

– Eu preciso lhe fazer uma pergunta – disse ela, erguendo o olhar para encontrar o dele. – E quero que me diga a verdade, por mais que ache que possa me machucar.

Droga. Aquilo não parecia bom.

– Certo.

– Se não precisasse interrogar a minha mãe para a investigação da sua família, você teria se oferecido para provocar ciúmes no Sr. Juncker me cortejando?

Vanessa foi direto ao âmago da situação deles.

Apesar do pedido, Sheridan pensou em mentir. Mas estava na hora de parar de evitar contar a verdade a ela.

– Não, eu não teria.

Foi difícil interpretar a expressão de Vanessa. Estava magoada? Chateada? Aliviada? Não sabia dizer. Então ele notou que ela estava esfregando o cabo do garfo na mão, para a frente e para trás, como se tentasse esconder seus sentimentos dele.

E isso mexeu com ele.

– Mas isso não significa que eu não esteja feliz pelo modo como as coisas aconteceram, por ter pedido você em casamento. Eu não estou nem um pouco infeliz. E, certamente, você pode perceber como me sinto atraído por você.

Ela olhou através dele.

– Mas não o suficiente para me cortejar por vontade própria.

Ele ficou tenso.

– Provavelmente não.

– Você poderia ter seguido por um caminho totalmente diferente com o seu plano e me dito o que queria com a minha mãe. Eu teria ajudado a descobrir a verdade, e toda a corte poderia muito bem ter sido parte do nosso esquema para que ela não desconfiasse.

Ele fez uma careta.

– Você está dizendo que teria me ajudado a verificar se sua mãe é culpada de assassinato?

– Eu juro que teria feito o que você precisasse, se não porque você estava pedindo, para provar que minha mãe não é capaz de uma coisa dessas.

– E como eu poderia ter certeza de que você não contaria a ela sobre as nossas suspeitas?

Vanessa estremeceu.

– Suponho que você não poderia. Mas ouso dizer que Grey poderia tê-lo assegurado a respeito disso. Ele deveria, na verdade, ter me pedido diretamente que o ajudasse. Eu teria feito de bom grado.

Naquele momento, pelo tom de voz dela, Sheridan percebeu que Vanessa se sentia traída. E essa traição era o que parecia estar na raiz de sua angústia.

– Mas ninguém me pediu. Em vez disso...

– Eu sei. Grey só jogou tudo em cima em de mim.

Grey, o irmão mais velho dela. Que ela amava de todo o coração. Não era de admirar que Vanessa se sentisse traída.

– E eu me meti e fiz as coisas do meu jeito.

– E me deixou acreditar que você só queria me proteger de Juncker.

A afirmação o deixou nervoso.

– Eu queria, *sim*, proteger você de Juncker. Estava claro que você estava apaixonada, e ele só estava interessado em flertar com você.

– Estava, é? – perguntou ela, friamente.

Ele preferiu ignorar a estranha reação dela.

– Eu sei que deixei o subterfúgio ir longe demais, Vanessa. Minha mãe disse que eu deveria ter contado tudo a você na semana anterior ao nosso casamento, que deveria ter lhe dado uma chance.

– Uma chance de me recusar a casar com você?

Vanessa bebeu um golinho de vinho e prosseguiu:

– Talvez eu tivesse aproveitado essa chance, sobretudo porque eu não ia querer me casar com um homem que se sentisse forçado a isso, seja por dinheiro ou por qualquer outra razão.

Ele não sabia bem o porquê, mas isso o deixou furioso.

– Vamos esclarecer uma coisa, Vanessa. Eu não me casei com você por dinheiro. Eu me casei com você porque... porque me deixei levar por meus instintos físicos e a coloquei em uma posição difícil.

Sheridan se levantou e começou a andar de um lado para o outro no quarto.

– Eu sei o que um cavalheiro deve fazer quando destrói a reputação de uma dama. Por mais que eu não tenha tido a intenção, eu sou um cavalheiro.

Ele parou para encará-la.

– Permita-me corrigir a última frase: sou um cavalheiro *exceto* quando estou perto de você. Aí eu perco a cabeça.

Deus, ele não deveria ter admitido isso, muito menos para ela. A expressão dela se tornara mais suave, ele não sabia por quê. Ela era apaixonada por Juncker, não era?

Ele estava prestes a fazer essa pergunta quando ela disse:

– Você não precisa do meu dote?

Vanessa era direta, ele precisava admitir.

– Eu não disse isso. O seu dote certamente será útil. Mas, infelizmente, eu preciso de muito mais dinheiro do que poderia oferecer o dote da maioria das damas.

– E certamente o meu também.

– Vanessa, eu não...

– Tudo bem. Eu entendo.

– Não é o que você pensa.

– O quê? Que você foi obrigado a se casar comigo? Que com o tempo você vai se ressentir disso?

– De forma alguma – afirmou Sheridan com firmeza. – A minha atração por você é suficiente para mim.

– Agora. Mas quem sabe se será suficiente mais tarde? A minha aparência vai acabar mudando.

– Você não entende. Eu não estava mentindo quando disse que escolheria não me casar com você, se eu pudesse.

Ela respirou fundo duas vezes.

– Por causa de Helene?

Ele refletiu se deveria admitir. Mas prometera dizer a verdade a ela. E Vanessa merecia saber.

– Sim – respondeu ele, baixinho. – Por causa de Helene.

CAPÍTULO DEZOITO

Vanessa não sabia se deveria ter começado isso, já que cada palavra era como uma adaga em seu coração. Mas estavam casados agora. Não deveria haver segredos entre eles. Ela se recusava a ter um casamento como o de sua mãe, em que seu pai fazia o que bem entendesse enquanto ela se tornava cada vez mais infeliz e amarga. Não tinha certeza do que havia acontecido primeiro: se a infelicidade da mãe fizera o pai ter amantes ou o fato de o pai ter amantes tornara a mãe infeliz.

Não importava, já que daria no mesmo: os pais tinham sido infelizes, certamente desde que ela nascera. Vanessa não queria isso para a própria vida. Mesmo se seu casamento fosse apenas entre amigos, seria melhor do que o casamento de seus pais tinha se tornado: um casamento entre inimigos.

– Helene. Fale sobre ela, por favor.

Vanessa se esforçou para não demonstrar a dor que estava sentindo. Até ontem, nunca tinha imaginado que ele poderia ter tido outra mulher na vida. Se soubesse, talvez não tivesse tentado conquistá-lo com tanto afinco como seu marido.

– Ela acabou se casando com outro? Ou você a deixou para trás na Prússia?

Ele deu uma gargalhada sem humor.

– Poderia dizer que sim. Eu a deixei em um túmulo em Berlim.

Por aquela Vanessa não esperava.

– Ah! Sheridan, sinto muito. Ela era... vocês eram... casados?

Ele voltou para a cadeira e se sentou para se servir de uma taça de vinho Madeira.

– Não. Apenas noivos. Nós nos conhecemos no ano em que ela debutou.

Quando ele ficou em silêncio, ela pediu de novo:

– Fale mais sobre ela.

Ele tomou um gole de vinho.

– Ela era bonita.

– Você não precisa esconder os detalhes por minha causa.

Mesmo se isso a matasse por dentro.

– Certo. Helene era linda, mas de uma forma diferente de você. Ela era alta, esguia, tinha uma pele translúcida. Mal sabia eu que a magreza e a cor da pele já eram sinais dos estágios iniciais da tuberculose.

O coração de Vanessa se apertou por ele.

– Deus do céu. Deve ter sido tão difícil... Tuberculose é uma forma horrível de morrer. Quem ama uma pessoa com tuberculose tem que ver o amado definhar bem diante dos olhos.

Ele lançou um olhar questionador para ela.

– Você parece conhecer a doença.

– A esposa do tio Noah morreu de tuberculose – explicou ela. – Acho que é por essa razão que ele está pronto para se casar de novo. Ser casado com uma pessoa tuberculosa significa perdê-la aos poucos, até que no final você mal consegue enxergar a pessoa que conhecia.

– Essa é uma definição bem precisa – disse Sheridan, contornando a borda da taça com um dedo. – Eu não notei que Helene estava doente enquanto a cortejava. Acho que nem os pais dela sabiam naquele momento. Ela sempre foi magra, e tinha ficado alta bem antes de eu conhecê-la.

– Você era apaixonado por ela – afirmou Vanessa.

Ela precisou esconder sua dor ao pensar nisso. Não podia demonstrar. Não seria uma daquelas mulheres que sofrem por um homem que não a ama, que jamais poderia amá-la.

– Eu estava apaixonado como um homem de 23 anos – disse ele, abrindo um sorriso pesaroso. – Eu não sabia o que era o amor, para ser sincero. Ela era atraente e elegante, o tipo de mulher que seria a esposa perfeita para um diplomata.

– Ou para um duque – acrescentou ela.

– Eu não sabia que me tornaria duque. Eu imagino que ela não ia querer se mudar para cá, mesmo se não tivesse ficado doente. Quando tio Armie morreu, meu pai estava determinado a me trazer de volta com a família, assim ele poderia me preparar para herdar o título e a propriedade. Se Helene fosse minha esposa, se tivesse sobrevivido, talvez eu tivesse lutado com mais afinco para não vir. Mas sem ela, sinceramente, eu não tinha motivo para permanecer na Prússia.

E se ele tivesse permanecido lá, Vanessa nunca o teria conhecido. Era horrível e egoísta de sua parte, mas ela não podia lamentar a morte de

Helene. Só desejava que não tivesse levado o coração de Sheridan para o túmulo junto dela.

Sheridan suspirou.

– Mas, enfim, desejos nem sempre se tornam realidade. Ela não se tornou minha esposa e não veio para cá comigo, e isso é tudo – disse ele, e seus olhos encontraram os de Vanessa. – Ficou tudo no passado.

– De jeito nenhum. Eu consigo ver, pela forma como está agarrado a essa taça, que não ficou nada no passado.

– Suponho que você queira detalhes sobre meu romance malsucedido com Helene – disse Sheridan, encarando a taça diante de si. – Vai insistir em arrancar tudo de mim.

Ela estendeu o braço para apertar a mão livre dele.

– Vou insistir em saber por que isso o impediria de se casar. Por que não teria se casado comigo se não tivéssemos sido pegos no jardim.

– Você merece saber.

Ele bebericou mais um pouco de vinho, então colocou a taça sobre a mesa e, gentilmente, soltou a mão dela da sua.

Engolindo em seco, ela colocou as mãos sobre o colo e tentou não demonstrar como ficou perturbada por ele ter tirado a mão. Mas precisava saber o resto, saber o que... ou quem... ela iria enfrentar.

– Eu cortejei Helene durante toda a temporada de Berlim – contou ele com uma voz comedida, como se estivesse controlando as emoções. – Eu e ela tínhamos pouco em comum. Mas nós dois amávamos música, principalmente Mozart, que eu vira tocar quando tinha 9 anos.

– Mozart tem ótimas composições para dançar.

– É verdade. Mas, quando Helene ouviu falar sobre ele, ele já estava morto havia uns dez anos.

Vanessa não achou que seria sábio dizer que Helene provavelmente só "amava" a música de Mozart porque Sheridan amava. Não queria que ele achasse que estava sendo mesquinha. Mas conhecia diversas jovens que tinham por costume mudar seus gostos e desgostos para se adequarem ao homem desejado.

Ele colocou a taça sobre a mesa, entre eles.

– De qualquer forma, descobrimos que tínhamos temperamentos parecidos, ambos éramos de natureza taciturna – disse, e, nesse momento, contraiu um músculo da mandíbula –, então eu a pedi em casamento, e ela aceitou.

Mas a família dela queria um noivado longo, então concordamos em esperar um ano para nos casarmos
— *Um ano!* — exclamou ela.
— É muito tempo, de fato. Consideravelmente bem mais tempo do que uma semana — falou Sheridan, e deu um risinho de soslaio.
— É verdade. Mas, para sermos justos, já nos conhecemos há um ano e meio. Só que só ficamos noivos uma semana atrás.
Ele a fitou com uma expressão estranha, então, de repente, se levantou e foi atiçar o fogo.
— De qualquer forma, eu acho que os pais de Helene temiam que eu, sendo um diplomata, pudesse levá-la para fora da Prússia. E talvez eles estivessem certos.
Voltando para a mesa, ele bebeu outro gole de vinho.
— Nenhum de nós dois ficou satisfeito por ter que esperar tanto tempo, como você pode imaginar, principalmente Helene, que queria fugir para que nos casássemos. Eu me recusei, pensando em como isso prejudicaria a minha carreira. Depois me arrependi dessa decisão, porque, quando o ano chegou ao fim, ela já estava morta.
— Deve ter sido muito difícil para você — disse Vanessa. — E para a família dela também, claro.
Ele assentiu, como se para concordar com a veracidade da afirmação dela.
— À medida que a doença foi piorando, Helene me disse que eu poderia terminar nosso noivado. Mas aquilo me pareceu errado. Algum tempo depois, minha mãe me proibiu de visitá-la para que eu não me infectasse.
— Mas você ia mesmo assim.
Ele ficou surpreso.
— Eu ia mesmo assim. Como você sabe?
— Porque você é um homem bom, responsável. E é isso que um homem assim faz — disse Vanessa, alisando a saia. — Ainda mais um homem apaixonado, comprometido com uma mulher.
— Ainda assim, eu não estava lá no final — contou ele com voz pesarosa. — Ela morreu sozinha na cama certa noite. E eu…
— Você se sentiu culpado.
Vanessa estendeu a mão para cobrir a dele de novo.
— Mas não deveria. Muita gente morre sozinha simplesmente porque

ninguém sabe quando a morte vai chegar. Meu pai morreu sozinho, sabe? E, apesar de todas as coisas ruins que ele fez, eu ainda desejava ter estado lá para me despedir.

Sheridan pegou a mão dela.

– Agora você entende por que eu e minha família nos sentimos compelidos a solucionar os assassinatos dos nossos pais. Ainda mais o do *meu* pai, já que ele foi, essencialmente, um pai para todos nós. Ele também morreu sozinho, na companhia apenas de seu assassino.

Um nó se formou na garganta dela. Aquilo explicava muito sobre a obsessão dele e dos irmãos. Ela se lembrava do pai de Sheridan, um homem gentil, mas um pouco reservado. Assim como o filho.

Sheridan olhou para a mão dela na dele.

– Eu estou contando isso como uma forma de avisá-la que já perdi muitas pessoas que amo. Você me perguntou por que eu teria escolhido ficar solteiro se pudesse. A verdade é que... eu não posso passar por uma dor como essa de novo.

– Você não está esperando que eu morra logo, não é? – perguntou ela, fazendo um beicinho.

Sheridan a fitou nos olhos e estendeu a outra mão para fazer carinho em seu rosto.

– Nem brinque com isso. Perder Helene e, depois, meu pai dói tanto que eu não tenho a menor vontade de passar por isso de novo. Eu preferiria ter o tipo de casamento que meus pais tinham a ter que passar por essa agonia outra vez.

– Em outras palavras, você não pretende se permitir me amar nem me deixar ver sua essência.

Ele ficou tenso, depois assentiu.

– E se o nosso casamento se tornar algo como o que os pais de Grey tinham, ou, pior ainda, o tipo de casamento que os *meus* pais tinham? Não se permitir amar não garante uma vida sem sofrimento.

Soltando a mão dela, ele se recostou na cadeira e perguntou:

– Mas elimina a primeira fonte de sofrimento, não?

– Você vai se privar de uma vida de alegrias por estar determinado a não sentir a dor que o amor pode trazer? É como não cavalgar por ter medo de cair.

Ele lhe lançou um olhar duro.

– Você não entende. Nunca perdeu alguém que fosse o centro do seu mundo.

Como não podia discutir diante daquele argumento, Vanessa pegou outro caminho.

– E quando tivermos filhos? Nós teremos filhos?

– Eu gostaria, sim – respondeu ele, com cautela.

Ela se inclinou e o encarou com um olhar sério.

– Você também vai tentar não amar seus filhos para que não sofra se um deles morrer? Alguns pais vivem mais do que os filhos.

Ele se levantou da mesa, com os lábios formando uma linha fina.

– É claro que vou amar os nossos filhos.

– Só não vai amar a mãe deles.

Ele deu a volta ao redor dela, com os olhos inflamados.

– E você e seus sentimentos por mim? Você estava apaixonada por Juncker. Isso provavelmente vai impedir que você algum dia venha a me amar, não acha?

Ah, ele sabia como virar o jogo. Ela se levantou para encará-lo.

– Eu nunca disse que estava apaixonada por ele.

– Nem precisava. Isso ficou dolorosamente óbvio quando o flagrei beijando você e você não o impedindo.

Vanessa deveria dizer a ele que não se importava a mínima com Juncker. Que nunca tinha se importado. Mas então Sheridan poderia perceber que ele sempre tinha sido o objeto de todo o afeto dela. E ele não apenas se convenceria de que ela, de alguma forma, havia manipulado a situação para obter o que queria como também ela pareceria uma tola patética por desejar um homem que nunca poderia amá-la. Vanessa era orgulhosa demais para isso.

– Usando as suas palavras – disse Sheridan, com a voz vazia –, me diga a verdade, independentemente de quanto você acha que isso possa me machucar. Você *está* apaixonada por Juncker?

Ele não ficaria satisfeito com nenhuma resposta. Vanessa decidiu que era hora de levar essa discussão por um caminho que ambos achassem mais satisfatório.

Ela se aproximou, segurou a cabeça dele e lhe deu um beijo intenso na boca. Quando se afastou, disse baixinho:

– Eu não quero falar sobre Juncker ou Helene, nem sobre assassinos.

Ela desfez o nó da gravata dele e a jogou de lado.

– Eu não quero falar.

Ela pegou o casaco dele e o arrancou.

– Esta noite é o mais perto de uma lua de mel que teremos, e estamos a sós.

Ela começou a desabotoar o colete dele.

– Eu prefiro fazer algo mais... satisfatório.

Vanessa colocou a mão de Sheridan sobre um de seus seios. Ele só ficou fitando-a, como se não acreditasse que ela pudesse ser tão atrevida. Ela mesma não conseguia acreditar. Mas de que outra forma poderia fazer com que ele se esquecesse de Juncker a não ser seduzindo-o? Ela não tinha muita certeza de como fazer aquilo, mas iria decidindo no improviso.

Assim, ela o beijou de novo, dessa vez mais demoradamente. E ele ficou congelado por meio segundo. Então arrancou o colete e passou o braço em volta da cintura dela para puxá-la com força para um beijo tão cheio de um desejo sombrio quanto delicioso.

– Droga, Vanessa... – sussurrou ele contra os lábios dela. – Assim é duro de aguentar.

Era o que ela certamente esperava. Porque não tinha a menor intenção de ficar casada com o santo que todo mundo acreditava que Sheridan era. O que ela queria era o pecador, a parte que ele só mostrava a ela. Sheridan o Sedutor era, ao menos, capaz de amar.

– E – murmurou ela em resposta – falando em duro...

E, com isso, colocou a mão na calça dele, bem no lugar onde uma protuberância estava se formando. Gemendo, ele pegou a mão dela e segurou com mais firmeza sobre a evidência de sua excitação. Então, à medida que movia a mão dela para cima e para baixo, começou a beijar sua nuca, descendo até a borda do corpete.

– Feiticeira... Vire de costas... – mandou ele, com uma voz rouca que causou arrepios nela.

O pulso de Vanessa acelerou de ansiedade.

Com dedos ágeis, ele desabotoou o vestido dela, depois o corpete e jogou tudo no chão, deixando-a apenas de combinação e meia-calça. Enquanto ele voltava para a frente, ela desamarrou a combinação. Mas, antes que pudesse tirá-la, ele puxou a abertura e afrouxou a fita, baixando-a o suficiente para desnudar os seios.

– Eu nunca me canso deles – disse ele, com a voz rouca.

Surpreendendo-a, ele a levantou e a colocou em cima da mesa, então virou a cadeira e se sentou de forma a se fartar em seus seios. Havia algo tão carnal em vê-lo chupando e lambendo seus mamilos enquanto ela estava ali, sentada de forma casual sobre a mesa.

– Eu gosto de ver você... se fartando deles... – disse ela, com uma gargalhada, enquanto enterrava os dedos nos cachos sedosos dele.

– Você é o jantar mais delicioso... – murmurou ele, com um seio ainda na boca. – O seu cheiro é tão bom. O seu gosto é tão bom. Você me deixa... morrendo de fome.

A voz rouca dele fez com que um arrepio percorresse o corpo dela.

– Você é um bajulador.

Talvez o caminho para o coração de um homem realmente fosse pelo estômago. Esse pensamento fez com que ela risse, e ele parou para fitá-la com uma sobrancelha levantada. Sem querer explicar, ela disse:

– Quando você vai tirar isto? – perguntou, puxando o cós da calça dele.

Na mesma hora, ele se recostou e tirou as botas.

– Quero ver você se tocando – revelou ele.

– O... quê? Onde?

– Nos seus seios. Coloque as mãos deles. Você nunca se tocou?

– Não, só no banho. Por quê?

Ele gemeu ao se levantar para abrir a calça.

– Finja que você está tomando banho. Melhor ainda, finja que eu estou dando banho em você.

– Ahhhh.

Por que essa simples ideia a deixou toda trêmula?

Um pouco constrangida, Vanessa começou a roçar os próprios seios. Parecia algo *tão* indecente, principalmente porque ele ainda estava meio vestido.

O que não demorou muito. À medida que ela prosseguia com a carícia, estimulando os seios sem o menor pudor através da combinação aberta, Sheridan seguiu se despindo, devorando-a com o olhar.

– Você é um banquete para os olhos, minha esposa deliciosa.

Ela fitou o peito agora nu de Sheridan, seus músculos impressionantes, então as roupas íntimas dele, ou o que quer que chamassem aquilo, que continham uma protuberância impressionante.

– Você também, meu marido delicioso.

Só quando estava totalmente nu ele voltou para a cadeira em frente a ela. Afastando as pernas dela, ele disse, com a voz áspera:

– Acho que já estou pronto para a sobremesa.

Ele levantou a combinação dela o suficiente para enfiar a cabeça por baixo. Então beijou-a bem nas partes íntimas, em um ponto que ela nunca imaginara que alguém pudesse querer beijar. Quando o desejo a levou a segurar a cabeça dele, Sheridan começou a lambê-la ali embaixo. No início, fez uma cosquinha, mas quanto mais ele usava a língua em carícias longas e quentes, mais excitava seus já aguçados sentidos. E era... *maravilhoso*. Vanessa estremeceu por dentro, estremeceu em todos os lugares possíveis.

Ah. Céus. Que incrível! O homem era claramente um mestre na arte da cama.

Enquanto Vanessa se contorcia com os movimentos da língua dele, Sheridan começou a fazer pequenos círculos com os polegares na parte interna da coxa dela, que, de repente, ficou bem sensível.

– Isto... parece tão... imoral – disse ela, engasgada.

Ele parou apenas o suficiente para perguntar, com um sorriso:

– Incomoda você o fato de ser imoral?

– Com você? Não.

– Que bom, então.

Sheridan voltou a estimulá-la lá embaixo com os lábios, com a língua e com os dentes até que ela sentisse que iria explodir.

– Sheridan... eu quero... eu quero...

– O que você quer, sua imoral?

– Eu quero você... dentro de mim.

Ele a atormentou mais um pouco com a língua experiente, então perguntou:

– Tem certeza?

– Ah, tenho, sim...

– Pois muito bem – disse ele, e enxugou a boca na combinação dela.

Então ele a puxou da mesa de forma que ela montasse nele, com um joelho de cada lado do quadril dele no assento da cadeira ampla.

– O que você está fazendo? – perguntou ela.

– Se você me quer dentro de você, então monte em mim.

Ela piscou, sem entender. Então percebeu. Ele queria fazer o que tinham feito na noite anterior, mas ao contrário. Que... intrigante.

E nessa posição ela teria toda aquela glória masculina na sua frente enquanto "montava" nele.

– E então? – questionou ele, com uma sobrancelha levantada e um sorriso maroto nos lábios.

– Isso parece uma coisa de que talvez eu goste.

– Talvez? Vou me certificar de que goste, meu bem – disse ele, puxando a combinação dela, que já estava solta em volta dos quadris. – Mas, primeiro, vamos nos livrar disto aqui.

E com um movimento rápido das mãos, ele dispensou a combinação.

– Assim é melhor – afirmou ele, com os olhos brilhando.

– Você gosta de me ver nua, não gosta? – perguntou ela, envaidecida.

– Você ainda está com as meias.

– Quer que eu tire também?

– Deus, não.

Ele passou as mãos pelas pernas dela.

– Gosto de você de meia-calça.

– Você gosta de me ver *quase* nua – disse ela, implicando. – Com pérolas. Meia-calça.

– Ah, sim. Eu certamente gosto – respondeu ele, admirando os seios dela.

– E eu gosto de ver você... embaixo de mim.

– Feiticeira – disse ele, sorrindo. – Agora está na hora de me ver, me sentir... dentro de você.

Sheridan nunca havia imaginado uma cena tão erótica quanto Vanessa montada nele, usando só meia-calça, o que deixava a cena ainda *mais* erótica. Sua duquesa se mostrara uma rápida aprendiz. Ele só precisou lhe dar umas poucas instruções e guiá-la até seu membro rígido para que ela o envolvesse no mais puro e delicioso calor.

Que Deus o protegesse! Sheridan sabia que morreria feliz com ela ali, em cima dele, em volta dele. Preenchendo seus sentidos com aquele sabor feminino delicioso, o cheiro almiscarado e os olhos de corça maravilhados por ela ter aprendido uma coisa nova na cama.

– Agora, você só precisa se mexer, minha deusa deliciosa – murmurou ele. – Para cima e para baixo. Da mesma forma que eu fiz com você ontem à noite.

– Ahhh. Claro – respondeu ela, com a respiração acelerada. – Faz sentido.

Sheridan quase explodiu com o primeiro movimento. Ela era como cetim quente, soltando faíscas, deixando-o em chamas. Ele encheu as mãos com os seios fartos – amava o fato de ela ser uma mulher farta – investindo contra ela, impaciente para que ela se movesse mais rápido.

Vanessa não seguiu a dica. Mas quando ele viu o sorriso implicante nos lábios dela, soube que estava fazendo de propósito, só para torturá-lo.

– Você está... gostando disto... não é, minha atrevida?

– Um pouco...

Contorcendo-se em cima dele, ela abriu ainda mais o sorriso.

– Na verdade... eu só estou... descobrindo de que você gosta.

Era isso que ganhava por deixá-la ditar o ritmo.

– Eu gosto mais rápido... – respondeu ele, rouco.

Vanessa deu uma gargalhada gutural, e assim o fez. Tremendo e se contorcendo, cavalgou Sheridan como se ele fosse um puro-sangue, buscando a melhor forma de encontrar o próprio prazer e ao mesmo tempo inflamar o dele. Ele deixou que ela fizesse como queria. Porque queria o que ela quisesse.

E porque o fato de Vanessa gostar de fazer amor o deixava aliviado. Sabia que muitas damas respeitáveis não gostavam. Mas ela era uma devassa de nascença, levando-o lentamente à loucura.

Vanessa abriu as mãos sobre o peito dele e começou a brincar com seus mamilos, dando a ele um gostinho de como era quando ele fazia o mesmo com ela... ou quando ela fazia consigo mesma.

– Ah, Sheridan... – sussurrou ela.

Lembrar-se da imagem de Vanessa se tocando o deixou ainda mais inflamado. Ela estava se movendo mais rápido sobre o membro dele agora, então o quadril de Sheridan assumiu o controle, investindo com força enquanto ele agarrava o braço dela e se movia em busca do próprio alívio.

– Ah... minha doce duquesa... você é minha agora... para sempre. Minha.

– Sua – disse ela, e respirou fundo. – Para sempre.

As palavras foram uma promessa. Poderiam tê-lo deixado alarmado. Mas, em vez disso, despertaram um sentimento de possessividade fortíssimo enquanto ele se aproximava do clímax. Sheridan sentiu quando ela o apertou mais forte segundos antes de ela soltar um grito ininteligível e ele explodir dentro dela.

E com ela ali, caída sobre ele, ainda banhada no jorro de sua semente, os cachos se espalhando sobre ele, Sheridan fez sua promessa.

– Você é minha. Embaixo das cobertas. Por cima das cobertas. Em qualquer lugar.

– Sim – disse ela, cheirando o pescoço dele. – Ah, sim, meu bem.

Só mais tarde ele percebeu, depois de levá-la para a cama, que ela não havia respondido à pergunta sobre Juncker. Em vez disso, Vanessa havia tentado, e conseguido, seduzi-lo. Só mais tarde, enquanto passava o braço em volta de sua esposa ainda adormecida, ele perguntou a si mesmo se ela teria pensado em Juncker enquanto fazia amor com ele.

Ah, Deus, e se tivesse? E se Juncker fosse dono do coração dela enquanto Sheridan só tinha o corpo? Ele precisava ter certeza, mas perguntar a ela provavelmente não o levaria a lugar nenhum. Ela já evitara responder àquela pergunta uma vez. E ele não tinha o direito de questionar nada, uma vez que a lembrança de Helene ainda o assombrava.

Ou, melhor, a lembrança de a ter perdido. Depois de seis anos, ele mal conseguia se lembrar de Helene em si, o que o perturbava. A mulher que já tinha sido dona do seu coração não deveria ter um lugar maior do que um mero... eco de sua presença?

Pelo amor de Deus, sua mãe idolatrava seu pai. Mas o amor anterior dela se colocara entre os dois e por isso eles nunca chegaram a se apaixonar de fato. Lydia ainda se agarrava à memória do homem com quem tinha sido casada por apenas um ano. Mesmo depois de 29 anos, aquilo não havia mudado.

E Sheridan não conseguia lamentar a morte de Helene por mais do que seis anos.

Você vai se privar de uma vida de alegrias por estar determinado a não sentir a dor que o amor pode trazer? É como não cavalgar por ter medo de cair.

Sheridan deitou de costas e ficou olhando o teto. Como Vanessa tinha a audácia de opinar em matéria de amor se ela mesma não o amava? Ela certamente não tinha dito que o amava. Ela realmente esperava que *ele* desse esse salto quando ela mesma não conseguia?

A não ser que ela já tivesse feito isso com Juncker.

E se isso tivesse acontecido? Bem, nesse caso, Sheridan teria que encontrar um meio de afastá-la do sujeito. Porque se recusava a ser traído – mesmo que só em espírito – por aquele cretino arrogante. Assim que chegassem a Londres no dia seguinte, ele procuraria Juncker para esclarecer exatamente o que acontecera entre o falso dramaturgo e sua esposa. Porque ela era sua agora. Sheridan tinha falado sério quando disse isso. E nenhum maldito poeta a tiraria dele, nem em espírito nem de forma alguma.

Promessa feita, ele finalmente conseguiu pegar no sono.

CAPÍTULO DEZENOVE

Chegaram a Londres no meio da tarde do dia seguinte. Sheridan nunca havia ficado tão feliz em ver a cidade e se livrar da sua sogra. Passara a viagem toda observando a esposa usando suas habilidades para lidar com a mãe, e ele, sinceramente, não sabia como ela havia feito isso sem ter vontade de estrangular a mulher.

Lady Eustace era uma peste, pura e simplesmente. Primeiro ela sentiu frio, depois calor, aí precisou de ar, então o ar fez com que sentisse frio de novo. A sequência continuou até que ele não aguentasse mais e informasse à sua esposa que ele mesmo precisava de ar e pretendia seguir viagem sentado ao lado do cocheiro. Quando ela lhe lançou um olhar de desculpas, ele se sentiu culpado, mas não o suficiente para voltar atrás.

Além disso, viajar com Vanessa já era um tormento por si só. Apesar de ela estar vestindo um sobretudo verde-escuro muito recatado, fechado até o pescoço, ele ainda se lembrava das doces tentações que se escondiam ali embaixo. Resistiu à vontade de reviver os prazeres da noite anterior. A última coisa que queria era que a sogra percebesse o que ele imaginava com a filha dela. Mais uma razão para se sentar no banco ao lado cocheiro, por mais estranho que o homem pudesse achar.

Assim que deixaram lady Eustace na casa dela na cidade e começaram a percorrer a pequena distância até a enorme e dispendiosa mansão de Sheridan em Londres, Vanessa pareceu ressuscitar, pelo menos o suficiente para abrir um sorriso feliz para ele.

— Os empregados estão nos esperando?

— Estão.

Felizmente, ele a apresentara a eles antes do casamento e a observara enquanto ela encantava todos com um elogio aqui e um pedido de opinião ali.

— Mas precisarei fazer uma visita antes do jantar.

A decepção ficou clara na expressão dela.

— Não pode esperar até amanhã?

– Infelizmente, não. Mas não vai demorar – disse ele, mentindo descaradamente. – É só um assunto pouco importante que eu devia ter resolvido antes de partir para Lincolnshire. Estarei de volta para o jantar, prometo.

Vanessa assentiu, mas a alegria em seu rosto se apagou.

– Eu gostaria que amanhã fosse o nosso dia de receber visitas. Você conseguirá ficar comigo?

– Claro.

Gwyn já o tinha avisado que esperava-se que recém-casados reservassem um dia em casa para receber os visitantes ansiosos para dar seus parabéns. Vendo que Vanessa se esforçava para esconder a decepção, Sheridan levantou do assento em frente a ela e se sentou ao seu lado, pegando sua mão.

– Juro que não vou demorar.

Ao menos ele assim esperava. Sabia onde ficava a residência de Juncker, e se o cretino não estivesse em casa, sabia que deveria ir a Covent Garden, embora encontrá-lo lá fosse ser um pouco mais demorado. Quando ela abriu um sorriso hesitante, ele não conseguiu resistir à vontade de beijá-la. Sua intenção era um beijo rápido para tranquilizá-la, mas acabou se tornando algo mais apaixonado.

Quando o cocheiro parou em frente à Armitage House, os dois despertaram do prazer compartilhado. Vanessa o fitou com olhos sonolentos que ele reconheceu de quando a acordara naquela manhã.

– Devo esperá-lo usando apenas as pérolas de Armitage? – perguntou ela em um tom de voz baixo que reverberou em cada célula do corpo excitado dele.

Por um momento, Sheridan considerou pedir ao cocheiro que desse uma volta pelo Hyde Park enquanto ele seduzia a esposa.

Mas não, ele precisava fazer aquilo primeiro. Caso contrário, ficaria sempre tentando imaginar em quem ela estava realmente pensando quando faziam amor.

– Acho que isso deixaria os empregados chocados no jantar, não acha? – perguntou ele.

Ela deu uma gargalhada alegre enquanto o cocheiro abria a porta e posicionava o degrau. Sheridan saiu na frente e a ajudou a descer. Quando ela desembarcou, ele então pediu que o cocheiro o levasse a Albany.

Por sorte, Juncker estava em seus aposentos, ou, pelo menos, foi o que um empregado do lugar informou. Negando a oferta do homem de chamar Juncker, Sheridan subiu a escada sozinho, não querendo que ninguém avisasse o cretino de sua chegada. Ele havia acabado de se lembrar que na última vez que se viram, Sheridan tinha dado um soco no sujeito, então era provável que ele não estivesse ansioso por um novo encontro.

Como era de esperar, quando Juncker abriu a porta, fez uma cara feia para ele.

– O que você está fazendo aqui?

– Vim conversar sobre a minha esposa.

Juncker não abrira a porta toda nem estava se movendo para deixar Sheridan entrar.

– Você fez o procedimento inverso. Deveria falar com *a sua esposa* sobre mim.

– Eu tentei. Mas ela não me disse nada.

Juncker o examinou.

– Pode entrar, então.

Quando Juncker se afastou, Sheridan empurrou a porta para entrar nos aposentos do poeta. Eram muito mais elegantes do que Sheridan havia esperado.

– Meu irmão deve lhe pagar bem para fingir ser o escritor das peças dele.

– Ora, você sabe disso?

– Olivia me contou sem querer.

Juncker riu.

– Isso se parece com ela.

Juncker não pareceu chateado, o que surpreendeu Sheridan. E quando Juncker foi se servir de conhaque e ofereceu uma dose a Sheridan, ele ficou ainda mais surpreso.

– Esta não é uma visita social – respondeu Sheridan.

– Como quiser.

Juncker ergueu o copo e tomou um gole antes de encarar Sheridan.

– Espero que não esteja pensando em me dar outro soco.

– Isso vai depender do que você me disser sobre seu envolvimento com a minha esposa.

Vanessa andava de um lado para o outro no quarto. Onde Sheridan poderia estar? Ela havia perguntando aos criados a que horas o jantar costumava ser servido, e lhe disseram sete da noite. Faltavam quinze minutos e nem sinal dele. Bem diferente da promessa de voltar logo para casa, certo?

Estava nervosa com isso. Era a primeira refeição com ela no comando de sua nova casa – bem, de sua nova casa em Londres – e Vanessa não queria estragar tudo. Sheridan lhe parecia o tipo de homem que esperava pontualidade e organização.

Exceto no quarto. Não, não pensaria em tais coisas naquele momento. Só a deixariam ainda mais preocupada.

A porta que ligava os quartos se abriu e seu marido entrou.

– Aqui está você. Achei que estaria na sala de estar tomando uma taça de vinho.

Ela soltou a respiração, sem perceber que a estava prendendo. Vanessa apontou para o quarto dele.

– Você tem pouco tempo para se trocar para o jantar. Os criados me falaram que...

– Não se preocupe. Quando cheguei, pedi que atrasassem o jantar em uma hora.

– Certo.

Ela pensou em dizer a ele que refeições que já estavam sendo preparadas não ficavam muito boas quando servidas com atraso, mas achou que ele não entenderia.

– A reunião foi boa?

– Muito boa, na verdade.

Por alguma razão, Sheridan a observava com uma atenção particular. Será que havia algo no dente dela? Não deveria ter comido aquela pera quando chegou... Talvez houvesse um pedaço de casca preso no dente. Mas que desculpa daria para se olhar no espelho quando já estava completamente vestida?

– Bem, Vanessa – continuou ele –, tenho uma pergunta para você. É a mesma que você se recusou a responder ontem: você está apaixonada por Juncker?

Ela congelou. Por que diabos ele estava perguntando aquilo agora? Parecia que a sedução só fizera com que ela ganhasse um dia. E estava cansada de evitar o assunto.

– Não, não estou. E nunca estive.

Ele a encarou.

– Não foi isso que Juncker disse.

– Espere um minuto! Você falou com ele sobre isso? Quando?

Ele hesitou em responder, o que foi muito revelador.

– Você falou com ele essa tarde, não foi? – perguntou ela, atravessando o quarto na direção dele. – A sua reunião era com ele!

Sheridan fez uma careta.

– Eu precisava saber, droga. Já que você não quis me dizer...

Ela colocou as mãos na cintura.

– E ele disse que eu era apaixonada por ele? Ora, que... mas que patife! Ele mentiu.

– Mentiu mesmo? – questionou Sheridan, com uma expressão inescrutável.

– Com certeza, mentiu! – disse ela, dando a volta ao redor de Sheridan. – Mas por que ele mentiria? O que ganharia com isso? Ele sabe que não gosto dele. Além do mais, ele jurou guardar meu segredo. Traidor sujo.

– Que segredo? – perguntou Sheridan, com um tom de voz duro.

Ah, Deus. Vanessa e sua boca grande. Sheridan a deixara tão nervosa, que ela estava ficando zonza. Bem, mas agora não tinha escolha a não ser negar a mentira de Juncker.

– O segredo é que... eu sempre gostei de você. Nunca tive nenhum interesse nele. Eu só usei Juncker para provocar ciúmes em você – revelou ela, e levantou o queixo. – E funcionou, não é mesmo? Pelo menos um pouco.

– O que a levou a supor que não funcionaria? – perguntou Sheridan, usando o mesmo tom de voz que não revelava o que estava pensando.

Vanessa engoliu em seco, detestando o fato de ele a estar obrigando a se expor.

– Porque eu tinha a impressão de que você me achava tão atraente quanto eu... achava você. Mas eu não conseguia fazer com que me notasse. Você parecia determinado a me tratar como a irmãzinha de Grey, o que não fazia o menor sentido. Eu não conseguia descobrir como você se sentia. E eu sou uma mulher adulta já faz muito tempo. Eu queria que você me visse como eu realmente sou.

– E você decidiu usar Juncker para me provocar ciúmes? Por que ele, entre todos os homens, se você não sentia nada por ele?

Deus do céu, que situação difícil.

– Eu não planejei exatamente isso. Eu mal sabia quem ele era. Mas na época da morte do seu pai, Grey supôs que eu estivesse interessada em alguém, e eu não ousei contar a ele que esse alguém era você. Eu sabia que ele lhe contaria, e fiquei com medo de que você desconfiasse do meu interesse. Você me veria como uma jovem tola apaixonada por um duque. Foi por isso que eu disse a Grey que estava interessada em um poeta. Como eu estava lendo as poesias de Juncker, pareceu lógico.

Ela suspirou.

– Mas a coisa toda desandou. De alguma forma, Juncker ficou sabendo do meu interesse em um suposto poeta e começou a se comportar de forma diferente comigo. Até ali, eu não tinha nenhuma ligação com ele e, de repente, ele estava flertando comigo e fingindo que me conhecia. Então eu dei um conselho feminino a ele, sabendo que isso o afastaria. Mas acho que ele supôs que poderia me usar para irritar você e Thornstock.

– E ele estava certo – murmurou Sheridan.

– O quê?

– Nada – respondeu ele.

– Foi só isso. Um esquema que deu terrivelmente errado.

– Acho que podemos dizer que sim.

Vanessa se afastou dele.

– E você odeia esquemas. E pessoas que fazem esquemas.

– É verdade, eu detesto – concordou ele, baixinho. – Mas eu nunca poderia detestá-la.

O coração dela estava apertado, e as palavras só a tranquilizaram um pouco.

– Sei que você nunca vai acreditar, mas Juncker mentiu sobre o meu interesse nele. Eu nunca disse isso a ele.

– Eu sei.

Ele se aproximou e passou os braços pela cintura dela.

– Você acredita em mim?

– Acredito. E acredito nele. Ele mentiu para mim… no começo. Como você disse, Juncker gosta de implicar com Thorn e com os amigos e parentes dele. O sujeito é um gozador. Mas quando eu olhei para ele como se fosse estrangulá-lo, ele logo admitiu a mentira.

Sheridan levantou uma sobrancelha.

– Juncker tem uma forte tendência à autopreservação.

Soltando-se do abraço dele, Vanessa virou-se contra o marido.

– Quer dizer que quando entrou aqui agora há pouco você já sabia que eu nunca tinha tido nenhum interesse nele?

– Sabia – confessou ele, de repente parecendo preocupado. – Mas eu precisava escutar isso de você. Não confio nele.

– Mas, mesmo assim, acreditou nele no começo. Quando ele disse que eu estava apaixonada por ele.

Sheridan levantou as mãos.

– Não inteiramente, meu bem, eu juro. Antes mesmo que ele admitisse a mentira, eu comecei a considerar algumas coisas, como o fato de você só começar a falar sobre Juncker quando eu estava dando mais atenção à sua mãe do que a você. E o fato de você ter flertado comigo muito antes de Grey mencionar sua ligação com Juncker.

– Isso não foi suficiente para você?

– Bem, você mudou de assunto ontem à noite quando perguntei sobre Juncker. Você me seduziu para que eu parasse de pensar nele. E, sinceramente, você não me deu nenhum outro sinal de que Juncker pudesse estar errado.

– Eu dei muitos outros sinais. É sério que pensa assim?

Aquilo realmente a deixou irritada.

– Eu aceitei me casar com você, Sheridan.

– Só porque nós fomos pegos juntos. O que só aconteceu porque você deixou Juncker beijá-la com muito entusiasmo. Ou você se esqueceu disso?

Vanessa cruzou os braços.

– Não, não me esqueci. Você se esqueceu de que não apareceu para a visita que prometeu? Que me deixou para Juncker depois de dizer que o acompanharia? Eu supus que tinha perdido você. Se é que algum dia eu sequer o tivera. Eu estava sempre tentando chamar a sua atenção, e depois daquele nosso beijo no teatro, você só me dava beijinhos no rosto. Então, sim, quando ele perguntou se podia me beijar, eu deixei. Eu pensei: por que não? Se eu não podia ter você, que diferença faria?

– Eu sinto muito.

Sheridan parecia estar olhando para ela com novos olhos.

– Eu não fazia ideia de que você estava atrás de mim o tempo todo.

– E se você soubesse, teria me cortejado?

Ele passou os dedos pelo cabelo.

– Talvez. Não tenho certeza.

– Por outro lado, depois que nos casamos, eu me deitei com você animadamente. Duas vezes. E a segunda vez foi depois de descobrir que você só estava me cortejando porque desejava questionar minha mãe. Isso foi muito antes de você ir visitar Juncker e acreditar nos absurdos que ele disse. De quantas provas mais você precisa para acreditar que eu gosto de você?

Ele a pegou pela cintura.

– Você está certa. Eu devia ter confiado em você. Eu só estava...

– Com ciúmes?

– Sim.

Ele inclinou a cabeça para beijar a têmpora dela.

– Eu fiquei louco só de pensar que seu coração podia ser dele.

– É aceitável que o seu coração seja da sua falecida noiva – sussurrou ela –, mas não seria aceitável que eu tivesse escolhido outro homem que não fosse você?

– Vanessa... – disse ele naquele tom de voz apaziguador que ela odiava.

– Eu sempre gostei de você, Sheridan Wolfe. Não porque é um duque, e muito menos porque é irmão de Grey, embora isso seja bom. Mas porque você é você. E se isso não for o suficiente...

– É o suficiente, minha doce duquesa. Eu juro. Estou feliz por estarmos casados. Sei que é difícil para você acreditar, mas é verdade.

Ele a tomou nos braços e começou a beijá-la, mas Vanessa se afastou. Ainda não estava pronta para perdoá-lo.

– Os criados estão nos esperando para o jantar no horário marcado.

– Estão? – murmurou ele e continuou a tentar beijá-la.

– Sheridan! Eu me vesti toda!

– Posso ajudá-la a se vestir de novo – disse ele, com a voz rouca. – Mas eu estou desesperado para fazer amor com a minha esposa.

Para ser sincera, ela estava desesperada para fazer a mesma coisa.

– Tudo bem – sussurrou ela nos lábios dele.

Com uma gargalhada, ele a levou para a cama, e Vanessa permitiu. Não tinha o menor autocontrole quando se tratava de Sheridan.

Ele ainda não tinha dito que a amava, mas ela também não.

Mas ela o *amava*? Tinha muito medo de que a resposta fosse sim. Ele era o único homem de quem ela já havia gostado, e levara anos para encontrá-lo. Sheridan era o único que a apoiava, que compartilhava seu amor pelos livros e entendia sua paixão pela jardinagem. O único que fizera com que o sangue dela fervesse e o coração acelerasse. Mas ele já lhe dissera que não tinha a menor intenção de se apaixonar de novo, e Vanessa não sabia se suportaria ouvi-lo repetir as mesmas palavras agora que ela abrira o coração para ele.

Só lhe restava mostrar como se sentia e torcer para que, um dia, ele pudesse retribuir.

CAPÍTULO VINTE

Dois dias depois, Sheridan estava sentado em seu escritório na mansão de Londres, analisando as contas da propriedade, preparando-se para a temida reunião com Bonham naquela tarde. Tinha postergado aquilo por mais tempo do que devia.

Na véspera, o restante da família voltara para Londres, inclusive a mãe, que continuaria morando com eles por enquanto, mas, provavelmente, não por muito tempo. Lydia planejava partir no dia seguinte para Carymont a fim de ver como Beatrice e Grey estavam, já que o bebê ainda não tinha nascido. Não havia dúvida de que ela os visitaria com frequência.

Sheridan não se importava nem um pouco com isso. A presença de uma das mães enquanto um casal ainda estava se adaptando à vida de casado era muito difícil. Mas assim que Lydia partisse e a reunião com Bonham tivesse acontecido, ele poderia se dedicar mais a Vanessa. Teria a chance de fazer alguma coisa com ela que não fosse amor. Não que não gostasse disso, é claro. Recostando-se na cadeira, ele sorriu.

– Por que você está sorrindo, meu querido? – perguntou Vanessa ao entrar no escritório.

– Só estava pensando sobre ontem à noite. E a noite anterior. Ah, sim, e a noite antes dessa. E a...

– Eu sei o que está tentando fazer, Sheridan Wolfe, e você não vai me convencer a dizer a Bonham que está indisposto ou qualquer coisa parecida. Quando ele chegar hoje à tarde, você precisa estar preparado.

– Maldição, hein? Parece que, sem saber, me casei com uma mulher inflexível – disse ele, fingindo estar preocupado. – Mas acho que agora isso não tem mais volta...

– Muito engraçadinho.

Levantando a bela sobrancelha em uma expressão impenetrável, Vanessa deu a volta na mesa e se pôs ao lado dele, para olhar o jardim.

– Entendo por que diz que gosta do seu escritório. Tem uma linda vista do jardim atrás de você.

– Tenho mesmo – concordou ele, virando a cadeira para olhar para fora.

– Essa vai ser a primeira coisa que eu vou alterar como dona da casa. Esse pequeno jardim de fundos claramente precisa de cuidados, e eu vou gostar de dar um bom trato nele.

Sheridan a puxou para mais perto.

– Posso pensar em outras coisas nas quais você pode "dar um bom trato".

Ela deu uma gargalhada.

– Ora, é insaciável, Vossa Graça. Mas não é hora e nem é lugar para isso.

– Não sei de nada disso – disse ele, deslizando a mão pelo quadril dela e descendo para a coxa.

Revirando os olhos, ela se virou para olhar para a escrivaninha dele.

– Então esses são os livros contábeis?

Lembrar-se disso acabou com o humor de Sheridan e ele tirou as mãos do adorável corpo da esposa.

– São, sim – respondeu ele. – Eu sei que cada pessoa tem um método diferente de fazer a contabilidade, mas não consigo entender o sistema de Bonham. Toda vez que acho que entendi, alguma coisa surge para me mostrar que não.

Ela pegou um dos livros e olhou para ele.

– Bem, não é de admirar. Não faz o menor sentido.

– Não me diga que os números dançam na sua frente também.

– Ora, não. Como assim dançam?

Que droga, não devia ter dito isso.

– Não é nada. Algumas pessoas têm problemas com números. Meu tio-avô sofria com isso. Minha tia-avó vivia reclamando que ele a enlouquecia sempre que tinha que se encontrar com o administrador da propriedade.

Ela apontou para um número.

– Que número é esse?

– Setecentos e vinte e seis libras.

– Não, meu querido. É setecentos e sessenta e duas libras.

Ele olhou de novo.

– Ora, tem razão. Eu podia jurar que era...

– Aqui, vamos tentar outro.

Dessa vez, ela pegou uma régua e colocou embaixo de um número.

– Que número é esse?

– Cinco mil e vinte e cinco libras.

– Olhe de novo.

Sheridan fez uma careta.

– De que adianta? Nunca posso confiar no que vejo quando olho para um número.

– É só uma questão de ter outra pessoa ajudando você. Mas, sinceramente, você nem deveria ter que se preocupar com isso. Tem um administrador. Esse é o trabalho dele.

– Meu pai sempre dizia que o dono deve ser capaz de olhar os livros contábeis e dizer se alguém está roubando, ou identificar algo que pode ser feito de forma mais eficiente na administração da propriedade.

– Acho que seu pai podia ter razão, mas não entendo por que você precisa ir tão a fundo nisso – disse Vanessa, e levantou uma sobrancelha. – Além do mais, por quanto tempo seu pai administrou uma propriedade?

Aquilo fez Sheridan pensar.

– Uns seis meses. Eu sempre achei que meu avô tivesse ensinado as regras dele de administração, mas se ele tivesse feito isso, teria sido para tio Armie, não para o meu pai.

– Então o seu pai tinha pouca experiência nisso.

– Acho que sim.

Sheridan nunca tinha pensado dessa forma.

– Seu tio Armie é a outra pessoa que você e seus irmãos acham que foi assassinada?

– Sim, foi ele quem arruinou a propriedade.

– Tem certeza disso?

Sheridan se recostou na cadeira.

– Tenho. Antes de eu herdar tudo, meu pai sabia disso, os arrendatários sabiam, e Bonham sabia. Se eu, pelo menos, conseguisse entender o sistema de Bonham, saberia dizer o que aconteceu. Ele já tentou me explicar diversas vezes, mas parece que meu problema com números me impede de entender.

– Hum...

Vanessa pareceu cética.

– Se você quiser, posso olhar os livros e ver se consigo entender. Sou boa com números. Eu costumava fazer a contabilidade do meu pai.

– Perdoe-me, querida, mas isso não é uma boa referência, considerando que sua família teve dificuldades financeiras sob os cuidados dele.

Ela colocou as mãos na adorável cintura.

– Por culpa das amantes do papai e dos gastos excessivos da mamãe.

– Tio Armie também teve várias amantes, e gastava excessivamente.

Com fogo nos olhos, Vanessa apoiou o quadril na escrivaninha.

– Sim, mas ele tinha a renda de duque, muitos arrendatários e outros investimentos. Enquanto meu pai, como segundo filho, só possuía a nossa casa em Suffolk que a mãe deixou para ele. Não tinha arrendatários. Não podia se dar ao luxo de ter amantes nem de fazer gastos excessivos, mas isso não o impediu. Por que você acha que ele tentou roubar as propriedades que Grey ainda não assumira?

Vanessa tinha razão naquele ponto, refletiu Sheridan.

– E acredite em mim – continuou ela –, eu fiz o que pude para criar argumentos para convencê-lo de que poderíamos viver muito bem se ele parasse de gastar com a "minha mãe". Nós dois sabíamos que não era com ela nem comigo que ele gastava tanto, mas ele fingia que era e eu fingia acreditar. Ninguém enfrentava meu pai, muito menos eu.

– Grey enfrentou – afirmou Sheridan.

– E sofreu as consequências, como você bem sabe. O pouco que nos restou foi porque eu... escondi bens para nos manter longe da prisão por dívidas. É possível que o Sr. Bonham tenha feito algo parecido para que o ducado não fosse à ruína. Ele trabalha para os duques de Armitage há décadas, não é?

– Sim, ele certamente teria me dito algo.

Vanessa deu de ombros.

– Talvez ele esteja esperando para ver se pode confiar em que você será capaz de lidar com os fundos extras, se ele revelá-los para você.

Sheridan duvidava disso, mas podia perceber que Vanessa estava esperançosa. Um mês atrás, ele suporia que essa esperança significava ânsia por dinheiro. Agora, ele sabia que ela só queria ajudá-lo, o que era muito gentil de sua parte, mas provavelmente vão, porque aquela era uma causa perdida.

– O que você tem a perder se eu olhar esses livros? – perguntou ela. – Está duvidando de novo da minha inteligência?

– De novo? Quando eu duvidei da sua inteligência?

– Quando me achava uma garota frívola.

– Já faz muito tempo que não penso assim, se é que algum dia realmente pensei.

Foi a coisa certa a dizer, pois ela suavizou o tom de voz.

– Então posso analisá-los.

– Se você realmente quiser, é claro. Mas terá que me explicar qualquer coisa que encontrar, para que eu possa passar a Bonham.

– Claro. Vou dar uma olhada neste aqui primeiro para ver se consigo entender o sistema que ele usa.

– Ele diz que é de dupla entrada.

Ela balançou a cabeça.

– Não me parece dupla entrada.

De repente, Gwyn entrou no escritório.

– Onde está a mamãe?

Sheridan a encarou.

– Não faço ideia. Por quê?

– Espero que ela saiba o que aconteceu com lady Hornsby. A condessa não está em Londres nem na propriedade dela, de acordo com os criados, que decididamente não estão colaborando comigo.

Gwyn afundou em uma cadeira ao lado da escrivaninha e indagou:

– Você acha que ela ficou sabendo da nossa investigação e saiu da cidade rumo a algum paradeiro desconhecido?

– Suponho que tudo seja possível a esta altura – disse Sheridan. – Você deveria pedir ao seu marido que investigue.

– Não posso. Joshua saiu de Londres ontem à noite para prosseguir com alguma coisa que está investigando para você, mas não me disse o que era.

– Isso é porque seu marido sabe que, se lhe contar, você vai espalhar para todo mundo – disse Sheridan, rindo.

– Até parece. Eu guardei o segredo de Thorn esse tempo todo. Aposto que você nem sabe o que é.

– Aposto que eu sei – desafiou Sheridan. – Mas eu jurei que não contaria a ninguém e você, minha querida irmã, quase contou ontem.

– Que segredo ela quase contou? – perguntou Vanessa. – Meu Deus, a família de vocês é cheia de segredos.

– Eu conto mais tarde – prometeu Sheridan, baixinho.

Ele poderia revelar como Olivia e Thorn tinham se conhecido. Era um segredo interessante. Embora, no ritmo que Gwyn e Olivia estavam seguindo, o segredo da identidade de Thorn como autor poderia ser descoberto por todos na semana seguinte.

Lydia entrou.

– Meu Deus – exclamou ele. – Por que todas vocês estão se reunindo no meu escritório? Não têm quartos? E no seu caso, Gwyn, uma *casa*?

A mãe dele fez um beicinho.

– Fiquei sabendo que Gwyn estava aqui, Sheridan. Só isso. Queria perguntar se ela tem alguma notícia de Grey e Bea, se o bebê já nasceu.

– Não nasceu – informou Vanessa, analisando os livros. – Ainda estão esperando.

Sheridan lançou um olhar surpreso a ela.

– Como *você* sabe?

– Bridget ficou sabendo por um criado de Grey. Ela se dá muito bem com a criadagem dele.

– Isso não me surpreende – comentou Sheridan. – A sua criada é muito desembaraçada.

Ignorando-o, Gwyn virou-se para a mãe.

– Eu não consegui encontrar lady Hornsby, mamãe, e ninguém sabe me dizer onde ela está.

– Ah! Esqueci de mencionar que ela tem um pequeno chalé perto de Richmond Park, para encontros românticos. Eu tinha me esquecido completamente disso. É para onde ela vai quando tem um encontro com algum homem casado. Aqui, vou anotar o endereço.

Ela foi até a escrivaninha de Sheridan e pegou um lápis e um papel. Quando percebeu que seus dois filhos a encaravam, ela indagou:

– O quê? Eu fui uma vez lá para fazer companhia a ela quando o... amante da época se atrasou vindo do norte.

– Acho que você está certa, Vanessa – disse Gwyn, em seguida se levantou e foi pegar o papel da mão de sua mãe. – Nós realmente temos muitos segredos. E acho que já sei o que vou fazer pelo resto da manhã.

Sheridan fez uma cara feia.

– Você não vai até Richmond Park sozinha, não é?

– Levarei um lacaio comigo – informou Gwyn, despreocupada.

– Ah, não mesmo.

Sheridan ficou de pé.

– Eu vou com você e vou levar a minha pistola, para o caso de precisar. Joshua nunca me perdoaria se eu deixasse a esposa grávida dele ir apenas com um criado a um ninho de adultério. Qualquer coisa pode acontecer.

– Ah, sim – concordou Gwyn, com sarcasmo. – Posso ver algum marquês ou juiz nu.

– E se isso acontecer – avisou Sheridan –, você pode não viver para contar. Então levarei isto só por precaução.

Ele abriu a gaveta e tirou o estojo da pistola, depois virou-se para Vanessa. Mas antes que ele pudesse dizer qualquer coisa, ela falou:

– Vá, vá. Meus planos são ficar sentada aqui analisando esses livros. E se você não chegar em casa antes do Sr. Bonham, eu peço desculpas por você.

– Obrigado, meu bem.

Sheridan se inclinou para dar um beijo nela e se dirigiu para a porta.

– Mãe, você vem?

– Não, querido – respondeu ela. – Amanhã viajo de novo, então a última coisa que quero hoje é passar uma hora na carruagem para ir até Richmond Park e mais uma hora para voltar.

– Muito bem. Não devemos demorar. Com sorte, estaremos de volta antes de Bonham chegar.

༄

Vanessa já não estava mais prestando muita atenção na conversa, e quando Sheridan e Gwyn saíram ela estava totalmente concentrada nos livros contábeis. Não faziam o menor sentido. Sheridan podia estar se culpando pelo problema, mas isso era só porque ele não confiava em sua capacidade de lidar com números.

Ela, por outro lado, lidava muito bem com eles e aqueles diante de si não faziam o menor sentido. No mínimo, a conta não fechava. Precisava analisá-los de uma forma ordenada; não havia tempo suficiente para entender a lógica antes de o Sr. Bonham chegar.

– Minha querida – disse uma voz gentil, e Vanessa levou um susto.

Foi quando percebeu que sua sogra não tinha saído.

– Perdoe-me, duquesa – desculpou-se ela com um sorriso. – Toda aquela conversa de Sheridan sobre ninho de adultério e pistolas me deixou um pouco assustada.

– Atualmente, todos nós estamos um pouco assim, não é mesmo? E, por favor, me chame de sogrinha. É como todas as noras me chamam.

– Será uma honra – disse Vanessa.

– De toda forma, não vou ocupar muito o seu tempo, mas eu gostaria de lhe fazer uma pergunta antes de subir.

Vanessa se recostou, preocupada.

– O que seria?

– Meu misterioso filho contou a você sobre Helene?

– Contou, sim. Ele me explicou que foram tempos difíceis para ele.

– Foram mesmo.

Vanessa engoliu em seco.

– Presumo que Helene era uma pessoa maravilhosa.

A sogra gemeu.

– Não tão maravilhosa quanto meu filho a considerava. Pessoalmente, eu a achava volúvel e frívola até que sua trágica condição a imbuiu de certa nobreza.

Vanessa deixou escapar um suspiro antes de dizer:

– Infelizmente, tudo que Sheridan se lembra a respeito do caráter dela é a "nobreza".

– Não me entenda mal. A morte de Helene foi uma tragédia. Eu conhecia os pais dela, que eram pessoas adoráveis. Não mereciam perder uma filha tão jovem. Se fosse Gwyn...

Lydia balançou a cabeça e completou:

– Eu nunca mais seria a mesma.

– Compreendo.

– O problema é que Sheridan é muito parecido com o pai dele. Quando se afeiçoa a uma pessoa, fica cego. Maurice se casou comigo porque eu era viúva de um amigo dele e precisava de um marido, e ele era tão leal que aceitou. A lealdade é uma qualidade maravilhosa para um proprietário de terras. Tenho certeza que os criados e arrendatários de Sheridan nunca passarão necessidades, se ele puder evitar. Ele vai brigar com unhas e dentes para garantir que todos com quem ele se importa estejam bem providos.

– Eu notei isso nele. Sheridan parece muito dedicado.

Lydia suspirou.

– Mas, de alguma forma, quando se trata de Helene, essa qualidade fica distorcida na cabeça dele. Ele acredita que se admitir que não a ama mais como a amava antes, ele estaria sendo desleal com ela.

– Acho que a senhora tem razão nesse ponto.

Vanessa sentiu o coração ainda mais apertado.

– Para ser sincera, ele se casou comigo por um senso de obrigação, que não é muito diferente de lealdade. Na cabeça dele, ele arruinou a minha reputação, então precisava consertar o que fez. Mas eu não estava preocupada com isso. Só queria que ele... só quero que ele me ame. E se isso nunca for possível?

A sogra deu a volta na mesa para passar o braço pelos ombros de Vanessa.

– Eu acho que ele já ama você. Ele só não quer admitir para si mesmo, pois é muito teimoso. Sheridan ficou de luto por tanto tempo que não sabe como sair desse estado. Eu temo que seja necessário algo muito poderoso para mudar essa situação. Só devemos ter esperança que isso aconteça antes de vocês estarem casados por trinta anos, como eu e o pai dele.

– Trinta anos! Eu não quero esperar trinta anos para saber se sou amada pelo homem que amo.

– Eu só estava brincando, querida.

A duquesa viúva se dirigiu para a porta, então murmurou:

– Mais ou menos.

Vanessa gemeu. Certamente esperava que a sogra estivesse brincando. E como Sheridan podia ser tão bom em entender os sentimentos dela e tão cego para entender os próprios?

A não ser que o sentimento dele não fosse tão profundo quanto o de Vanessa. Afinal, ele tinha sido obrigado a se casar.

Eu acho que ele já ama você.

Ah, como Vanessa queria que isso fosse verdade. Ela se agarraria a essa possibilidade enquanto pudesse. Ao mesmo tempo, tinha pensado em uma forma de cativá-lo, e isso envolvia descobrir se podiam ou não confiar na contabilidade de Bonham.

Com isso, ela se pôs a trabalhar.

CAPÍTULO VINTE E UM

Duas horas depois, Sheridan e Gwyn deixaram o chalé de lady Hornsby e se dirigiram para a carruagem.

– Isso foi uma completa perda de tempo – resmungou Sheridan.

– Eu disse que não era ela. Lady Hornsby pode gostar de seduzir homens jovens, e velhos também, mais do que deveria, e pode até ter um linguajar um pouco inapropriado, mas tem um coração decente e generoso.

– Exceto quando ela se envolve com o marido de outras mulheres.

Gwyn suspirou.

– É verdade, exceto por isso.

Ele ajudou a meia-irmã a subir na carruagem e subiu logo atrás.

– Eu não consigo acreditar que a condessa estava tendo um caso com Lisbourne todo esse tempo – disse Sheridan, e estremeceu. – Vanessa não faz ideia de que escapou por um triz.

– Duvido que lady Hornsby aceitaria que Lisbourne se casasse com uma mulher muito mais jovem, pelo menos não enquanto estivessem tendo um romance. E quem sabe *ela* mesma se case com ele, não é? Lisbourne já tem um herdeiro, ela também não pode mais ter filhos e herdou uma boa fortuna. Lisbourne precisa de dinheiro. Seria uma combinação perfeita.

– Se você diz...

Pessoalmente, Sheridan estava cético.

– Mas você acha que ela estava falando a verdade sobre a festa?

– Sobre a primeira? Sem dúvida. Hornsby não era o melhor dos maridos, pelo que mamãe diz, então faz sentido que, assim que conseguiu, ela tenha deixado a festa para ir para seu pequeno ninho de amor com o primeiro amante de muitos. Vamos ter que trocar impressões com a mamãe, mas acho que a história é crível – ponderou Gwyn.

– A explicação de lady Hornsby sobre o que estava fazendo durante a segunda festa me parece mais crível. Consigo facilmente entender que ela estivesse relutante em ir a uma festa enquanto circulava um boato pela sociedade de que ela era amante do pai de Thorn. Supondo que ela e mamãe ainda fossem boas amigas, e não temos razão para não acreditar nisso, ela se manteria distante em respeito à mamãe.

— Mas por que ela está na lista de convidados da festa?

— São listas de convites — explicou Sheridan. — Você guardou a lista das pessoas que *foram* ao seu baile algumas semanas atrás? Eu me atrevo a dizer que você só guardou a lista das que convidou.

Gwyn franziu a testa.

— É verdade. Não pensei nisso. Será que a mamãe lembra se lady Hornsby estava na festa? Se ela lembrasse, acho que teria nos contado, concorda?

— Não se ela passou a festa toda em trabalho de parto.

— Ah, é verdade. Eu sempre esqueço que ela estava em trabalho de parto.

— Não sei como poderia lembrar — implicou Sheridan. — Ela estava dando à luz *você* e Thorn.

Gwyn fez uma careta para Sheridan, e ele riu.

Ambos ficaram quietos por algum tempo. Finalmente, Sheridan disse:

— Suponho que isso signifique que teremos de investigar criados e empregados agora. Porque sabemos que lady Norley não é uma criminosa. Eu poderia achar isso de lady Hornsby e, talvez, de lady Eustace, mas lady Norley é uma dama adorável que suportou o marido cretino porque amava a enteada.

Gwyn assentiu.

— O que diz muito sobre ela.

Ela cutucou o joelho dele.

— Enquanto isso, me conte. Como está indo a vida de casado?

— Muito bem, considerando as circunstâncias.

— Você finalmente contou a Vanessa sobre Helene?

— Contei.

— E você já disse a Vanessa que a ama, certo?

Ele ficou tenso.

— Eu não amo Vanessa. Tenho muito carinho por ela, e certamente um desejo saudável, mas amor? Eu não quero me apaixonar outra vez, Gwyn. Da última vez que me apaixonei, o amor quase me destruiu.

— Ainda assim, aqui está você, completamente apaixonado de novo — disse Gwyn, balançando a cabeça. — Ninguém quer se apaixonar, Sheridan. Por que alguém escolheria uma emoção capaz de partir seu coração em pedaços?

— É exatamente o que eu estava dizendo.

— Você não está entendendo aonde eu quero chegar. Nós não escolhemos o amor; o amor é que nos escolhe. Não temos controle sobre isso e, quando acontece, não adianta resistir.

— Isso parece preocupante.

Também era bem parecido com o que sentira anos atrás por Helene. Na verdade, era ainda mais parecido com o que sentia por Vanessa agora. Maldição.

Gwyn tentou segurar um bocejo mas não conseguiu.

— Você está cansada — disse Sheridan. — Por que não tira um cochilo enquanto voltamos?

— Obrigada. Acho que vou fazer isso, sim.

Ela deu um tapinha na mão dele, então apoiou a cabeça na almofada e pegou no sono.

Olhando para a irmã, ele imaginou se Vanessa também se sentiria muito cansada quando estivesse grávida. Ela ficaria feliz em carregar um filho dele?

Você também vai tentar não amar seus filhos para que não sofra se um deles morrer?

Ele fez uma careta ao se lembrar da frase de Vanessa. Era melhor parar de ficar remoendo isso e se concentrar em um plano para a investigação deles.

Infelizmente, quando chegaram à casa de Gwyn, ele ainda não tinha um plano. Para sua surpresa, Joshua parecia estar esperando por eles, porque antes que o lacaio pudesse abrir a porta da carruagem ele apareceu, de bengala na mão.

— Um segundo, Sheridan. Preciso falar com você.

Sheridan se debruçou na janela da carruagem.

— Tenho uma reunião com Bonham em meia hora, então é melhor que seja importante.

— É muito importante. Onde é a sua reunião com Bonham?

— Na minha casa. Por quê?

— Porque isso diz respeito a ele. É melhor eu ir com você — disse Joshua, e então olhou para dentro da carruagem: — É melhor você não ir, meu amor.

— Eu quero saber de tudo que você descobriu. Também faço parte disso.

Joshua hesitou, mas sabia que não adiantava discutir com Gwyn quando ela colocava alguma coisa na cabeça.

— Certo. Mas quando chegarmos à casa de Sheridan, vou mandar que o cocheiro a traga de volta.

Aquilo era preocupante.

Joshua entrou e se sentou ao lado da esposa. Assim que partiram, ele disse:

– Eu não precisei sair da cidade para confirmar sobre o passado de sir Noah. Falei com alguns cavalheiros que me garantiram o bom caráter dele. Então acho que podemos cortá-lo da lista de suspeitos.

– Graças a Deus – exclamou Sheridan. – Eu não queria ter que dizer a Vanessa que desconfiava do tio dela. Já é ruim o suficiente eu ter desconfiado da mãe, que, a propósito, também está excluída da lista.

– Isso não me surpreende – disse Joshua. – Fiz o que você me pediu a propósito de Bonham. Por sorte, assim que eu descobri a identidade anterior dele, ficou bem fácil investigar.

Sheridan ficou alarmado.

– Que identidade anterior?

– Antes de ser William Bonham, seu administrador se chamava Henry Davenport.

– Espere, esse sobrenome me soa familiar – comentou Sheridan.

– Talvez tenha escutado enquanto interrogava lady Eustace – disse Joshua. – Ela chegou a mencionar um jovem que se matou quando Lydia se recusou a casar com ele?

Sheridan sentiu um aperto no peito, como se um punho estivesse se fechando em volta de seu coração.

– Matthew Davenport. Sim. Morreu de amor.

– Matthew era irmão mais velho de Henry Davenport, ou melhor, Bonham.

– Deus do céu – exclamou Gwyn.

– Como podem imaginar, isso não é nenhuma coincidência – continuou Joshua. – Depois que Matthew se matou, a família enfrentou tempos difíceis. O escândalo arruinou o pai de Henry, que era advogado. Ele perdeu todos os clientes e a reputação. Ele e a mãe de Henry acabaram na prisão por endividamento, onde ambos morreram, deixando Henry, então com 16 anos, à própria sorte. Henry, que era muito inteligente, mudou de identidade para conseguir sobreviver. Como conhecia bastante sobre leis, graças ao pai, pegou o nome de um membro obscuro da família da mãe, morto havia muito tempo, e, de alguma forma, conseguiu emprego no escritório de um advogado.

– Eu sabia que Bonham tinha alguma experiência em direito – comentou Sheridan. – Deve ser por isso que meu pai às vezes se referia a ele como advogado.

– Provavelmente. Retomando, o advogado com quem Bonham trabalhou ficou tão impressionado com o desempenho dele que costumava levá-lo em viagens que fazia em nome dos clientes – disse Joshua, e, de repente, sua expressão ficou sombria. – Adivinhem quem era amigo de um dos clientes mais importantes do advogado, um banqueiro rico?

– Meu Deus – exclamou Sheridan, com o coração acelerado. – O pai de Grey.

– Exatamente. Eu me atrevo a dizer que Bonham ficou chocado ao saber que a anfitriã da festa em que estava com seu patrão era ninguém menos do que Lydia Fletcher Pryde, a nova duquesa de Greycourt, a quem ele culpava pela ruína de sua família.

– Eu não entendo – disse Gwyn, encarando o marido. – Se ele culpava a minha mãe e queria vingança, por que matar o marido dela? Por que não matá-la?

– Nunca teremos certeza, a não ser que ele admita – disse Joshua –, mas eu desconfio que ele tivesse essa intenção, só que o veneno acabou indo parar na comida ou na bebida do duque. Ao ver que Lydia não ficou triste com a morte do marido, Bonham deve ter reforçado a imagem que fazia dela, de uma sereia fatal, que usou a beleza e o charme para seduzir seu irmão e outros homens indefesos.

– Isso não é justo! – exclamou Gwyn. – Por tudo que sabemos, o pai de Grey era um homem desprezível que só se casou com nossa mãe para poder continuar tendo um caso *com a sogra* sem serem notados pela sociedade. Aparentemente, nosso avô materno não se importava com quem nossa avó ia para a cama, contanto que fosse discreta.

– Você sabia disso? – indagou Sheridan. – Só fiquei sabendo quando lady Eustace me contou. Confesso que fiquei chocado, e não acreditei muito nela.

– Não sei se é verdade, mas fiquei sabendo por Grey, que ficou sabendo pelo tio dele, que havia jogado isso na cara dele em uma ocasião.

– Eu não sei de nada disso – disse Joshua. – Eu diria que Bonham também não sabe. Coitada da mãe de vocês... Não é de admirar que ela tenha se casado de novo tão rápido. Quanto tempo depois, um ano?

– Dois – disse Gwyn, erguendo o queixo. – E ela se casou por amor com nosso pai.

– Ainda assim, dois anos é pouco tempo na cabeça das pessoas, e Bonham deve ter visto o casamento apressado como uma prova da natureza conspiradora dela, já que ele estava predisposto a odiá-la. Tenho certeza de que ele planejou a melhor forma de se vingar. Então arranjou um jeito para que o patrão dele fosse convidado para a festa ou inventou uma desculpa para precisar levar algum documento a ser assinado, ou algo do tipo. Uma vez lá, eu suponho que ele não teve coragem de matar uma mulher em trabalho de parto. Mas talvez tenha achado que matar o homem que ela amava poderia levá-la a morrer enquanto isso.

Gwyn fez uma careta.

– Esse homem é um monstro.

– Que perdeu a família toda aos 16 anos, Gwyn – acrescentou Sheridan. – Não estou passando a mão na cabeça dele, mas eu perdi Helene para uma doença, então posso imaginar como ele se sentiu ao ver que o irmão se suicidou, e que os pais ficaram doentes. Ele precisava culpar alguém. E escolheu colocar a culpa na nossa mãe, porque ela rejeitou o irmão dele. Na cabeça de Bonham, ela era o gatilho da cadeia de eventos.

Joshua continuou:

– Ainda não sabemos a versão da sua mãe da história, Sheridan. Ela pode não ter sido tão cruel com o irmão dele quanto Bonham acha.

Gwyn assentiu.

– Suponho que quando nossa mãe se casou com o papai, e ele levou a família toda para a Prússia, Bonham não pôde fazer mais nada, já que segui-los até lá seria difícil.

– Exato – concordou Joshua. – Está claro que ele desistiu de se vingar, pelo menos por um tempo. Depois, se formou em direito e conseguiu alguns clientes ricos. Até se casou. E, de alguma forma, conseguiu se tornar administrador do seu avô.

– Não há mistério nenhum aqui – comentou Sheridan. – A reputação de Bonham é de ser brilhante, com talento não só para leis como também para contabilidade. Meu pai dizia que meu avô o elogiava muito em suas cartas.

– Isso é verdade – concordou Joshua. – Todo mundo com que falei disse que ele era muito bom com números e contratos, o melhor advogado que já tinham tido. Ninguém poderia imaginar que ele tinha matado duas pessoas.

– Não só duas pessoas – corrigiu Sheridan, sério. – Ele matou meu tio e meu pai também.

Ele pensou por um momento antes de prosseguir.

– A única coisa que não consigo entender é por que, depois de trinta anos trabalhando para o meu avô e para o meu tio, ele de repente decidiu matar tio Armie, obrigando meu pai e toda a família a voltar para a Inglaterra para que ele também pudesse matar meu pai. Por que esperar tanto?

Gwyn franziu a testa, pensando.

– A esposa de Bonham morreu pouco antes do tio Armie. Eu me lembro porque ele ainda estava de luto quando nós o conhecemos. E a mamãe disse que ela não tinha lhe dado filhos.

– Ele deve ter ficado engasgado com o fato de mamãe ter cinco – concluiu Sheridan –, sendo dois duques na época. E de ela estar vivendo uma vida relativamente feliz, apesar de todas as tentativas dele de destruí-la.

– Será que é por isso que ele está fingindo cortejar a mãe de vocês? – perguntou Joshua, se recostando nas almofadas. – Ele já poderia tê-la matado umas dez vezes. Será que desistiu da vingança e decidiu tentar se casar com ela?

Conforme tomou consciência, Sheridan gemeu.

– Esse poderia até ser o plano dele. Como marido, ele teria controle sobre ela. Mas eu não acho que Bonham estivesse necessariamente tentando fazer com que papai voltasse para a Inglaterra quando matou tio Armie. Acho que meu tio descobriu o que papai descobriu depois, e por isso os dois morreram. Ou seja, o brilhante William Bonham estava roubando dinheiro do ducado, e possivelmente vinha fazendo isso havia duas décadas. Ele deve ter resolvido ficar rico para se vingar.

Joshua praguejou.

– Você tem provas disso?

– Ainda não. Mas Vanessa desconfiou que alguma coisa estava errada quando viu os livros contábeis hoje de manhã...

Sheridan xingou ao pegar o relógio de bolso.

– Droga, são quase quatro horas. A hora da minha reunião com ele. Eu deixei Vanessa analisando os livros. E mamãe também está em casa.

Abrindo o painel frontal da carruagem, ele gritou para o cocheiro:

– Mais rápido, Harry! Precisamos chegar a Armitage House o mais rápido possível.

Na mesma hora, o cocheiro aumentou a velocidade.

– Quando chegarmos lá – disse Joshua –, quero que você fique na carruagem, Gwyn.

– De jeito nenhum! Eu posso ajudar.

– Você está carregando o nosso filho – disse Joshua, rouco. – Não quero que chegue nem perto desse bastardo imprevisível.

– Eu não preciso chegar perto dele para ajudar. Posso, pelo menos, manter a mamãe ocupada.

Sheridan assentiu.

– Isso seria útil.

– E se ele decidir finalmente tentar matar a mãe de vocês? – questionou Joshua, e pegou a mão de Gwyn. – Se você entrar no caminho dele, meu amor...

– Eu não vou fazer isso. Vocês nem vão perceber que estou na casa.

Joshua pareceu querer argumentar, mas Gwyn estava claramente determinada.

– Tudo bem – concordou ele, e olhou para Sheridan. – Precisamos de um plano.

O coração de Sheridan batia freneticamente como o de um soldado indo para a batalha.

– Precisamos. Você está armado? Porque eu estou com o meu estojo de pistolas, e você pode usar uma. As duas estão carregadas. Não sabíamos o que poderíamos encontrar na casa de lady Hornsby.

Com um brilho nos olhos, Joshua abriu o sobretudo e mostrou os dois bolsos, cada um com uma pistola.

– Achei que podíamos precisar.

– E a bengala dele tem uma espada escondida – revelou Gwyn.

– Na verdade, esta é a bengala que tem uma pequena pistola escondida – corrigiu o major. – Mas tenho uma faca na bota.

– Deus do céu, você é um arsenal ambulante! – exclamou Sheridan. – Mas fico feliz por isso. Neste exato momento, Vanessa pode estar sozinha com aquele maníaco.

– Não vai acontecer nada – disse Gwyn, apertando a mão dele. – Ela pensa rápido e é inteligente. E Bonham não tem nenhuma razão para desconfiar que desvendamos o jogo dele.

– Ele pode ter se Vanessa confrontá-lo por causa dos livros – disse Sheridan.

– Supondo que ela tenha descoberto o roubo, certo? – comentou Joshua. – Se ela descobriu, com certeza não vai deixar o cretino entrar.

– Mas se, por alguma razão, ela deixar, vai ter que convencê-lo de que não sabe de nada, caso contrário pode estar morta antes que nós consigamos chegar. Bonham não tem mais nada a perder.

Ninguém tinha argumento contra aquilo. Quem teria? Sabiam que ele estava certo. Sheridan a deixara sozinha com os livros contábeis, com Bonham a caminho. E sem dizer a ela que a amava.

Porque é claro que a amava. Seus sentimentos por Helene não passavam de uma pálida imitação quando comparados ao amor para a vida inteira que sentia por Vanessa. Se não fosse amor, não sentiria aquele medo por ela que doía no peito. Vanessa era sua vida, seu coração. E ele só queria poder dizer isso a ela, porque se a perdesse antes de ter a chance...

Não, não deixaria que isso acontecesse.

Aguente firme, meu amor, estamos chegando. Estou chegando. Só fique viva até que estejamos aí.

⌒

Vanessa estava muito satisfeita consigo mesma. Pegara uma página do livro de contabilidade e a refizera de forma adequada em outro papel. Seus cálculos mostravam que estava certa: os números do Sr. Bonham não batiam. A quantia desviada era pequena, mas se ele estivesse fazendo isso há anos, teria acumulado uma grande soma. E, embora soubesse exatamente para os bolsos de quem esse dinheiro estava indo, ela sabia que levaria meses refazendo os livros para descobrir quanto ele havia roubado.

Não era de admirar que o ducado estivesse em dificuldades. Sheridan estava certo em questionar os números do administrador. Mesmo não sendo capaz de analisar números de forma correta, ele tinha deduzido que algo não fazia sentido, e isso era impressionante.

Como Bonham conseguira fazer aquilo por tanto tempo sem ser pego? Talvez não tivesse roubado nada na época do avô de Sheridan. Então, quando tio Armie assumiu o ducado – um homem que, pelo que todos dizem, não se interessava muito por esses assuntos –, ficara mais fácil escoar os fundos. Bonham podia ter desviado o dinheiro e colocado a culpa nos gastos excessivos do tio Armie.

Vanessa ficou arrepiada. Sheridan e os irmãos tinham quase certeza de que tio Armie havia sido assassinado. E se Bonham se deixara levar pela ganância, roubando de forma mais descarada? Talvez até mesmo o negligente tio Armie tivesse notado que algo estava errado. Se tivesse ameaçado Bonham com a possibilidade de demiti-lo ou de mandar prendê-lo...

Bem, isso significaria que Bonham tinha matado o tio Armie. Sheridan tinha dito que seu pai era inflexível quanto a ele aprender a examinar os livros sozinho. Talvez seu pai também tivesse desconfiado do roubo do administrador e o administrador o tivesse matado pelo mesmo motivo.

Então, quando Sheridan, que tinha dificuldades com os números, herdou o ducado, Bonham provavelmente decidira que não precisava se preocupar em ser pego, achando que o novo duque nunca notaria seus pequenos erros propositais.

Que cretino arrogante! Vanessa ouvira falar que Bonham era um homem relativamente rico. Agora tentava imaginar se sua riqueza vinha só de roubar do ducado de Armitage ou dos outros clientes também.

O mordomo apareceu na porta do escritório.

– Vossa Graça, o Sr. Bonham está aqui. Ele tem uma reunião com o duque. Devo deixá-lo entrar?

– O duque já voltou? – perguntou ela.

– Ainda não.

– O Sr. Bonham sabe disso?

– Acredito que não. Eu não falei nada.

– Muito sensato da sua parte.

Ela refletiu sobre o que deveria fazer. Não queria que o homem chegasse perto dela enquanto Sheridan não estivesse em casa, principalmente agora que ela sabia que ele não era confiável.

– Por que não pede que ele espere, Phipps? Diga que meu marido está ocupado fazendo alguma outra coisa e já vai recebê-lo.

– Muito bem, Vossa Graça.

Assim que o mordomo saiu, ela voltou sua atenção para o livro. Deveria encontrar outro livro mais antigo. Ela se levantou e foi até a prateleira onde Sheridan os guardava. Analisá-lo ajudaria a definir se...

– Onde está o duque? – perguntou uma voz grossa.

Vanessa pulou de susto.

– Deus do céu, o senhor me assustou, Sr. Bonham – disse ela, com o coração acelerado.

Levou um segundo para se recompor antes de se virar para encará-lo com o que esperava serem os modos de uma duquesa.

– Phipps deve ter se confundido. Eu disse a ele que o senhor deveria esperar.

– Ele me deixou na sala de estar e saiu. O duque nunca chega atrasado às reuniões, então onde está?

– Bem, isso não é da sua conta – declarou ela, imitando o tom de voz de sua mãe de condescendência aristocrática. – Mas tenho certeza de que já deve estar chegando. Talvez o senhor prefira esperá-lo na sala de estar.

Ignorando o tom de voz dela, ele entrou no escritório.

– O que a senhora está fazendo com os livros contábeis do duque?

– Estou arrumando – disse ela. – Havia vários sobre a escrivaninha dele, e ele me pediu que os guardasse.

Bonham pareceu desconfiado.

– Não posso imaginar por que ele precisaria de outro além do livro atual.

– Nem eu – concordou ela de forma casual. – Não que eu entenda alguma coisa de contabilidade. Parece grego para mim.

– É mesmo?

Ele se aproximou da escrivaninha.

E, nesse momento, Vanessa percebeu que o papel onde fizera as contas certas estava ali, bem à vista. Como Bonham parecia ainda não ter notado, Vanessa foi até a escrivaninha do modo mais indiferente possível.

– Tenho certeza de que meu marido estará aqui a qualquer minuto. Gostaria de um refresco? Chá? Café?

Enquanto isso, ela deslizou o papel para baixo do livro da forma mais discreta que conseguiu. Aparentemente não foi discreta o suficiente, pois o homem se aproximou mais da escrivaninha e disse:

– O que a senhora está escondendo?

– Escondendo? Por que eu esconderia alguma coisa?

– Excelente pergunta – respondeu ele. – Por quê?

E, antes que ela pudesse reagir, ele tirou o papel que estava embaixo do livro e o analisou com cuidado. Então a encarou.

– O duque sabe. Ou, pelo menos, desconfia.

– Sabe de quê? Desconfia de quê? – indagou ela, esforçando-se para parecer tranquila.

– A senhora já pode parar de fingir que é burra, duquesa. Não sou nenhum tolo. E quero saber tudo que a senhora e o duque estão pensando a respeito das minhas práticas contábeis.

CAPÍTULO VINTE E DOIS

Assim que o cocheiro de Sheridan parou na frente de Armitage House, avistaram a carruagem de Bonham estacionada e o lacaio sentado em um degrau, esperando pelo patrão. Ao ver aquilo, o sangue de Sheridan congelou.

Sem nem esperar por Joshua e Gwyn, tão logo a carruagem parou, ele pulou para fora e correu escada acima. Quando entrou, o mordomo disse:

– Aí está Vossa Graça. O Sr. Bonham está à sua espera.

– Onde?

– Na sala de estar, claro. Como Vossa Graça ainda não havia chegado, a duquesa me disse para acomodá-lo lá até que chegasse.

– Graças a Deus.

Sheridan foi às pressas para a sala de estar que usavam para receber comerciantes e outros convidados. Encontrou-a vazia. Então ele correu de volta para o vestíbulo.

– Está vazia.

– Mas... foi onde eu o deixei – disse Phipps.

– Aparentemente, ele não ficou lá.

Gwyn e Joshua entraram, e Sheridan explicou a situação.

– Então ele deve estar sozinho com Vanessa... – deduziu Gwyn.

Sheridan virou-se para o corredor, mas, antes que pudesse correr para seu escritório, Joshua o segurou.

– Precisamos ser espertos, Sheridan. Lembre-se do plano. Não temos motivos para acreditar que Bonham desconfie de alguma coisa. Ele já encontrou todos nós em eventos sociais diversas vezes. Pode muito bem estar apenas conversando com Vanessa.

– É isso que me preocupa. Eu já disse, ela acha apenas que ele não é um bom contador. Na pior das hipóteses, desconfia que ele esteja roubando.

– Se ela considerou essa possibilidade, vai esconder isso dele. Precisa aprender a confiar na sua esposa, Sheridan. Vanessa tem bons instintos.

Mesmo sabendo que o cunhado estava certo, Sheridan se esforçou para não sair correndo e invadir o escritório com uma arma na mão.

– Não é nela que eu não confio. Bonham não chegou tão longe, enganando todos com quem tinha contato e matando quem o desmascarava, sem ser desconfiado e enganador. O que já provou ser uma combinação mortal.

– Vou ficar com a minha mãe – disse Gwyn, com a testa franzida de preocupação, e então virou-se para Phipps. – Onde está minha mãe?

O mordomo, que observava os dois homens com óbvia curiosidade, respondeu:

– Da última vez que a vi, estava na sala de música.

– Obrigada, Phipps – agradeceu Gwyn, e se dirigiu para a escada.

Talvez Joshua estivesse certo, e tudo fosse ficar bem. Então por que os instintos de Sheridan lhe diziam que a vida de Vanessa estava em risco?

Joshua virou-se para Sheridan.

– Pronto?

Sheridan verificou a pistola carregada enfiada no cós da calça, e a outra, no bolso do paletó.

– Pronto.

– Então me dê alguns minutos para eu me posicionar.

Assentindo, Sheridan observou enquanto Joshua se dirigia para a porta mais próxima que levava ao jardim dos fundos. Esperou o máximo que conseguiu, então foi para seu escritório. A porta estava fechada, droga. E então, assumindo uma expressão indiferente, ele girou cuidadosamente a maçaneta e abriu a porta.

Bonham segurava o braço de Vanessa. Ambos estavam atrás da mesa, olhando para alguma coisa. No minuto em que o cretino viu Sheridan, encostou uma pistola na cabeça dela.

– Sua esposa já tentou me fazer de bobo. Então sugiro que não faça o mesmo.

O coração de Sheridan quase parou nesse momento.

– Eu nem sonharia – disse ele, com a voz rouca.

Fitou os olhos assustados de Vanessa e lhe lançou um olhar que esperava que ela compreendesse.

Eu não vou deixar que ele a machuque. Prefiro morrer primeiro. Eu amo você.

Deus, como desejava ter dito aquelas palavras antes.

– Feche a porta – ordenou Bonham. – Não quero que nenhum criado testemunhe a nossa conversa.

Sheridan fez o que Bonham mandou, embora sua vontade fosse se jogar por cima da mesa e colocar as mãos no pescoço do cretino. Mas o homem estava em posição de atirar em Vanessa com uma precisão mortal, enquanto Sheridan poderia atingi-la se atirasse. Considerando as mortes que o homem tinha nas costas, Bonham não hesitaria em fazer isso. Sheridan não podia colocá-la em perigo.

Ele *não* a colocaria em perigo.

Por isso, quando Sheridan viu Joshua através do vidro das portas francesas, não se sentiu aliviado.

– O que você quer? – perguntou Sheridan. – Eu não vou permitir que faça nada com ela.

Balançou a cabeça para enfatizar as palavras, e Joshua assentiu para mostrar que entendia o sinal de que não era seguro atirar em Bonham. Ainda.

– O senhor não tem escolha – disse Bonham. – A duquesa vai ficar bem, contanto que não nos siga. Assim que eu conseguir fugir, vou soltá-la. Tem a minha palavra.

– De que vale a palavra de um ladrão?

– Eu sabia! – exclamou Bonham. – Sua esposa negou a possibilidade de que o senhor houvesse percebido as minhas imprudências financeiras, mas assim que vi as anotações dela, percebi que estava mentindo.

– Eu não percebi nada – declarou Sheridan. – Quem percebeu foi Vanessa. A minha esposa é muito inteligente.

– E vai ser muito morta se não me deixar sair daqui com ela. Agora!

Ele começou a arrastá-la em volta da mesa, e Sheridan sentiu o coração quase parar.

– Você não vai levar Vanessa, Bonham.

Sheridan enfiou a mão no cós da calça para pegar a pistola. Melhor estar preparado para tudo.

– Eu vou com você no lugar dela. Isso vai facilitar sua fuga e ao mesmo tempo será um golpe no coração da minha mãe. É isso que você quer, não é? Fazê-la sofrer da mesma forma que ela fez a sua família sofrer.

Quando Vanessa arregalou os olhos, Bonham fez uma cara feia.

– O que *você* saberia sobre isso? Nunca sofreu nem um dia da sua vida.

– Não? Perdi meu pai e meu tio no mesmo ano, graças a você. Então, sei um pouco, sim.

Alguém abriu a porta do escritório atrás de Sheridan.

– William! – exclamou uma voz. – Que diabos você está fazendo?

Era sua mãe. Droga.

– Saia daqui – mandou Sheridan, sem desviar os olhos de Bonham. – Eu cuido disso.

– Eu não vou sair – declarou ela, com coragem. – Não até que você me diga o que está acontecendo.

Sheridan refletiu sobre quanto deveria revelar. Mas talvez Lydia soubesse de alguma coisa que o restante deles não sabia, alguma coisa que pudesse ajudar a salvar Vanessa.

– Bonham matou seus maridos – afirmou Sheridan. – E tio Armie e Elias.

– Não seja ridículo – disse a mãe. – Ele nunca... Ele não faria...

Ela hesitou ao perceber que Bonham não tinha se defendido.

– Ele não é o homem que a senhora acha que é – revelou Sheridan. – O nome dele é Henry Davenport.

– Davenport... Irmão de Matthew? – sussurrou ela.

– Exatamente. A senhora também conhecia Henry? – perguntou Sheridan.

– Eu não cheguei a conhecê-lo, Matthew falava muito dele. Dizia que era muito inteligente.

Bonham fez uma cara feia para Sheridan.

– Como descobriu meu verdadeiro nome?

– Não fui eu, foi meu cunhado. Depois que Joshua descobriu a troca de identidades, o restante veio fácil. Você não cobriu seus rastros tão bem quanto pensou.

Bonham encarou a mãe de Sheridan com um olhar capaz de congelar o sangue de alguém.

– Por causa da senhora, perdi tudo. Matthew se suicidou e a minha família inteira ficou arruinada, tudo porque achou que ele não estava à sua altura.

– Isso não é verdade! – protestou a mãe. – Eu teria me casado de bom grado com Matthew se eu pudesse! Mas minha mãe já tinha convencido meu pai a me prometer ao pai de Grey para pagar algumas dívidas. Eles me disseram que se eu não me casasse com o duque, meu pai seria preso. Eu era jovem e não tive escolha.

– Mentirosa! – gritou Bonham, com o rosto contorcido de raiva. – A senhora partiu o coração do meu irmão. Disse a ele que não o queria.

Lydia o encarou.

– Quando Matthew me pediu em casamento eu já estava noiva, Bonham!

E meu noivo ameaçou matar Matthew se eu contasse a ele sobre as circunstâncias do nosso iminente casamento.

O ar estava preso na garganta dela.

– Não adiantou. Matthew morreu de qualquer forma – completou ela.

– Ele não *morreu*. Ele se suicidou, sua... farsante! Foi como se você tivesse amarrado a corda no pescoço dele.

A mão de Bonham que segurava a pistola tremeu.

O sangue de Sheridan estava gelado. Se aquele cretino machucasse Vanessa...

– Olhe, Bonham, quaisquer que sejam seus problemas com a minha mãe, minha esposa não fez nada a você. Ela não merece morrer. Por favor, me leve no lugar dela.

– De jeito nenhum! – disse o homem, olhando de Sheridan para Lydia. – Se eu levar outra pessoa em troca, será a duquesa viúva.

Deus, o ódio do homem pela sua mãe não tinha limites.

– Eu não entendo, Will... quero dizer, Henry – disse Lydia. – Como você conseguiu fingir ser meu melhor amigo ao longo desse último ano quando, secretamente, me odiava?

Sheridan também tentava entender isso. Talvez sua mãe, sendo "amiga" de Bonham, pudesse convencer o cretino a soltar Vanessa.

Se o desgraçado ao menos mudasse um pouco a posição da maldita pistola... Sheridan estava mais do que pronto para atirar.

Nesse momento, Gwyn entrou no escritório.

– Mãe! – exclamou ela, tentando tirá-la dali. – Vamos, temos que ir. Deixe Sheridan cuidar disso.

– Então – disse Sheridan a Bonham –, somos quatro agora. Você pretende matar todos nós? Porque eu juro que, se atirar em Vanessa, será um homem morto.

Sheridan deu um passo na direção da escrivaninha.

– Vou esganar você antes que consiga recarregar a arma.

Ao ver o movimento de Sheridan, e a própria esposa dentro do escritório, Joshua se aproximou das portas francesas, tomando cuidado para não ficar exatamente atrás de Bonham, para o caso de Sheridan atirar.

Gwyn conseguiu não demonstrar que viu o marido onde ele não deveria estar, mas Lydia se assustou e colocou as mãos sobre a boca para não gritar. Como Bonham dissera, ele não era nenhum tolo. Quando viu a reação dela, virou-se para a porta de vidro e, com isso, afastou por alguns preciosos segundos o cano da pistola da cabeça de Vanessa. Sheridan sabia que aquela podia ser sua única chance e, aparentemente, Vanessa percebeu sua intenção, porque conseguiu se desvencilhar de Bonham e da pistola.

Arriscando, Sheridan disparou.

A bala atingiu em cheio a cabeça de Bonham.

Então tudo aconteceu ao mesmo tempo. Bonham desabou no chão. Joshua entrou pelas portas francesas e tirou a pistola ainda carregada da mão de Bonham com a bengala, antes mesmo de verificar o pulso do homem. Vanessa se jogou em cima de Sheridan.

– Ah, querido, eu sinto muito – sussurrou ela. – Eu não percebi que ele tinha entrado até que fosse tarde demais para esconder as minhas anotações, e ele...

– Está tudo bem, minha querida. A culpa não é sua. Você fez bem, e está tudo acabado agora. Finalmente.

Sheridan a pegou pelos ombros e a olhou de cima a baixo.

– Ele não machucou você, machucou? Você está bem?

– Claro que estou – disse ela, abrindo um sorriso trêmulo para ele. – Estou com você, não estou?

– No que depender de mim, você vai estar sempre comigo.

Joshua se aproximou dele e murmurou:

– Ele está morto. Vou mandar chamar Fitzgerald e explicar tudo a ele. Talvez seja melhor tirar Vanessa daqui quanto antes. Gwyn já conseguiu tirar a sua mãe – indicou ele, olhando para trás.

Assentindo, Sheridan olhou para Vanessa, que fitava Bonham, com o horror estampado em seu rosto.

– Venha, meu bem, vamos lá para fora.

No jardim, ela ficaria cercada pelas rosas de inverno, as heras e todas as coisas que a deixavam feliz. Sheridan viu quando Lucius Fitzgerald, subsecretário de Guerra, chegou e foi falar com ele. Graças a Deus por Joshua ter suas conexões no governo.

Assim que voltou para o jardim, Sheridan puxou Vanessa e beijou sua testa, suas bochechas e todas as partes do rosto dela que ele adorava, ou seja, praticamente o rosto inteiro.

– Eu amo você, minha doce e corajosa duquesa. Eu deveria ter dito isso antes de ter que encarar a possibilidade de perdê-la, mas...

– Você me ama? – indagou ela, com os olhos brilhando. – Está falando sério?

Sheridan sorriu.

– Juro por Deus e pela minha vida. E espero morrer bem velho.

– Então acho que também posso admitir que amo você, com todo o meu coração, meu corpo e minha mente.

Vanessa deu um beijo longo o suficiente para que Sheridan a desejasse de novo. Mas, quando ele tentou aprofundar o beijo, ela se afastou.

– E Helene? – perguntou ela, hesitante.

– O que tem ela?

– Você disse que não queria amar de novo. Por causa dela.

– Citando a minha brilhante irmã: "Nós não escolhemos o amor; o amor é que nos escolhe. Não temos controle sobre isso e, quando acontece, não adianta resistir." Eu vinha me esforçando muito para resistir a você, mas fracassei totalmente.

Ele levantou o queixo dela, com um nó de emoção na garganta.

– Nos últimos dias, percebi que o passado não pode ofuscar o futuro, senão a pessoa acaba como Bonham, presa no passado, um lugar perigoso de se ficar. Eu fiquei preso no passado por muito tempo, Vanessa. Eu amei Helene, sim, de verdade, mas finalmente a deixei onde ela deve ficar. Você é meu presente e meu futuro, a mulher com quem quero ter filhos, a mulher que eu amo. Você é o meu sol nascente e minha lua cheia. É tudo o que eu preciso e nunca tive. Até agora.

O sorriso travesso de Vanessa conquistou o coração dele. Ela chegou a pensar que nunca mais o veria. Mas, antes que Sheridan pudesse beijá-la, ela endireitou a gravata dele daquele jeito que as esposas fazem.

– Afinal, parece que eu estava falando a verdade quando contei a Grey, um ano atrás, que estava interessada em um poeta. Não sabia desse seu talento, meu amor.

– Isso só prova que você me subestimou – disse ele, erguendo uma sobrancelha. – Afinal, não sou apenas um duque.

– De forma alguma. Você também é um excelente atirador e um ótimo amante. Embora eu não tenha experiência suficiente para ter certeza. Talvez possamos praticar um pouco mais tarde, depois que o Sr. Fitzgerald for embora?

O sangue dele esquentou só de pensar.

– Você conhece aquele ditado, querida esposa? A prática leva à perfeição.

EPÍLOGO

Dezembro de 1809

Vanessa não sabia se sobreviveria à festa de Natal em Armitage Hall. Segundo Sheridan, havia anos que sua família não participava de uma confraternização como essa. Para Vanessa, que nunca tinha organizado nem ido a uma recepção com quarenta convidados, só o tamanho já era assustador.

Embora a maioria das pessoas fosse da família, ela e Sheridan chamaram também alguns dos amigos mais íntimos de Lydia, para alegrá-la depois do choque de descobrir que Bonham vinha sistematicamente matando as pessoas que ela amava (e algumas outras, também). A tática de Vanessa parecia ter funcionado, pois a duquesa viúva estava ávida por ajudar, e ainda mais ávida por conversar com os convidados.

O Trio de Grávidas, como Vanessa secretamente chamava as gestantes da família, no início prometeu ajudar também. Mas o bebê de Beatrice nasceu três semanas antes e os gêmeos de Gwyn nasceram na semana anterior, restando apenas Cass, que, felizmente, só daria à luz no ano seguinte. Como a cunhada tinha talento para preparar e organizar, Vanessa vinha contando bastante com ela. Além disso, Cass e Heywood moravam perto, então ela e Vanessa estavam se tornando amigas rapidamente.

Cass se aproximou de Vanessa, que estava sentada a uma mesa na sala de estar, fazendo guirlandas. Ela queria várias, uma em cada sala da mansão.

– Lady Hornsby quer ficar no quarto adjacente ao de lorde Lisbourne. Algum problema para você? Além disso, a nossa sogra colocou o seu tio no quarto ao lado do dela, se não houver problema – disse Cass, arqueando uma sobrancelha. – Desse jeito, a sua festa vai acabar em todas as colunas de fofoca.

– Por mim, tanto faz. Não me importa quem fica no quarto ao lado de quem, contanto que não me peçam para trocar os lençóis quando saírem, se é que me entende.

Cass caiu na gargalhada.

– Você é uma dama um tanto escandalosa, não?

– Eu tento. Por que você acha que Sheridan, o Santo, se casou comigo? Ele precisa de alguém que tire a santidade dele de vez em quando.

Vanessa parou seu trabalho para examinar o mapa que tinha feito da casa.

– Agora vou precisar realocar outras pessoas. Sua tia e sua prima estão vindo? Eu tinha planejado colocar lady Hornsby naquele quartinho fofo na ala oeste, mas como ela pediu para mudar, seria perfeito para elas, embora eu possa jurar que ele não era limpo havia anos até ontem.

– Não, elas não poderão vir. Kitty está dando uma festa na casa dela em Londres, e estremeço só de pensar no resultado disso. Ela não é adepta dessas coisas como nós.

– Estamos aqui! – disse uma voz alegre atrás delas. – Adiantadas, eu sei, mas pensamos que podíamos ajudar.

Vanessa deu um pulo e girou.

– Gwyn! Ninguém me disse que vocês estavam vindo! Mas você acabou de ter os gêmeos, como pode estar viajando? E Beatrice! Você também veio, meu Deus!

Ela passou o braço em volta das duas.

– Não acredito que vocês vieram! – disse, e então se afastou para fazer uma cara feia para elas. – Não deveriam ter vindo. Têm certeza que estão dispostas a fazer isso?

– Você realmente acha que eu perderia essa festança? – questionou Beatrice. – De forma alguma. Além disso, nossos maridos estão nos deixando loucas com toda essa preocupação com a nossa saúde. Estou cansada de tomar *posset*. Mal posso esperar para tomar a sidra de pera que vocês fazem aqui.

– Eu não faço nada – corrigiu Vanessa. – Mas da forma como Sheridan exalta as virtudes dessa sidra, daria para dizer que ele mesmo amassa as peras.

– Qual o problema com um bom *posset*? – perguntou Cass. – Eu gosto. Ganhamos uma caixa de presente de casamento e nossa cozinheira usa bastante.

– Se eu quiser remédio, tomo remédio – respondeu Gwyn –, e se eu quiser uma bebida alcoólica ou uma sobremesa, tomo vinho ou como *syllabub*. Não quero que meu remédio e minha bebida sejam uma coisa só.

– Apesar de não ter as mesmas objeções que Gwyn, também não quero tomar *posset* duas vezes por dia – disse Beatrice, respirando fundo. – É tão bom estar em casa de novo. Ou o mais perto de casa que cheguei em um bom tempo... Vocês decidiram o que fazer com a casa de contradote? Grey ficará feliz em acatar o que você e Sheridan decidirem.

– Eu acho que a sogrinha deve ir morar lá – disse Vanessa, sorrindo. – O que é maravilhoso, pois isso significa que estará por perto. Claro, meu tio vai acabar dando a opinião dele sobre o assunto...

– Isso seria esplêndido. Gosto de sir Noah – disse Gwyn, olhando pela sala de estar. – Onde está Olivia?

Vanessa riu.

– Deve estar em algum lugar tentando transformar sidra em vinho ou usando tinta e ácido sulfúrico para derreter ferro. Só Deus sabe. Essa mulher ama fazer experimentos, e como ela e Thorn chegaram ontem, ela já deve estar no meio de algum.

– Bem – confidenciou Gwyn –, trouxemos um presente para ela.

– Que presente? – perguntou Cass.

– Vocês vão descobrir quando eu e Joshua entregarmos, ora essa – respondeu Gwyn. – O que vocês estão fazendo? Podemos ajudar?

– Eu certamente gostaria da ajuda de todas – disse Vanessa. – Estou fazendo guirlandas para todos os salões, e para as salas de jantar e café da manhã. Ainda preciso fazer umas dez.

– Nossa, são muitas guirlandas – disse Beatrice, sentando-se ao lado de Vanessa e pegando uma fita. – Por sorte, eu adoro fazer!

Gwyn sentou-se do outro lado da mesa, onde Cass estava antes.

– Parece divertido. Mas nunca fiz uma guirlanda, então preciso que me ensinem. E onde estão os homens, afinal? Quero ver meus irmãos, os patifes que não me escreveram uma carta sequer desde a última vez que os vi.

– Eles estão tentando ficar fora do caminho – respondeu Vanessa –, como só homens inteligentes sabem fazer.

Todas riram.

– Mas devem estar chegando a qualquer minuto – informou Cass e se juntou às outras na mesa. – Estão caçando perdizes. Os rapazes realmente adoram dar uns tiros.

– E adoram perdizes – completou Beatrice. – Pelo menos, Joshua sempre gostou. Vocês não fazem ideia de quantas já catei para ele. Essa definitivamente é uma das vantagens de se casar com um duque.

– Felizmente – continuou Gwyn –, eu não preciso catar perdizes para Joshua. Meu marido é esperto o bastante para não pedir isso.

– Eu odiaria catar qualquer caça – comentou Vanessa, rouca. – Já foi ruim o suficiente ver Bonham com um tiro na testa.

Gwyn passou o braço em volta dela e apertou.

– Entendo totalmente, também testemunhei quando aquele desprezível do Lionel levou um tiro – disse ela, com uma careta. – Embora, sinceramente, eu mesma gostaria de ter atirado nele depois de tudo que me causou.

– Sem falar no que ele causou ao meu irmão – comentou Beatrice. – Voltando a Bonham, como nossa sogra está lidando com tudo isso? Em determinado momento, chegamos a achar que ela se casaria com o cretino.

– Beatrice! – exclamou Cass, chocada ao ouvir a cunhada usando a palavra "cretino".

– O quê? Não me diga que não quis usar essa palavra pelo menos uma vez para se referir ao sujeito no último mês?

– Bem... – respondeu Cass.

– A duquesa viúva tem estado bem quieta – contou Vanessa, para evitar falar mais sobre o xingamento. – Mas nada preocupante. Eu acho que ele despertou muitas lembranças antigas do primeiro amor dela e do primeiro casamento, que foi terrível. Sinto muito, Beatrice. Sei que era o pai de Grey.

– Eu não me importo, e duvido que Grey se importe. Se o Sr. Bonham não tivesse envenenado o pai dele, nós não teríamos nos conhecido.

– Ou sequer nascido – disse Gwyn, franzindo a testa. – Mas não vamos falar sobre isso.

– Espero que o dinheiro que ele roubou retorne aos donos – comentou Beatrice. – Pelo que li nos jornais, ele não estava roubando apenas da família Armitage.

– Infelizmente, é verdade – afirmou Vanessa enquanto continuava trabalhando na guirlanda. – E em uns dois casos ele chegou a falsificar a assinatura do cliente, então, se tivesse ficado vivo, seria enforcado pelos seus crimes, e isso sem considerar os assassinatos que ele cometeu.

– Joshua me disse que esses assassinatos – explicou Gwyn –, se considerados separadamente, não seriam provas suficientes para condená-lo, mas em conjunto quase com certeza levariam a uma condenação. Como Sheridan foi perspicaz ao perceber que os "acidentes" eram, na verdade, homicídios. Se não fosse por ele...

– Aquele parasita ainda estaria tentando destruir a família – concluiu Vanessa. – Espero que todas vocês deem crédito a quem merece.

– Eu serei a primeira a fazer isso – afirmou Beatrice. – Mas Sheridan não está mais correndo nenhum risco? Eu supus que ninguém o acusaria da morte do Sr. Bonham, mas não tinha certeza. Tentei descobrir a respeito com Joshua, mas ele não queria conversar sobre o assunto enquanto eu estivesse grávida, e, fora isso, ele é o pior escritor de cartas da história, ainda mais quando a destinatária é a própria irmã.

– O magistrado considerou o homicídio legítima defesa – contou Vanessa –, já que Sheridan estava me protegendo de uma ameaça de morte.

Ela nunca se esqueceria da expressão horrorizada nos olhos dele quando a viu nas garras de Bonham. O olhar dele mostrava sua determinação em salvá-la, e deixava claro que faria qualquer coisa para isso. Lembrar-se daquele olhar ainda aquecia seu coração.

– Quanto ao dinheiro – continuou ela –, está todo retido por questões legais, mas se houver um acordo no processo civil contra o espólio de Bonham, então talvez possamos ter um alívio financeiro, ainda mais considerando que ele não tem família para herdar. No momento, estou revendo sistematicamente toda a contabilidade para determinar onde foram os piores prejuízos e incorporar isso ao processo.

Ela prendeu um pedaço de arame na ponta de um visco.

– Por sorte, Sheridan está convencido de que sem o Sr. Bonham enganando a família, falsificando os livros para encobrir suas falcatruas e roubando nosso dinheiro, conseguiremos nos recuperar mesmo que não haja um acordo, e eu compartilho desse otimismo.

Cass olhou para todas elas.

– Vocês acreditam que o Sr. Bonham estava realmente tentando cortejar a duquesa viúva? Quero dizer, se ele não tinha herdeiros, para que continuar lutando por isso?

Vanessa estremeceu ao se lembrar das palavras malignas de Bonham para a duquesa viúva.

– Você não estava lá, Cass. Eu acho que ele teria matado nossa sogra ali mesmo, se pudesse. Ele queria destruí-la e arruinar todos os descendentes dela. E se para isso fosse necessário acabar com o esteio financeiro da família Armitage, ele o teria feito.

– Graças a Deus ele se foi – comentou Gwyn. – E não quero dar mais nem um minuto de importância a esse homem. Acho que podemos encerrar o assunto, concordam?

– Concordo – disse Vanessa, animadamente. – Agora, quero saber dos bebês. Eles vieram?

– Vieram todos – respondeu Gwyn, tentando amarrar um laço em volta de um galho de cidra –, até porque eu e Beatrice estamos amamentando.

– Maurice não terá ama de leite – afirmou Beatrice.

– Nem Isabel e Andrew – concordou Gwyn. – Mesmo que acabe comigo amamentar os dois, o que é bem provável.

– Mas eles não serão problema – garantiu Beatrice. – Trouxemos as babás.

– Fico feliz – disse Vanessa. – Foi por isso que abrimos e limpamos a ala das crianças, caso precisem.

Olivia entrou na sala de estar naquele momento.

– Vanessa, por acaso você teria água-régia?

Quando todas as mulheres caíram na gargalhada, ela fez uma pausa.

– Ah, estão todas aqui. Que maravilha!

– Eu disse que ela devia estar fazendo algum experimento – disse Vanessa antes de se virar para Olivia. – E o que você pretendia fazer com água-régia? Isso se eu tivesse, coisa que não tenho.

– Eu pretendia dissolver ouro. Minha madrasta não acha que é possível.

– Você tem ouro assim sobrando para dissolver?

– Não, mas minha madrasta tem uma corrente arrebentada que eu poderia usar – disse Olivia, suspirando, e acrescentou: – Embora não seja sensato fazer isso sem os equipamentos do laboratório. Você não teria algum tipo de frasco aqui, teria?

Quando ela terminou o pedido com uma entonação de esperança, Vanessa balançou a cabeça, tentando conter o riso.

– Os únicos que você vai encontrar nesta propriedade são dos homens, estão cheios de conhaque e foram levados para o bosque, para a caçada deles.

– Quanto vocês querem apostar que tanto os frascos quanto as bolsas voltarão vazios? – questionou Beatrice, cutucando Gwyn.

– Posso garantir que meu marido vai trazer a bolsa cheia – afirmou Cass.

– Bem, todas nós sabemos que Thorn não vai atirar em nada – disse Olivia e se sentou do outro lado de Vanessa –, mas ele ama um conhaque, e posso apostar uma corrente de ouro arrebentada que ele provavelmente vai trazer o frasco e a bolsa vazios.

– Eu aposto um dos gêmeos que Sheridan vai trazer a bolsa cheia – disse Gwyn.

Todas a fitaram, boquiabertas.

– Estou brincando. Bem, um pouco. Os dois não conseguem dormir na mesma hora de jeito nenhum... E vocês já tentaram amamentar dois bebês ao mesmo tempo? Não é fácil, garanto.

– Minha esposa está reclamando sobre amamentação de novo? – indagou Joshua da porta.

– Sempre – respondeu Gwyn enquanto seu marido se aproximava e beijava a sua cabeça. – Bem, podemos entregar o presente de Olivia agora?

– Vamos esperar até Thorn chegar.

Como se as palavras, por mágica, o tivessem conjurado, Thorn disse da porta:

– Eu escutei meu nome sendo usando em vão?

A sala, na mesma hora, ficou cheia de homens vestindo sobretudos, brigando para conseguir um lugar na frente da lareira para ver se o sangue voltava a circular pelos pés. Graças a Deus, Vanessa não tinha deixado os criados colocarem o tapete bom antes que o grupo retornasse da caçada.

Grey entrou no meio de tudo.

– Sheridan, onde você guarda o conhaque?

– Aqui, pode tomar um pouco do meu – ofereceu Thorn e entregou o frasco a Grey.

– Acho que sou a feliz ganhadora de uma corrente arrebentada – disse Gwyn para Olivia.

– Grey ainda não bebeu – respondeu Olivia.

Ele abriu o frasco e virou na boca, então fez uma careta para Thorn.

– Está vazio.

– Eu sei – replicou Thorn, com um sorriso travesso para o irmão mais velho, que atirou o frasco nele.

Thorn desviou e o frasco bateu em Sheridan, que estava atrás.

– Que inferno! – exclamou Sheridan, jogando o objeto de novo em Thorn, que, mais uma vez, se esquivou.

O frasco então caiu na mesa, desfazendo uma guirlanda semipronta. Foi quando a duquesa viúva entrou e exclamou:

– Meninos, meninos! Comportem-se!

Todos pararam e, então, caíram na gargalhada. As mulheres, por sua vez, reviraram os olhos. Gwyn lançou um olhar para Joshua, que assentiu. Ela se levantou e bateu na mesa com o frasco até conseguir a atenção de todos.

– Eu e meu marido temos algo para dar a Olivia.

Thorn olhou para Olivia, que deu de ombros.

– Ora, mas ainda não é Natal – comentou Sheridan.

– Então vamos chamar de presente antecipado de Natal – disse Gwyn. – Joshua? Quer ter a honra?

Nesse momento, todos viram que ele estava segurando algo na mão esquerda. Parecia um jornal.

– Temos aqui um exemplar muito especial de *A crônica de artes e ciências*.

Thorn entendeu logo e começou a sorrir. Mas, à medida que Joshua se aproximava dela, Olivia foi ficando ainda mais confusa.

– Ora, obrigada – disse ela, colocando-o no colo.

– Meu amor – falou Thorn –, abra na seção de ciências e leia.

Quando ela fez isso, ficou boquiaberta.

– Eles publicaram! O meu artigo, meu Deus!

Ela pulou para abraçar Joshua.

– Ah, obrigada! – exclamou ela, dando a volta na mesa para abraçar Gwyn.

– Bem – disse Sheridan, trocando olhares com Vanessa. – Pelo menos, nos diga qual é o título.

Ela segurou o jornal na sua frente e leu em voz alta:

– "O uso de sulfeto de hidrogênio e ácido clorídrico em questões forenses para detectar a presença de arsênico em um cadáver", pela duquesa de Thornstock.

Então, bem no seu estilo, Olivia sorriu para eles.

– Obrigada a vocês, por me ajudarem a chegar a este momento.

Todos aplaudiram e deram vivas pelo sucesso dela, o que deixou Vanessa com lágrimas nos olhos. Aquela família tinha passado por tanta coisa e, ainda assim, tinham tanto afeto uns pelos outros... e pelos cônjuges.

Olivia se aproximou de Thorn e puxou a manga do casaco dele.

– Agora é a sua vez de contar a novidade.

– De forma alguma – respondeu ele, em um gesto de humildade, pouco característico dele. – Este momento é seu.

– Então eu vou contar – determinou Olivia. – Thorn escreveu uma peça. É uma história muito perspicaz e espirituosa, sobre dois dramaturgos que estão sempre em pé de guerra. E, dessa vez, será produzida com o nome dele.

– Então – disse Vanessa – você não vai mais publicar usando o nome de Juncker?

Ela e Sheridan estavam casados havia uma semana quando o marido lhe contara sobre o "acordo" entre Juncker e Thorn.

– Como você soube? – Thorn fez uma careta para Sheridan. – Você contou a ela...

– Só quando percebi que todo mundo já sabia – explicou Sheridan.

– Mãe? – disse Thorn.

– Sinto muito, filho, mas só precisei assistir a uma suposta peça de Juncker para saber quem tinha escrito – informou ela.

– Grey? – perguntou Thorn.

Grey riu.

– Você realmente acha que eu e Beatrice não percebemos o seu comportamento naquele dia em que discutimos as peças de "Juncker" na carruagem?

– E você já sabia que eu sabia – disse Gwyn. – O que significa que Joshua também sabe.

– Meu Deus – exclamou Thorn, passando os dedos pelo cabelo. – Juncker vai me matar.

– Você está pagando a ele – comentou Joshua. – Ele não deveria se importar.

– Exatamente. Eu sou a principal fonte de renda do sujeito, e ele gosta de ser o autor das peças de Felix.

– Eu suponho que ele vai se recuperar – opinou Olivia, com uma gargalhada. – Da última vez que conversei com ele, estava trabalhando em algo novo. Além disso, somos a sua família, Thorn. Guardaremos seu segredo.

Quando Thorn olhou para ela, desconfiado, todos riram.

– A propósito, onde está Juncker? – perguntou Vanessa. – Ele foi convidado.

– Ah, eu esqueci de dizer – respondeu Sheridan. – Ele só vai conseguir chegar mais perto do Natal.

Vanessa estreitou o olhar para o marido e Sheridan levantou as mãos como quem não tinha nada a ver com a questão.

– Eu juro! Ele só deve chegar na próxima semana.

Grey se aproximou para olhar para a mesa.

– O que é isso tudo aqui?

– Estamos fazendo guirlandas – respondeu Olivia ao retomar seu lugar à mesa. – Vanessa quer colocá-las em todos os cômodos.

– Boa ideia – falou Thorn, e foi se sentar ao lado da esposa. – Sou a favor de guirlandas. Como funciona? Quero fazer uma.

– *Você?* Fazendo uma guirlanda? – disse Lydia, bem cética.

– Por que não?

Os outros homens se entreolharam. Grey disse:

– É verdade, por que não?

Todos cercaram a mesa com suas esposas e começaram a pegar galhos, arame e fita. Faltavam cadeiras, então Vanessa se levantou e disse:

– Peço que me deem licença, pois preciso ir cuidar de alguns assuntos de anfitriã.

Além disso, seus olhos estavam cheios de lágrimas e ela não queria ficar envergonhada na frente de todos. Saiu rapidamente da sala e não tinha ido longe quando Sheridan a chamou.

– Vanessa, tudo bem? – perguntou ele quando a viu enxugando os olhos com um lenço.

– Tudo bem – respondeu ela, apesar das lágrimas.

Então voltou até onde ele estava parado, ao lado da porta da sala de estar, e olhou para dentro.

– É tão bonito. Eu nunca tive uma família assim.

– Agora você tem – afirmou ele, sorrindo ao pegar a mão dela.

Ela enxugou os olhos.

– Não o incomoda ter que aturar a minha mãe por minha causa?

– Nem um pouco. Você vale a pena.

Eles ficaram parados ali um momento, absorvendo a cena.

– Você estava certa, sabia? – disse Sheridan. – Privar-se de amar para evitar o sofrimento é como se recusar a andar a cavalo por medo de cair. Algumas coisas simplesmente valem a pena, independentemente do sofrimento ou desconforto que possam causar. As recompensas são muito melhores do que imaginamos.

Sheridan passou o braço pela cintura dela e Vanessa então sorriu para sua nova família.

Sim, definitivamente melhores.

CONHEÇA OS LIVROS DE SABRINA JEFFRIES

DINASTIA DOS DUQUES

Projeto duquesa

Um par perfeito (apenas e-book)

O duque solteiro

Quem quer casar com um duque?

Um duque à paisana

Para saber mais sobre os títulos e autores da Editora Arqueiro,
visite o nosso site e siga as nossas redes sociais.
Além de informações sobre os próximos lançamentos,
você terá acesso a conteúdos exclusivos
e poderá participar de promoções e sorteios.

editoraarqueiro.com.br